Snakehead

Anthony Horowitz

Né en 1957, Anthony Horowitz a écrit près d'une trentaine de livres pleins d'humour pour enfants et adolescents. Il a un public passionné autant en France que dans la douzaine de pays où ses histoires policières, fantastiques et d'horreur sont traduites. En Angleterre, son pays d'origine, il est également connu pour ses scénarios de séries télévisées. Les aventures d'*Alex Rider* ont été vendues à plus de treize millions d'exemplaires dans le monde.

Du même auteur :

- Alex Rider (9 tomes)
- L'île du crâne - Tome 1
- Maudit Graal - Tome 2
- Le Pouvoir des Cinq (4 tomes)
- Les frères Diamant (4 tomes)
- La Maison de Soie - Le nouveau Sherlock Holmes
- Le diable et son valet
- Satanée grand-mère !
- Signé Frédéric K. Bower
- Mortel chassé-croisé
- L'auto-stoppeur
- La photo qui tue
- Nouvelles histoires sanglantes

ANTHONY HOROWITZ

Snakehead

Alex Rider

Tome 7

Traduit de l'anglais
par Annick Le Goyat

Cet ouvrage a paru en langue anglaise
chez Walker Books (Londres)
sous le titre :
SNAKEHEAD

© Anthony Horowitz, 2007.
© Hachette Livre, 2007, pour la traduction française,
2008, et 2017, pour la présente édition.

1

Retour sur Terre

Amerrissage.

Jamais Alex n'oublierait le moment de l'impact : le premier choc à l'ouverture du parachute et le second – plus brutal – quand le module qui le ramenait de l'espace entra en contact avec l'océan. Était-ce son imagination ou y avait-il réellement de la vapeur ? Des embruns peut-être. Peu importait. Il était de retour sur la Terre. Rien d'autre ne comptait. Il avait réussi. Il était vivant.

Couché sur le dos, les genoux remontés contre la poitrine, tassé dans la minuscule capsule, les yeux mi-clos, Alex vécut un instant de calme extraordinaire. Immobile, les poings serrés, le souffle coupé. C'est à peine s'il arrivait à croire à la réalité des événements qui l'avaient propulsé dans ce voyage spatial. Il essaya de s'imaginer filant autour de la Terre à vingt-huit mille kilomètres à l'heure. Un rêve inaccessible. Et pourtant.

Lentement, il s'obligea à se déployer. Il souleva un bras, qui bougea normalement. Il sentit le travail du muscle. Quelques minutes plus tôt, il évoluait en apesanteur. Peu à peu, il s'aperçut que son corps lui appartenait encore et il tenta de rassembler ses pensées.

Difficile de définir combien de temps il resta seul à flotter ainsi, quelque part au milieu de l'océan. Puis, lorsque les manœuvres commencèrent, tout se passa très vite. D'abord, il y eut le martèlement des pales de l'hélicoptère. Le hurlement d'une sirène. Alex apercevait très peu de choses à travers le hublot, tout juste la houle de l'océan. Soudain, une paume de main se plaqua contre la vitre. Quelques secondes plus tard, la capsule s'ouvrit de l'extérieur. Une bouffée d'air frais s'engouffra et Alex le respira avec délice. Une silhouette enveloppée d'une combinaison de plongée en néoprène se pencha vers lui, les yeux derrière un masque.

— Ça va ?

Alex eut du mal à distinguer les mots à cause du vacarme ambiant. Avait-il rêvé ou le plongeur avait un accent américain ?

— Oui, ça va, cria-t-il en réponse.

C'était faux. Il commençait à ressentir d'horribles nausées et une douleur lancinante derrière les yeux.

— Ne t'inquiète pas ! On va vite te sortir de là...

Cela leur prit plus longtemps que prévu. Alex avait passé peu de temps dans l'espace, mais il n'avait reçu aucun entraînement spécifique. À présent, ses muscles le lui reprochaient cruellement, rechignant à supporter même leur propre poids. Il fallut l'extraire du module, dans le soleil matinal aveuglant du Pacifique. Il régnait alentour un chaos inimaginable. Les pales de l'hélicoptère en suspens au-dessus d'eux malaxaient l'océan, formant des ondulations et des vibrations à la surface. Et, en tournant la tête, Alex aperçut à moins de quatre cents mètres – vision incroyable – un porte-avions haut comme une montagne. Le navire battait pavillon américain. Il ne s'était donc pas trompé sur l'accent du plongeur. La capsule avait dû atterrir quelque part au large des côtes étatsuniennes.

Deux autres plongeurs barbotaient à proximité, et un quatrième homme se penchait par l'ouverture latérale de l'hélicoptère, juste à l'aplomb. Alex savait ce qui allait se passer et ne résista pas. D'abord on lui passa un câble autour du torse, sous les bras ; une fois arrimé, il fut soulevé dans les airs, toujours revêtu de sa combinaison blanche d'Ar*k*ange, oscillant comme une marionnette.

Ils étaient déjà au courant. Alex l'avait lu dans les yeux du premier plongeur. L'incrédulité. Ces hommes – à bord de l'hélicoptère et du porte-avions – s'étaient précipités à la rencontre d'un module qui venait de faire son entrée dans l'atmosphère, et dont ils allaient extraire Alex Rider, un adolescent de quatorze ans tombé du ciel après une chute de cent soixante kilomètres. Bien entendu, tous allaient jurer le silence. Le MI6 y veillerait. Jamais ils ne diraient mot de ce qui venait de se passer. Mais aucun d'eux ne l'oublierait.

Un médecin-colonel attendait Alex à bord de l'*USS Kitty Hawk*, le navire dévié de sa route pour le récupérer. Le médecin s'appelait Josh Cook. Quarante ans, Noir, des lunettes cerclées de métal et une façon agréable et douce de parler. Il aida Alex à se débarrasser de sa combinaison et le soutint quand, finalement, il vomit. Le médecin-colonel avait déjà eu affaire à des astronautes.

— Ils sont toujours malades quand ils redescendent, expliqua-t-il. Ce sont les risques du métier. Le retour sur la terre ferme. Tu te sentiras mieux demain.

— Où sommes-nous ?

— À environ cent milles marins de la côte orientale de l'Australie. Nous étions en exercice quand nous avons reçu une alerte rouge annonçant ton arrivée parmi nous.

— Et maintenant ?

— Tu vas prendre une douche et dormir. Tu as de la chance. Nous avons un matelas en mousse viscoélastique. Autrement dit une mousse à mémoire de forme, mise au point par la NASA. Cela permet aux muscles de se réhabituer à la pesanteur.

On avait installé Alex dans une cabine privée du service médical du *Kitty Hawk* – en réalité un véritable hôpital marin, doté de soixante-cinq lits, d'une salle d'opération, d'une pharmacie et de tout ce dont pouvaient avoir besoin cinq cent cinquante marins. La cabine n'était pas spacieuse, mais Alex supposa que personne d'autre à bord ne disposait d'autant de place. Le médecin-colonel Cook alla dans un angle et tira un rideau de plastique qui masquait une cabine de douche.

— Tu auras sans doute du mal à marcher, expliqua-t-il. Tu te sentiras un peu branlant sur tes jambes pendant au moins vingt-quatre heures. Si tu veux, je peux attendre dans la pièce pendant que tu te douches.

— Non, ça ira, répondit Alex.

— Très bien. (Cook sourit et ouvrit la porte. Mais avant de sortir, il jeta un regard à Alex et ajouta :) Tu sais, tous les hommes et les femmes qui servent sur ce navire parlent de toi. J'ai une foule de questions à te poser mais j'ai reçu l'ordre strict du commandant de m'abstenir. Néanmoins je dois t'avouer que, depuis que je suis marin, c'est-à-dire très longtemps, jamais je n'ai vu un truc pareil. Un adolescent dans l'espace ! Bon, repose-toi bien. Il y a un bouton d'appel près du lit si tu as besoin de quelque chose.

Il fallut dix minutes à Alex pour atteindre la douche. Il avait totalement perdu le sens de l'équilibre, et le roulis n'arrangeait rien. Il régla la température au maximum du supportable et resta longuement sous l'eau fumante, prenant plaisir au ruissellement vif sur ses épaules et dans ses cheveux. Ensuite il se sécha et se mit au lit. La mousse à mémoire de forme ne faisait que quelques centimètres d'épaisseur mais elle moulait parfaitement son corps. Il sombra presque aussitôt dans un sommeil profond mais troublé.

Il ne rêva pas de la station spatiale Ar*k*ange, ni de sa lutte au couteau contre Kaspar, l'éco-terroriste fou déterminé à le tuer alors même que tout était perdu. Il ne rêva pas non plus de Nikolei Drevin, le milliardaire qui avait commandité le projet.

Cependant il eut l'impression, dans son sommeil, d'entendre un murmure de voix qu'il ne reconnaissait pas mais qui, en un sens, lui étaient familières. De vieux amis. Ou plutôt de vieux ennemis. Peu importait puisqu'il ne pouvait distinguer leurs paroles. De toute façon, les voix furent rapidement emportées par le flot noir de son sommeil.

Une prémonition, peut-être.

Car, trois semaines plus tôt, sept hommes s'étaient réunis à Londres pour discuter d'une opération qui devait leur rapporter des millions de dollars et changer la face du monde. Et bien qu'Alex ne les eût jamais rencontrés, il les connaissait.

Scorpia était de retour.

2

La mort n'est pas la fin

C'était le genre d'immeuble qui passe inaperçu : trois étages, façade blanche, un lierre parfaitement taillé grimpant jusqu'au toit. À mi-chemin de Sloane Street, dans le quartier de Belgravia, juste à l'angle du grand magasin Harrods. L'une des adresses les plus chic de Londres. D'un côté il y avait une bijouterie, de l'autre une boutique de mode italienne, mais les clients qui venaient là n'avaient plus besoin ni de l'une ni de l'autre. Une seule marche menait à la porte laquée noire qui flanquait la vitrine, décorée en tout et pour tout d'une urne et d'un vase de fleurs. Une plaque discrète en lettres dorées indiquait :

Reed & Kelly
Pompes funèbres
La mort n'est pas la fin

À dix heures et demie, un matin ensoleillé d'octobre, exactement trois semaines avant l'amerrissage d'Alex dans l'océan Pacifique, une berline quatre portes noire Lexus LS 430 se gara devant l'entrée. La voiture avait été choisie avec soin. C'était un modèle de luxe, mais dépourvu de la moindre fantaisie, sans rien qui pût attirer l'attention. Son arrivée aussi avait été chronométrée avec précision. Au cours des quinze dernières minutes, trois autres véhicules et un taxi s'étaient arrêtés brièvement et leurs passagers, seuls ou par deux, en étaient descendus, avaient traversé le trottoir et pénétré dans le salon d'accueil de l'entreprise de pompes funèbres. Si, par hasard, un curieux avait observé les allées et venues, il aurait conclu qu'une famille nombreuse se réunissait pour procéder aux préparatifs des obsèques d'un proche disparu.

Le dernier arrivé était un homme puissant, à la forte carrure et au crâne rasé. Il émanait une impression de brutalité de son visage au nez petit et épaté, aux lèvres épaisses et aux yeux brun terne. Mais ses vêtements étaient immaculés. Il portait un costume sombre, une chemise de soie et un manteau de cachemire déboutonné. Son annulaire s'ornait d'une lourde bague en platine. Sitôt descendu de la voiture, il écrasa son cigare sous la semelle de sa chaussure vernie. Sans un regard à droite ni à gauche, il traversa le trottoir et entra. Une clochette à l'ancienne, suspendue à un ressort, tinta à l'ouverture puis à la fermeture de la porte.

Le visiteur se retrouva dans une salle d'accueil lambrissée de bois, où un homme aux cheveux gris se tenait assis, mains croisées, derrière un bureau. Celui-ci accueillit le nouvel arrivant avec un mélange de sympathie et de politesse.

— Bonjour, dit-il. Que puis-je faire pour vous ?
— Je viens à propos d'un défunt.
— Un parent proche ?
— Mon frère. Mais je ne l'ai pas vu depuis quelques années.
— Toutes mes condoléances.

Le même dialogue avait déjà été échangé à six reprises au cours de la matinée, au mot près. À la moindre syllabe modifiée, l'homme au crâne rasé aurait tourné les talons et quitté les lieux. Mais il savait maintenant que la voie était libre et l'immeuble sûr. La réunion, programmée vingt-quatre heures plus tôt, pouvait avoir lieu.

L'homme aux cheveux gris se pencha pour presser un bouton dissimulé sous le bureau. Aussitôt, un pan du lambris s'ouvrit pour dévoiler un escalier dérobé menant au premier étage.

Reed & Kelly était une véritable entreprise de pompes funèbres. Jonathan Reed et Sebastian Kelly avaient organisé pendant plus de cinquante ans des funérailles et des crémations, jusqu'au jour où sonna l'heure de leurs propres obsèques. L'entreprise avait alors été rachetée par une société tout à fait légitime, dont le siège social se trouvait à Zurich, qui avait continué de fournir un service de première classe pour toutes les personnes vivant – ou plutôt *ayant vécu* – dans le voisinage. Mais ce n'était plus l'unique raison d'être de l'immeuble de Sloane Street. Celui-ci abritait également le quartier général d'une organisation criminelle internationale, connue sous le nom de Scorpia.

SCORPIA : les initiales de Sabotage, Corruption, Intelligence et Assassinat, ses quatre activités essentielles. L'organisation avait été fondée une vingtaine d'années plus tôt à Paris, par d'anciens tueurs et espions issus de différents réseaux de renseignements du monde entier qui avaient décidé de se mettre à leur compte. Au commencement, ils étaient douze. Puis l'un était mort d'un cancer et deux avaient été assassinés. Les neuf autres s'étaient félicités d'avoir subi aussi peu de pertes en un temps si long.

Récemment, toutefois, les choses avaient mal tourné. L'aîné des membres du directoire avait pris la décision insensée et inexplicable de se retirer, ce qui avait immédiatement conduit à son élimination. Son successeur, une femme du nom de Julia Rothman, avait à son tour été tuée lors d'une opération dite *Épée invisible*, qui s'était soldée par un désastre. À bien des égards, ce moment avait été le plus sombre de l'histoire de Scorpia, et beaucoup avaient pensé que l'organisation ne s'en remettrait jamais. En effet, l'agent ennemi qui avait ruiné l'opération et causé la mort de Julia Rothman était un garçon de quatorze ans.

Néanmoins, Scorpia n'avait pas renoncé. Le groupe s'était vengé du garçon et avait repris ses activités. *Épée invisible* n'était après tout qu'un projet parmi de nombreux autres : Scorpia recevait constamment des demandes de gouvernements, de mouvements terroristes, de multinationales, bref de quiconque ayant assez d'argent pour s'offrir ses services. Et les affaires avaient repris. Les associés de Scorpia s'étaient réunis à Londres afin de discuter d'une mission relativement limitée mais qui pouvait leur rapporter dix millions d'euros, payés en diamants bruts – plus faciles à transporter et plus difficiles à pister que des billets de banque.

L'escalier menait à un petit couloir, au premier étage, terminé par une unique porte. Une caméra de surveillance avait suivi la montée de l'homme chauve dans l'escalier. Une deuxième le suivit quand il posa les pieds sur une étrange plate-forme métallique, devant la porte, et tourna la tête vers un panneau de verre encastré dans le mur. Derrière le panneau de verre se trouvait un scanner biométrique qui prit une image instantanée du réseau de vaisseaux sanguins sur la rétine de son œil pour la comparer avec les données enregistrées sur l'ordinateur du bureau de réception. Si un ennemi avait tenté de s'introduire dans la salle de réunion, il aurait aussitôt activé une décharge électrique de dix mille volts dans la plate-forme métallique, laquelle l'aurait littéralement incinéré sur place. Mais l'homme n'était pas un ennemi. Il s'appelait Zeljan Kurst et faisait partie de Scorpia depuis sa création. La porte coulissa.

Zeljan Kurst entra dans une longue pièce étroite, avec trois fenêtres en enfilade protégées par des stores, et des murs blancs sans la moindre décoration. Sur la table de verre entourée de sièges en cuir, il n'y avait aucun stylo, aucun papier, aucun document. Au cours de ces réunions, on ne prenait jamais de notes. Rien n'était enregistré. Six hommes attendaient Zeljan Kurst lorsqu'il prit place au bout de la table. Depuis le désastre de l'opération *Épée invisible*, Scorpia ne comptait en effet plus que sept membres.

— Bonjour, messieurs, commença Kurst.

Il parlait avec un étrange accent chuintant d'Europe centrale. Tous les hommes présents étaient de rang égal, mais Kurst exerçait actuellement la présidence du directoire. Un nouveau chef était choisi à chaque nouveau projet.

Personne ne lui répondit. Aucun lien d'amitié n'unissait ces gens. En dehors de l'affaire en cours, ils n'avaient rien à se dire.

— On nous a confié une mission intéressante qui représente un défi, reprit Kurst. Inutile de vous rappeler combien notre dernier échec a entaché notre réputation. Ce nouveau projet, non seulement nous permettra de compenser les lourdes pertes financières de l'opération *Épée invisible* mais nous remettra en selle. Notre tâche est la suivante : assassiner huit personnalités extrêmement riches et influentes dans exactement cinq semaines. Ces personnalités en vue seront rassemblées au même endroit, ce qui nous offre une occasion idéale. Nous avons le choix de la méthode.

Ses yeux voletèrent autour de la table, guettant une réaction. Zeljan Kurst avait été le chef de la police en Yougoslavie dans les années quatre-vingt. Il était connu pour son goût pour la musique classique – particulièrement Mozart – et l'extrême violence. On racontait que, en Yougoslavie, il avait l'habitude d'interroger les prisonniers pendant que jouait un opéra ou une symphonie, et que ceux qui avaient survécu à l'épreuve ne pouvaient plus jamais entendre cette musique par la suite. Mais Kurst avait pressenti l'éclatement de son pays et décidé de partir avant de se retrouver au chômage. Et il avait changé de camp. Il n'avait ni famille, ni amis, ni foyer. Il avait besoin de travailler et savait que Scorpia le rendrait très riche.

— Vous avez certainement lu dans les journaux que le prochain sommet du G8 aura lieu à Rome au mois de novembre. C'est une réunion des chefs de gouvernement des huit pays les plus puissants du monde et, comme d'habitude, ils parleront beaucoup, se feront énormément photographier, consommeront une grande quantité de mets et de vins extrêmement chers… et ne feront strictement rien. Ces politiciens ne présentent aucun intérêt pour nous. En fait, ils sont sans importance.

» Mais, au même moment, une autre réunion se tiendra à l'autre bout du monde. Elle a été organisée dans le but de faire une concurrence directe au G8, et l'on pourrait penser que cette concordance dans le temps est un coup de publicité. Pourtant elle attire déjà beaucoup plus l'attention que le G8. Au point même que les chefs d'État ont presque été oubliés. Les regards du monde entier sont braqués sur Reef Island, au large de la côte nord-ouest de l'Australie, dans la mer de Timor. Un groupe de huit personnes s'y réunira. Leurs noms vous sont sans doute familiers. L'un d'eux est un chanteur pop : Rob Goldman. Apparemment, il a réussi à collecter des millions pour une œuvre de bienfaisance grâce à ses concerts. Un autre est considéré comme l'une des plus grosses fortunes de la planète. Après avoir créé un immense empire immobilier, il consacre maintenant sa fortune à l'aide aux pays en voie de développement. Il y a aussi un ancien président des États-Unis, une actrice célèbre de Hollywood : Eve Taylor, qui est propriétaire de l'île. Et d'autres du même genre.

Kurst n'essaya même pas de masquer le mépris dans sa voix.

— Ce sont des amateurs, des bonnes âmes. Mais ils sont puissants et populaires, ce qui les rend dangereux... Leur but, disent-ils, est d'éliminer la pauvreté. Pour y parvenir, ils ont formulé certaines revendications, notamment l'annulation de la dette des pays pauvres. Ils veulent qu'on envoie des millions de dollars en Afrique pour lutter contre le Sida et le paludisme. Ils ont appelé à la fin du conflit au Moyen-Orient. Vous ne serez pas surpris d'apprendre que de nombreux États et entreprises multinationales ne sont pas d'accord avec ces objectifs. Après tout, il est impossible de donner aux pauvres sans prendre aux riches. De plus, la pauvreté est utile. Elle maintient les gens à leur place. Et elle permet de garder les prix bas.

» Un représentant d'un des gouvernements du G8 nous a contactés il y a six semaines. Il a décidé que le sommet de Reef Island devait s'arrêter à peine commencé. En tout cas avant que ces perturbateurs ne s'adressent aux télévisions du monde entier. C'est notre mission. L'interruption de la conférence ne suffit pas. Il faut tuer les huit personnalités qui y participent. Le fait qu'elles se trouvent toutes au même endroit en même temps nous facilite les choses. Aucune ne doit quitter Reef Island vivante.

L'un des membres de Scorpia se pencha en avant. Levi Kroll était un Israélien d'une cinquantaine d'années. On distinguait peu de choses de son visage recouvert d'une barbe épaisse, et il portait un bandeau sur l'œil qu'il avait perdu autrefois.

— C'est très simple, dit-il. Cet après-midi même, je peux louer un hélicoptère de combat Apache. Avec un canon de 30 mm et quelques missiles Hellfire à guidage laser, cette conférence sera engloutie.

— Malheureusement, nous devons être plus subtils, objecta Kurst. Comme je vous l'ai dit au début, cette mission est un défi. Et cela parce que notre client ne veut pas faire des huit victimes des martyrs. Si elles étaient assassinées, cela ne ferait que renforcer leur cause. Notre client a bien spécifié qu'il tenait à ce que les morts semblent accidentelles. C'est le point le plus délicat. Nous ne devons pas éveiller le moindre soupçon.

Un murmure parcourut l'auditoire. Tuer une personne sans éveiller les soupçons était facile. Mais en tuer huit sur une île isolée qui possédait certainement tout un système de sécurité, c'était une autre histoire.

— Il existe certaines substances neurotoxiques…, marmonna quelqu'un.

C'était un Français, élégamment vêtu, avec un mouchoir de soie noire pointant de sa pochette.

— Pourquoi pas le R-5 ? suggéra M. Mikato, un Japonais qui avait un diamant serti dans une dent et, disait la rumeur, des tatouages Yakusa sur tout le corps. C'est le virus que nous avons fourni à Herod Sayle. On pourrait peut-être l'introduire dans les réserves d'eau potable de l'île.

Kurst secoua la tête.

— Messieurs, ces deux méthodes seraient sans

doute efficaces mais trop faciles à détecter. Ce qu'il nous faut, c'est une catastrophe naturelle. Une catastrophe dont nous aurions le contrôle, bien sûr. Nous devons faire disparaître l'île entière, avec tous ceux qui se trouveront dessus, mais d'une façon qui ne soulèvera ensuite aucune question.

Il s'interrompit, puis se tourna vers l'homme assis en face de lui, au bout de la table.

— Major Yu ? reprit-il. Avez-vous réfléchi au problème ?

— Absolument.

Le Major Winston Yu avait au moins soixante ans et une abondante chevelure entièrement blanche, chose inhabituelle chez un Chinois. Sa coiffure avait un air artificiel : une coupe de garçonnet, avec une frange droite au-dessus des yeux, sur un visage jaune et cireux qui semblait s'être ratatiné comme un fruit trop mûr. Il était le personnage le moins impressionnant de la pièce, avec ses lunettes rondes, ses lèvres minces et ses mains qui auraient paru déjà petites sur un jeune garçon. Tout en lui paraissait fragile. Il se tenait assis immobile à l'extrémité de la table comme s'il craignait de se briser en bougeant. Une canne avec un scorpion d'argent enlacé à la poignée était posée contre sa chaise. Il portait un costume blanc et des gants gris pâle.

— J'ai passé beaucoup de temps à travailler sur cette opération, poursuivit-il avec un accent anglais parfait. Et je suis heureux de vous dire que, malgré la difficulté évidente, nous bénéficions de trois circonstances très favorables. La première est le lieu. Reef Island jouit d'une situation géographique idéale.

La deuxième est la date. Dans cinq semaines, le moment sera parfait. La troisième est l'arme. L'arme dont nous avons besoin se trouve justement ici, en Angleterre, à moins de cinquante kilomètres de cette pièce.

— De quelle arme s'agit-il ? demanda le Français.

— Une bombe. Mais une bombe très spéciale. C'est un prototype. À ma connaissance, il n'en existe qu'une. Les Britanniques lui ont donné un nom de code. Royal Blue.

— Le Major Yu a raison, dit Kurst. Royal Blue est dans un laboratoire d'armes ultrasecrètes situé dans la banlieue de Londres. C'est pourquoi j'ai choisi de nous réunir ici. Le laboratoire est sous surveillance depuis un mois et une de nos équipes se tient déjà prête à intervenir. À la fin de la semaine, la bombe sera en notre possession. Après cela, Major Yu, je mets l'opération sous votre responsabilité.

Le Major Yu hocha lentement la tête.

— Pardonnez-moi, M. Kurst, intervint alors Levi Kroll, qui avait une voix désagréable et arrogante. Il me semblait que c'était moi qui devais commander la prochaine opération.

— Je crains que vous ne soyez obligé d'attendre, monsieur Kroll. Une fois Royal Blue entre nos mains, elle sera expédiée par avion à Bangkok, puis transportée par bateau jusqu'à sa destination finale. C'est une région du monde où vous n'avez aucune expérience. Contrairement au Major Yu. Depuis vingt ans, il travaille à Bangkok, Djakarta, Bali et Lombok. Il a également une base dans le nord de l'Australie. Il contrôle un immense réseau criminel appelé *Shetou* en chinois, ou Snakehead, ce qui signifie « tête de serpent ». C'est ce réseau qui va effectuer le transfert de la bombe pour nous. Le Snakehead du Major Yu est une formidable organisation et, dans l'affaire qui nous occupe, la mieux appropriée à nos besoins.

L'Israélien esquissa un bref hochement de tête.

— Vous avez raison. Veuillez excuser mon interruption.

— J'accepte vos excuses, répondit Kurst.

Ce qui était faux. Il pensa qu'il faudrait se débarrasser de Kroll un jour prochain. L'Israélien parlait trop souvent sans réfléchir.

— Major Yu ? À vous, reprit Kurst.

Il restait peu à dire. Le Major Yu ôta ses lunettes et les nettoya du bout de ses doigts gantés. Ses yeux étaient d'un gris bizarre, presque métallique, avec des paupières qui se repliaient sur elles-mêmes.

— Je vais prendre contact avec mes hommes à Bangkok et Djakarta, expliqua-t-il à voix basse. Je les préviendrai que l'engin est en route. L'appareil de livraison a déjà été construit près de Reef Island. Pour ce qui est de cette conférence d'idéalistes, n'ayez aucune inquiétude. Elle n'aura jamais lieu.

*
* *

À dix-huit heures, ce soir-là, une Renault Mégane bleue quitta l'autoroute M11 en prenant une voie marquée « RÉSERVÉE AUX VÉHICULES DE SERVICE ». Il existe de nombreuses voies semblables sur les autoroutes britanniques. Des milliers d'automobilistes passent devant chaque jour sans y prêter attention. De fait, la grande majorité d'entre elles sont parfaitement innocentes et conduisent à des dépôts de matériel de maintenance ou à des centres de contrôle du trafic. Mais le réseau autoroutier a aussi ses secrets. Tandis que la Mégane roulait lentement sur la voie de service, avant d'aller s'arrêter devant ce qui ressemblait à un bâtiment administratif de plain-pied, elle était surveillée par trois caméras de télévision, et les trois agents de sécurité postés à l'intérieur furent aussitôt en état d'alerte.

Le bâtiment était en réalité un laboratoire et un centre de recherche d'armement qui dépendait du ministère de la Défense. Très peu de personnes connaissaient son existence, moins encore avaient le droit d'y entrer. La voiture qui venait d'arriver n'avait pas d'autorisation, et les agents de sécurité – recrutés dans les Forces Spéciales – auraient dû immédiatement déclencher l'alarme. C'était la procédure.

Mais la Renault Mégane est une innocente et banale voiture familiale, et celle-ci avait visiblement été impliquée dans un grave accident. Le pare-brise avait volé en éclats, le capot était embouti, et de la fumée sortait de la calandre. Un homme vêtu d'un anorak vert et coiffé d'une casquette était assis derrière le volant. Près de lui se trouvait une femme au visage ensanglanté. Pire : il y avait deux jeunes enfants sur la banquette arrière et, malgré la mauvaise qualité de l'image sur l'écran de contrôle, ils semblaient dans un piteux état. Aucun ne bougeait. La mère parvint à descendre du véhicule, mais elle s'écroula par terre. Son mari restait assis sans bouger, comme pétrifié.

Deux agents de sécurité sortirent pour courir vers eux. C'était humain. Cette jeune famille avait besoin d'aide et, de toute façon, le risque était faible. La porte du bâtiment se referma derrière eux en claquant et il fallait composer un code de sept chiffres pour la rouvrir. Les deux agents portaient chacun un pistolet automatique Browning 9 mm sous leur veste. Le Browning est une arme ancienne mais très fiable, et très appréciée des Forces Spéciales.

La femme gisait à terre. Le conducteur de la Mégane parvint à ouvrir sa portière au moment où les deux gardes approchaient.

— Que s'est-il passé ? cria l'un d'eux.

C'est à ce moment seulement, trop tard, qu'ils se rendirent compte que quelque chose clochait. Une voiture percutée sur l'autoroute se serait simplement garée sur le bas-côté – à supposer qu'elle soit en état de rouler. Et pourquoi n'y avait-il qu'une seule voiture, avec ces quatre personnes ? Où étaient les autres véhicules ? Où était la police ? Leurs derniers doutes s'envolèrent une fois près de la Mégane. Les deux enfants assis à l'arrière étaient des mannequins. Avec leurs perruques bon marché et leurs sourires plastifiés, ils semblaient sortis d'un cauchemar.

La femme étendue au sol se retourna, une mitraillette entre les mains. Elle abattit le premier garde d'une rafale dans la poitrine. Le second, réagissant rapidement, tendit la main vers son Browning, mais il n'avait pas une chance. Le conducteur de la voiture, qui avait une mitraillette Micro Uzi à silencieux sur ses genoux, leva le canon et pressa la détente. Dans un murmure, la mitraillette cracha une rafale de vingt balles en moins d'une seconde. Le garde fut projeté en arrière.

Le couple courait déjà vers le bâtiment. Ils ne pourraient pas y entrer tout de suite, mais ce n'était pas utile. Ils contournèrent le bâtiment pour arriver derrière, où une caisse argentée d'environ deux mètres carrés était fixée à la façade. L'homme ouvrit la trousse à outils qu'il avait apportée de la voiture. De son côté, la femme s'immobilisa un bref instant et tira trois fois pour détruire les caméras de surveillance. Au même moment, une ambulance arriva par la voie de service et se rangea derrière la Mégane.

La deuxième phase de l'opération prit très peu de temps. Le bâtiment était équipé d'un système de filtration d'air CBR – chimique, biologique et radiologique. L'installation, qui avait pour but de contrer une attaque ennemie, se retourna contre les occupants. L'homme se munit d'un chalumeau oxyacétylénique miniature avec lequel il fit fondre les vis. Cela lui permit de soulever le panneau métallique, révélant tout un enchevêtrement de tuyaux et de fils électriques. D'une poche intérieure de son anorak, il sortit un masque à gaz qu'il ajusta sur son visage. Puis il prit dans la trousse à outils une ampoule en métal de quelques centimètres de long, dotée d'un bec et d'une aiguille. Il savait exactement ce qu'il faisait. Avec la paume de sa main, il donna un coup léger pour enfoncer l'aiguille dans l'un des tuyaux, puis il fit tourner le bec.

Il se produisit un sifflement presque inaudible lorsque le cyanure de potassium se mélangea à l'air circulant à l'intérieur du bâtiment. Pendant ce temps, quatre hommes vêtus de blouses blanches d'infirmiers mais portant un masque à gaz s'étaient approchés de la porte principale. L'un d'eux pressa une boîte aimantée de la taille d'un paquet de cigarettes contre la serrure, puis il recula. Il y eut une explosion et la porte s'ouvrit.

C'était le début de la soirée. Une demi-douzaine de personnes seulement travaillaient encore dans les locaux. La plupart étaient des techniciens. L'un était le chef de la sécurité. Il tentait de donner l'alerte au téléphone lorsque le gaz l'avait atteint. Il gisait sur le sol, le visage figé dans une grimace de douleur, le téléphone encore dans la main.

Après le hall d'entrée, un couloir menait à une porte marquée « ZONE INTERDITE ». Les quatre ambulanciers savaient où ils allaient. La bombe apparut devant eux. Elle paraissait étonnamment démodée, comme un engin de la Seconde Guerre mondiale : un énorme cylindre métallique, couleur argent, plat à une extrémité et pointu à l'autre. Seul un cadran électronique incrusté dans le flanc et une série d'écrans de contrôle à affichage numérique suggéraient le XXIe siècle. La bombe était fixée sur un chariot à commande électrique. L'ensemble serait placé à l'intérieur de l'ambulance, choisie pour ses dimensions.

Ils guidèrent le chariot dans le couloir et sortirent par la porte principale. L'ambulance était équipée d'une rampe sur laquelle le chariot fut hissé facilement à l'intérieur, laissant tout juste la place pour le conducteur et son passager. Les trois autres hommes et la femme montèrent dans la Mégane, après avoir jeté les mannequins. L'opération entière avait duré huit minutes et demie. Trente secondes de moins que prévu.

Une heure plus tard, une fois l'alerte enfin déclenchée dans Londres et toutes les régions du pays, le groupe avait disparu. Ils s'étaient débarrassés des perruques, lentilles de contacts et autres accessoires de grimage qui avaient radicalement modifié leur apparence. Les deux véhicules avaient été brûlés.

Et l'arme connue sous le nom de Royal Blue avait entamé son voyage vers l'Orient.

3

Problèmes de visa

— Alex Rider.

L'homme aveugle prononça ces deux mots comme s'ils venaient à l'instant de surgir dans son esprit. Il les laissa rouler sur sa langue, les goûta comme un vin fin. Il était assis dans un fauteuil en cuir souple, le genre de siège banal dans le bureau d'un cadre supérieur mais surprenant dans un avion, à vingt-cinq mille pieds au-dessus d'Adélaïde. L'avion était un jet d'affaires Gulfstream V spécialement aménagé, avec une cuisine et une salle de bains, une liaison satellite pour les communications internationales, un écran plasma connecté vingt-quatre heures sur vingt-quatre à des chaînes d'informations, et une batterie d'ordinateurs. Il y avait même un panier pour Garth, le chien-guide de l'aveugle.

Ce dernier s'appelait Ethan Brooke. Il dirigeait le CAD (Covert Action Division), autrement dit les opérations clandestines de l'ASIS – les services secrets australiens. Très peu de personnes, en dehors de celles qui y travaillaient, connaissaient l'existence du CAD.

Brooke était un homme corpulent d'une cinquantaine d'années, avec des cheveux couleur sable, et un teint coloré et buriné qui suggérait des années passées en plein air. Il avait servi comme lieutenant-colonel dans les commandos jusqu'à ce qu'une mine, au Timor Oriental, l'expédie d'abord à l'hôpital pendant trois mois, puis vers une nouvelle carrière au sein des services de renseignements. Il portait des lunettes Armani aux verres teintés, et non les traditionnelles lunettes noires des aveugles, et des vêtements décontractés : jeans, chemise à col ouvert et veste. Un vieux secrétaire d'État au ministère de la Défense, qui s'était un jour plaint de sa tenue vestimentaire, portait désormais les valises dans un hôtel trois étoiles de Sydney.

Brooke n'était pas seul. Un homme de la moitié de son âge, mince, cheveux blonds et courts, se tenait assis en face de lui. Il portait un costume. Marc Damon avait postulé pour être engagé dans les services secrets australiens sitôt après l'université : il s'était introduit au quartier général de l'ASIS à Canberra et avait laissé son dossier de candidature sur le bureau de Brooke. Les deux hommes travaillaient maintenant ensemble depuis six ans.

C'était Damon qui avait déposé le dossier marqué « TOP SECRET » sur la table entre eux. Bien que le contenu eût été traduit en braille, Brooke n'avait plus besoin de le consulter. Il lui avait suffi de lire le rapport une fois pour le mémoriser. Il connaissait désormais tout ce qu'il avait besoin de savoir sur Alex Rider. Le seul élément qui lui manquait était la photo du garçon de quatorze ans. Comme toujours, il avait dû se fier au rapport :

DESCRIPTION PHYSIQUE – SIGNES PARTICULIERS
Taille : 1,62 m. Pas encore très grand pour son âge, mais cela renforce sa valeur opérationnelle.
Poids : 55 kilos.
Cheveux blonds. Yeux bruns.
Condition physique excellente, mais peut-être compromise par sa blessure récente (voir dossier Scorpia).
Outre l'anglais, sa langue maternelle, le sujet parle couramment le français et l'espagnol, et connaît bien l'allemand.
Apprend le karaté depuis l'âge de six ans. Niveau : premier *Dan* (ceinture noire).
Entraînement aux armes : aucun.
Résultats scolaires médiocres, avec rapports négatifs de la plupart de ses professeurs. Ci-joints les dossiers scolaires du collège Brookland (deuxième et troisième trimestres). Mais il faut tenir compte de ses absences répétées au cours des huit derniers mois.

PROFIL PSYCHOLOGIQUE
Alex Rider a été recruté par le service des Opérations Spéciales du MI6 en mars dernier, à l'âge de quatorze ans et deux mois.

Son père, John Rider – alias Hunter – a été tué en mission. Sa mère est décédée en même temps. Il a été élevé par son oncle, Ian Rider, lui aussi agent en service actif du MI6 avant sa mort au début de l'année.

Il semble certain que le garçon a été physiquement et mentalement préparé dès son plus jeune âge au métier d'espion. Hormis les langues étrangères et les arts martiaux, Ian Rider l'a initié à de nombreux sports : escrime, alpinisme, rafting et plongée sous-marine.

Néanmoins, malgré ses talents évidents pour l'espionnage (voir ci-dessous), A. R. a manifesté peu d'enthousiasme. Comme beaucoup d'adolescents, il n'est pas patriote et se désintéresse de la politique. À deux occasions au moins, le MI6 a dû exercer des pressions sur lui pour le contraindre à collaborer.

Le garçon est apprécié par ses camarades d'école (quand il y va).

Loisirs : football (supporter de Chelsea), tennis, musique, cinéma.

Intérêt évident pour les filles (voir dossier séparé sur Sabina Pleasure et le rapport de la CIA sur l'agent Tamara Knight).

Habite avec sa gouvernante, Jack Starbright (malgré son prénom, il s'agit d'une femme).

N'a nullement l'ambition de suivre les traces de son père et de son oncle dans le renseignement.

MISSIONS PASSÉES – SERVICE ACTIF

Les services secrets britanniques refusent d'admettre qu'ils ont employé un mineur, aussi a-t-il été difficile de réunir les preuves matérielles d'une implication directe d'A. R. comme agent actif. Nous pensons toutefois qu'il a travaillé pour le MI6 à quatre occasions au moins. Il a également collaboré avec la CIA, deux fois au moins, avec un égal succès.

ROYAUME-UNI : affaire Herod Sayle – Sayle Entreprise, Cornouailles. Affaire Dr Hugo Grief – collège Pointe Blanche, France. Affaire Damian Gray, Amsterdam. Affaire Julia Rothman (Scorpia), opération *Épée invisible*, Londres.

États-Unis : dossiers inaccessibles. Liens possibles avec le général Alexeï Sarov, Skeleton Key, Cuba. Avec Nikolei Drevin, Flamingo Bay, Caraïbes (projet Ar*k*ange).

Malgré l'impossibilité de confirmer les détails, il semble que, en l'espace d'un an, A. R. a été engagé dans six missions importantes et qu'il les a réussies contre toute attente. Il a survécu à des tentatives d'assassinat orchestrées par Scorpia et les Triades chinoises.

Situation actuelle : disponible.

Post-scriptum : l'année dernière, le FBI a voulu engager un agent mineur dans sa lutte contre les réseaux de trafic de drogue qui opèrent dans la région de Miami. Le garçon a été tué presque aussitôt. Le FBI n'a pas renouvelé l'expérience.

Les dossiers des services secrets sont les mêmes partout dans le monde. Ils sont rédigés par des gens qui vivent dans un univers en noir et blanc et qui, d'une façon générale, n'ont pas le temps de laisser libre cours à leur imagination – du moins pas si elle se met en travers des faits. Les pages concernant Alex Rider avaient donné à Brooke une vague impression sur la personnalité du garçon. En tout cas, elles avaient suffi à éveiller son intérêt. Mais il soupçonnait le rapport de cacher des éléments autant qu'il en révélait.

— Il est en Australie, murmura-t-il.

— Oui, monsieur, acquiesça Damon. Il nous est tombé du ciel.

Brooke sourit.

— Vous savez, si n'importe qui d'autre m'avait raconté cette histoire, j'aurais juré qu'on essayait de me mener en bateau. Rider est vraiment allé dans l'espace ?

— On l'a repêché à une centaine de milles au large de la côte est. Il flottait dans un module Soyouz. Bien entendu, les Américains refusent de nous dire quoi que ce soit. Mais ce n'est sans doute pas une coïncidence si, selon le NIWO, la station spatiale Ar*k*ange a explosé à peu près au même moment.

Le NIWO est l'Office national de renseignements. Il emploie deux mille personnes, qui surveillent en permanence tout ce qui se passe dans le monde, et au-delà.

— C'était la grande idée de Drevin, dit Brooke à voix basse. Un hôtel spatial.

— Oui, monsieur.

— J'ai toujours eu un mauvais pressentiment à son sujet.

Il y eut une série de turbulences et le jet chuta. Dans son panier, le chien poussa un gémissement. Les voyages en avion ne l'avaient jamais emballé. Mais l'appareil se stabilisa et poursuivit sa route à travers les nuages vers le nord-est, en direction de Sydney.

— Vous pensez qu'on peut l'utiliser ? demanda Brooke.

— Alex Rider déteste être utilisé. Et d'après ce que j'ai lu sur lui, il ne se porte jamais volontaire. Mais je pense que si nous arrivions à trouver un moyen de le convaincre, il nous serait très utile. Un garçon de son âge n'éveillerait aucun soupçon. C'est pour cette raison que les Américains l'ont envoyé à Skeleton Key. Et ça a marché.

— Où est-il, en ce moment ?

— Dans un avion qui le conduit à destination de Perth. C'est un peu une expédition, mais ils voulaient le mettre en sécurité et ils ont opté pour le Q.G. du SAS[1] à Swanbourne. Il aura besoin de deux jours pour se relaxer.

Brooke se tut. Avec son regard aveugle caché derrière ses lunettes, il était difficile de deviner le cours de ses pensées. Mais Damon savait que son patron passait en revue toutes les hypothèses, qu'il prendrait rapidement une décision et s'y tiendrait. L'ASIS ne trouverait peut-être aucun argument pour persuader le jeune Anglais de collaborer, mais si Brooke décelait la moindre faiblesse chez Alex Rider, il en tirerait avantage.

Un instant plus tard, Brooke hocha la tête.

— On pourrait l'associer à Ash, dit-il.

---

1. SAS : Special Air Service. Équivalent du G.I.G.N. (Groupe d'intervention de la Gendarmerie nationale).

Il avait trouvé. Simple, mais brillant.
— Ash est à Singapour, observa Damon.
— En opération ?
— Mission de routine.
— Eh bien, le voilà réaffecté. Nous allons les mettre en équipe et les envoyer tous les deux. Ils feront un duo parfait.

Damon ne put retenir un sourire. Alex Rider travaillerait certainement avec l'agent Ash. Mais un problème se posait.

— Vous croyez que Ash acceptera de faire équipe avec un adolescent ?
— Oui, si le garçon se montre aussi doué que tout le monde l'affirme.
— Il faudra le prouver à Ash.

Cette fois, ce fut au tour de Brooke de sourire.
— Je me charge de cela.

Swanbourne, où se trouve le SAS, est à quelques kilomètres au sud-ouest de Perth. La base ressemble à un village de vacances bas de gamme – en plus sûr. Elle s'étire le long d'une plage de sable blanc de l'océan Indien, abritée des regards par une série de dunes. Les bâtiments sont propres, modernes, anonymes. Sans la barrière à levage du poste de contrôle de l'entrée principale, sans les allées et venues des véhicules militaires, et sans les hommes en tenue kaki et béret couleur sable qu'on apercevait parfois, on aurait eu du mal à croire qu'il s'agissait du quartier général de la première force d'élite d'Australie.

De la fenêtre de sa chambre, Alex Rider regardait la cour principale, bordée d'un côté par la salle de tir et, de l'autre, par le gymnase et le centre de fitness. Il avait envie de rentrer chez lui et se demandait combien de temps on allait le garder ici. Il était vrai que son séjour sur le *Kitty Hawk* avait été très bref. À peine avait-il eu le temps d'avaler son petit déjeuner que déjà on le fourrait dans un jet Hawkeye, un masque à oxygène sur le visage, pour le propulser dans les airs. Personne ne lui avait précisé sa destination. Il avait lu le nom de la ville en grosses lettres au-dessus du terminal de l'aéroport : PERTH. Une Jeep l'attendait sur la piste et l'avait emmené aussitôt dans la banlieue très anonyme de Swanbourne, à la base du SAS. Un soldat l'avait accueilli, les yeux dissimulés derrière des lunettes de soleil, les lèvres serrées, silencieux, et l'avait conduit à une chambre confortable, avec télévision et vue sur les dunes de sable. La porte était fermée mais pas à clé.

On lui avait fait traverser l'Australie de part en part et voilà où il avait échoué. Et ensuite ?

On frappa à la porte. Alex l'ouvrit. Un autre soldat en treillis ocre et vert le salua.

— M. Rider ?
— Alex.
— Le colonel Abbott vous présente ses compliments. Il aimerait vous parler.

Alex suivit le soldat dans l'enceinte. Il n'y avait personne en vue. Le soleil tapait dur sur le terrain de manœuvres désert. Il était presque midi et le précoce été australien se faisait déjà sentir. Ils atteignirent un bungalow isolé, en bordure du site. Le soldat toqua et, sans attendre la réponse, ouvrit la porte pour laisser entrer Alex.

Un homme mince et affairé, âgé d'une quarantaine d'années, également vêtu d'un treillis, se tenait derrière un bureau. Il était occupé à rédiger un rapport mais se leva à l'entrée d'Alex.

— Voici donc Alex Rider !

Son accent australien surprit presque Alex. Avec ses cheveux sombres et courts, son visage taillé à la serpe, Abbott aurait pu passer pour un Anglais. Il donna à Alex une poignée de main ferme.

— Je m'appelle Mike Abbott, et je suis sincèrement ravi de te rencontrer, Alex. J'ai beaucoup entendu parler de toi.

Alex ne cacha pas son étonnement et Abbott éclata de rire.

— Il y a six mois, la rumeur a couru que les Britanniques employaient un agent mineur. Bien entendu, personne ne l'a cru. Mais apparemment ils t'ont beaucoup mis à contribution et, après l'élimination de Damian Cray… Tu sais, on ne peut pas attaquer l'avion présidentiel américain en plein Londres sans que ça se sache ! Mais ne t'inquiète pas. Nous sommes entre amis.

Abbott lui indiqua une chaise et Alex s'assit.

— C'est très gentil à vous, colonel, dit-il. Mais j'ai vraiment envie de rentrer chez moi.

— Je te comprends, Alex, répondit Abbott en regagnant son siège. Et je compte bien te renvoyer en Angleterre. Mais avant il y a une ou deux petites choses à régler.

— Lesquelles ?

— Eh bien… tu as atterri en Australie sans visa. (Abbott leva une main avant qu'Alex puisse l'interrompre.) Je sais, ça paraît ridicule. Mais il faut arranger ça. Dès que j'aurai le feu vert, je te mets dans le premier avion en partance pour Londres.

— J'aimerais passer un coup de téléphone.

— À ta gouvernante Jack Starbright, je suppose ? (Abbott sourit et Alex se demanda ce que le colonel savait sur Jack.) Trop tard pour le téléphone, Alex. Jack Starbright a été informée de ce qui s'est passé et elle est déjà en route pour l'Australie. Son avion a quitté Heathrow il y a une heure, mais elle ne devrait pas arriver avant demain. Tu la retrouveras à Sydney. En attendant, tu es mon invité à Swanbourne et je veux que tu en profites. Nous sommes sur la plage et c'est le début de l'été australien. Relaxe-toi. Je te préviendrai dès qu'il y aura du nouveau pour ton visa.

Alex eut envie de discuter mais il se ravisa. Le colonel avait beau se montrer amical, quelque chose retenait Alex de lui parler librement. On ne s'élevait pas à un grade élevé dans la hiérarchie du SAS sans être exceptionnellement coriace, et le sourire d'Abbott cachait très certainement un caractère d'acier.

— Tu veux savoir autre chose, Alex ?

— Non, merci, colonel.

Ils se serrèrent la main, et Abbott ajouta :

— J'ai demandé à mes hommes de s'occuper de toi. Ils sont impatients de te connaître. Préviens-moi s'ils te mènent la vie dure.

Lors de son entraînement avec les SAS de Brecon Beacons, au pays de Galles, Alex avait connu des moments très difficiles. Or, dès qu'il sortit du bungalow, il comprit que tout serait très différent à Swanbourne. Quatre jeunes soldats l'attendaient, chaleureux et apparemment enchantés de le rencontrer. Sa réputation l'avait peut-être précédé, mais les commandos des forces spéciales australiennes avaient une attitude très opposée à celle de leurs homologues britanniques.

— C'est formidable de faire ta connaissance, Alex.

L'homme qui l'accueillit ainsi avait environ vingt-deux ans et une carrure incroyablement athlétique. Le tee-shirt vert moulait ses pectoraux ciselés et ses épaules impressionnantes.

— Je m'appelle Scooter. Et voici Texas, Rayon X et Sparks.

Alex crut d'abord qu'il s'agissait de noms de code, mais il comprit bien vite que c'étaient simplement des surnoms. Tous les quatre avaient une vingtaine d'années et un physique d'athlètes.

— On allait déjeuner. Tu nous accompagnes ? poursuivit Scooter.

— D'accord, merci.

Alex n'avait pas eu le temps d'avaler grand-chose au petit déjeuner et son estomac était vide depuis la veille.

Ils avancèrent en groupe. Aucun ne fit de commentaire sur l'âge d'Alex. Son identité n'était visiblement pas un secret. Alex commença à se détendre. Finalement, un ou deux jours sur cette base ne seraient peut-être pas désagréables.

Derrière la fenêtre de son bureau, le colonel Abbott les suivit des yeux. Une boule lui serrait l'estomac. Marié et père de trois enfants, son fils aîné était à peine plus jeune qu'Alex. Il était impressionné. Après toutes les épreuves qu'il avait endurées, le garçon possédait une sorte de calme intérieur. Abbott ne doutait pas de sa capacité à se débrouiller seul.

Pourtant...

Il jeta à nouveau un coup d'œil aux ordres qu'il avait reçus quelques heures plus tôt. C'était de la folie. Ce que ses chefs suggéraient était tout simplement impensable. Mais il n'avait pas son mot à dire. Les ordres étaient précis.

Et si Alex était blessé ? Tué ?

Cela ne relevait pas de sa responsabilité.

Ce qui ne le réconfortait nullement. En vingt ans de carrière, Abbott n'avait jamais discuté les ordres de ses supérieurs, et c'est avec un sentiment de colère mêlée de consternation qu'il décrocha le téléphone pour donner ses instructions pour la nuit prochaine.

4

Pique-nique interdit

Alex passa l'après-midi à dormir. Lorsqu'il émergea, réveillé par des coups légers à la porte, le soir tombait. Il se leva pour aller ouvrir et reconnut le jeune soldat qui s'était présenté sous le nom de Scooter. Sparks l'accompagnait.

— Ça va, Alex ? demanda Scooter. On se demandait si ça te plairait de venir avec nous.

— Où ?

— Pique-niquer sur une plage. On fera un barbecue, on boira quelques bières et on se baignera. (Scooter esquissa un geste vers le terrain de la base. Il n'y avait personne en vue.) On est exemptés des manœuvres prévues cette nuit. Le colonel a pensé que tu aimerais profiter un peu de l'océan avant de t'en aller.

Ces derniers mots éveillèrent aussitôt l'attention d'Alex.

— Je vais partir ?

— Demain matin, si j'ai bien compris. Alors, qu'est-ce que tu en dis ? Ça te tente ?

— Oui, bien sûr.

Alex n'avait aucun projet pour la soirée. Et il n'aimait pas particulièrement regarder la télévision tout seul.

— Super. On passe te prendre dans dix minutes.

Les deux soldats s'éloignèrent. Ce serait seulement beaucoup plus tard, à seize mille kilomètres de là, qu'Alex se rappellerait le regard qu'ils échangèrent – quelque chose semblait les tracasser. Mais, sur le moment, il n'y prêta pas attention.

Alex rentra dans sa chambre et enfila ses tennis. Le SAS lui avait fourni des vêtements. Il prit une veste de treillis dans le placard. Scooter avait évoqué un bain de mer, mais le soir tombait et une petite brise s'était levée. Après réflexion, Alex se munit d'une serviette et d'un short de rechange qui pourrait faire office de maillot de bain. Une hésitation l'arrêta au moment de sortir. Était-ce vraiment une bonne idée, cette virée nocturne sur la plage avec des gens qu'il connaissait à peine et qui, pour certains, avaient dix ans de plus que lui ? Soudain, Alex se sentit très seul et vraiment très loin de chez lui. Mais Jack était en route, et Scooter lui avait annoncé qu'il partait le lendemain matin. Il chassa ses doutes et quitta la chambre.

Presque aussitôt, une Jeep s'arrêta devant le bâtiment. Sparks était au volant, Scooter à côté de lui, Texas et Rayon X derrière, avec des sacs, une glacière, des couvertures et une guitare. Ils avaient laissé une petite place libre entre eux pour Alex. Quand celui-ci monta dans la Jeep, il remarqua que Texas tenait sur ses genoux un pistolet automatique dont il testait le mécanisme.

— Tu as déjà tiré avec ça ?

Alex fit non de la tête.

— Eh bien, tu vas en avoir l'occasion. Je t'installerai des cibles sur la plage. On verra comment tu te débrouilles.

Sa proposition mit de nouveau Alex à l'aise. Mais Sparks alluma l'auto-radio et une musique tonitruante d'un groupe australien inconnu d'Alex explosa dans la Jeep, qui démarra en trombe. La soirée s'annonçait belle. Quelques traînées roses zébraient le ciel mais il n'y avait aucun nuage et le soleil, au bord de l'horizon, étirait les ombres sur le sol. Scooter, affalé sur le siège avant, avait posé un pied sur le tableau de bord. Rayon X, une main levée, jouait avec le vent qui glissait entre ses doigts. Une fois qu'ils eurent franchi la barrière de l'entrée, Alex commença à se détendre. Puisqu'il n'aurait qu'une soirée à passer en Australie, autant en profiter.

Ils longèrent la côte pendant une quinzaine de kilomètres avant d'obliquer vers l'intérieur des terres, à travers une zone de maisons de banlieue et de centres commerciaux, qu'ils laissèrent bientôt derrière eux pour s'engager sur une autoroute à quatre voies filant dans la campagne. Personne ne parlait. Avec le bruit du vent, il était impossible de s'entendre dans la Jeep découverte. La musique était vaguement audible, mais les paroles des chansons s'envolaient.

Au bout d'une vingtaine de minutes, Scooter se retourna et cria :

— Ça va ?

Alex hocha la tête. Mais le trajet commençait à lui paraître long.

Ils roulèrent plus d'une heure sur l'autoroute, avant de prendre une route qui traversait une région boisée. Puis ils s'engagèrent sur un chemin de terre et se retrouvèrent bientôt sur une piste cahoteuse, bordée d'eucalyptus et de pins.

Rayon X avait sorti une carte routière. Il se pencha en avant pour tapoter l'épaule de Scooter.

— Tu es sûr que c'est la bonne route ?

— Sûr et certain ! répondit Scooter sans se retourner.

— Moi, je crois qu'on est allés trop loin.

— Tais-toi, Rayon X. Je te dis que c'est le chemin…

Soudain, une barrière se dressa devant eux, semblable à celle de la base de Swanbourne, mais vieille et rouillée. Un panneau accroché dessus signalait :

ZONE MILITAIRE
Interdiction absolue d'entrer.
Toute infraction sera passible de poursuites et de prison.

Sparks ralentit. Sans prendre la peine d'ouvrir sa portière, Scooter sauta de la Jeep.

— Où sommes-nous ? demanda Alex.

— Tu verras, répondit Sparks. Ça va te plaire.

— On est allés trop loin, insista Rayon X. Il aurait fallu tourner deux kilomètres plus tôt.

Scooter avait levé la barrière, qui n'était visiblement pas cadenassée, et la Jeep se remit en route, prenant Scooter au passage. Sparks écrasa l'accélérateur et le véhicule bondit sur la piste creusée de trous et veinée de racines.

Il faisait presque nuit. Les derniers vestiges de clarté s'étaient estompés sans même qu'Alex s'en fût aperçu. Soudain, les arbres lui apparurent très proches, très resserrés, menaçant de leur bloquer la route. La surface de la piste devenait de pire en pire. Alex s'agrippait où il pouvait. Les glacières bondissaient en l'air à chaque cahot violent. Les feuillages et les branches dansaient brièvement dans les phares avant de disparaître dans la nuit. La piste ne semblait mener nulle part. Alex luttait contre un sentiment de malaise grandissant et regrettait de plus en plus d'être venu. Soudain, la Jeep creva un rideau de végétation et s'arrêta mollement sur du sable doux. Ils étaient arrivés.

Sparks coupa le moteur. Aussitôt, le bruissement feutré de la nuit les enveloppa. Alex prêta l'oreille au murmure de la brise et au roulement des vagues sur le rivage. Le site était grandiose : une plage de sable blanc s'incurvait doucement en forme de croissant devant une mer noire et argent. La pleine lune étincelait et une nuée d'étoiles se déployait à l'infini, jusqu'aux confins de l'hémisphère sud.

— Tout le monde descend ! cria Scooter qui ouvrit la portière de la Jeep d'un coup de pied et trébucha dans le sable. Rayon X, passe-moi une bière ! Et toi, Texas, à la popote !

— C'est toujours moi qui suis de corvée, se plaignit ce dernier.

— Pourquoi on t'invite, à ton avis ?

— Tiens, attrape ! – Rayon X avait sorti une boîte de bière Foster. Il la lança à Scooter, puis se tourna vers Alex.

— Tu en veux une ?

— Je préfère un Coca. Il y en a ?

— Bien sûr.

Rayon X dénicha un Coca dans une glacière et le lui donna.

Pendant ce temps, Texas avait commencé à décharger la Jeep. Alex nota que les commandos du SAS avaient apporté des saucisses, des steaks et des côtelettes – assez de viande pour nourrir une armée. Mais en dehors d'une grille de fer graisseuse et noircie, il n'y avait aucune trace de barbecue.

Scooter dut lire dans ses pensées.

— On va faire un feu, Alex. Tu vas nous aider à ramasser du bois.

Sparks avait sorti la guitare. Il la posa sur un genou et gratta quelques cordes. La musique parut très faible, perdue dans l'immensité de la nuit.

— Bon, voilà le plan, dit Scooter qui, bien que de grade égal, s'imposait comme le chef naturel du groupe. Alex et moi, on va ramasser du bois. Texas et Rayon X, vous commencez à préparer le frichti. Et toi, Sparks, tu continues de jouer. (Il prit une lampe torche et la tendit à Alex.) Si jamais tu t'égares, repère-toi sur la musique. Elle te ramènera vers la plage.

— D'accord.

Alex n'était pas certain de pouvoir encore entendre

la guitare une fois dans les bois, mais Scooter semblait savoir ce qu'il faisait.

— Allons-y.

Scooter alluma sa torche. Le faisceau était puissant. Même avec la lune, il creusa une voie dans l'obscurité. Alex alluma la sienne et suivit Scooter sur la piste par laquelle ils étaient arrivés. La soirée était plus chaude qu'il ne l'avait imaginé. La brise ne pénétrait pas dans la forêt. Tout était silencieux.

— Ça va ? demanda Scooter.

— Ça va.

— Une fois qu'on aura allumé le feu et mangé nos grillades, on ira se baigner.

— D'accord.

Ils continuèrent de marcher. Il sembla à Alex qu'ils s'étaient beaucoup éloignés de la plage. La musique lui parvenait encore, mais si distante que les notes paraissaient désarticulées. On ne distinguait plus la mélodie.

— Regarde si tu trouves du bois mort, dit Scooter. Ça brûle mieux.

Alex braqua le faisceau de sa torche sur le sol. Il y avait des branches mortes partout et il se demanda pourquoi Scooter l'avait emmené si loin pour les ramasser. Mais discuter ne servait à rien. Il entreprit d'en rassembler un tas, puis se baissa pour prendre une pleine brassée, qu'il coinça contre sa poitrine. En se relevant, il chercha Scooter des yeux.

Celui-ci avait disparu.

— Scooter ?

Pas de réponse. Et aucune lumière non plus. Alex ne s'inquiéta pas. Scooter avait probablement déjà ramassé son tas de bois et rebroussé chemin vers la plage. Alex tendit l'oreille pour localiser la guitare, mais la musique avait cessé. Cette fois, un doute le saisit. Dans ses allées et venues pour amasser du bois, il avait perdu le sens de l'orientation. Il était au milieu d'une forêt, cerné par les ténèbres. Où se trouvait la plage ?

Devant, à quelque distance, il entrevit l'éclair blanc d'une lampe torche. Alex héla Scooter une nouvelle fois mais n'obtint aucune réponse. C'était sans importance. Il avait aperçu une lumière et, comme pour le réconforter, la torche se manifesta de nouveau. Alex se mit en marche dans sa direction.

Mais au bout de vingt ou trente pas, il se rendit compte qu'il ne se dirigeait pas du tout vers la plage. Au contraire, il s'enfonçait dans la forêt. On aurait pu croire que cela avait été fait exprès. Il était le papillon de nuit attiré par la flamme d'une bougie. Même la lune avait disparu derrière un nuage. Fâché contre lui-même, Alex lâcha sa brassée de bois. Il pourrait toujours en ramasser d'autre plus tard. Tout ce qu'il voulait, maintenant, c'était retrouver son chemin.

Dix autres pas, et il émergea des arbres. Mais ce n'était pas la plage. Sa torche balaya une large clairière dénudée, avec des petits monticules de sable et d'herbe. La forêt l'encerclait. Il n'apercevait aucune trace de Scooter, ni du faisceau tremblotant de la lampe torche qui l'avait entraîné là.

Et maintenant ?

Alex décida de rebrousser chemin. Il n'aurait sans doute aucun mal à retrouver ses empreintes et le tas de bois qu'il avait abandonné.

Il allait se retourner lorsque quelque chose – une intuition – le fit hésiter. Deux secondes plus tard, ce fut comme si le monde s'arrêtait.

Alex pressentit ce qui allait arriver juste avant que cela se produise. Il avait affronté le danger si souvent qu'il avait développé une sorte de sixième sens, comme chez les animaux – cet instinct d'un péril imminent qui leur hérisse le poil et les fait détaler sans raison apparente. Alex se jeta sur le sol avant même que le projectile tombe du ciel, réduisant les arbres à des allumettes et soulevant une tonne de terre, faisant voler en éclats le silence de la nuit et transformant l'obscurité en une clarté aveuglante.

Le souffle de l'explosion fut monstrueux. Alex n'avait jamais rien ressenti de tel. L'air s'était transformé en une sorte de poing géant, de gant de boxe qui lui assena un coup violent et brûlant, au point qu'il crut un instant avoir une dizaine d'os brisés. Il n'entendait plus rien, ne voyait plus rien. L'intérieur de son crâne était en ébullition. Il perdit peut-être connaissance pendant quelques secondes car, lorsqu'il rouvrit les yeux, il était étendu à plat ventre sur le sol, le visage dans une touffe d'herbe, du sable dans les cheveux. Sa chemise était déchirée et il avait un martèlement dans les oreilles. À part cela, il était indemne. À quelle distance était tombé le missile ? D'où avait-il été lancé ? Ces deux questions le tracassaient, mais une troisième, bien plus inconfortable encore, les supplanta. Allait-il en tomber d'autres ?

Le moment était mal choisi pour réfléchir. Alex cracha le sable qu'il avait dans la bouche et se redressa sur les genoux. Au même instant, quelque chose explosa dans le ciel : une flamme blanche qui resta là, suspendue très haut au-dessus des arbres. Il se figea, guettant une nouvelle explosion, puis il identifia la flamme : c'était une fusée éclairante, une boule de phosphore en feu destinée à illuminer le secteur à des kilomètres à la ronde. Alex était toujours à genoux. Il s'aperçut presque trop tard qu'il s'était lui-même désigné comme cible, silhouette noire dans l'éclatante lumière artificielle.

Il se jeta à plat ventre une seconde avant la vague déferlante d'une mitrailleuse, qui crachait ses balles de nulle part, pulvérisant les branches et déchiquetant le feuillage. Suivit une seconde explosion, moins puissante que la première, qui démarra cette fois au niveau du sol, et projeta en l'air une colonne de flammes. Alex se couvrit la tête avec ses mains. Une pluie de sable et de terre s'abattit sur lui.

Il était sur un champ de bataille. Il n'avait aucune expérience en la matière, mais un reste de bon sens lui souffla qu'aucune guerre n'avait éclaté en Australie. Conclusion : il s'agissait d'un exercice de manœuvres militaires et, par un concours de circonstances hallucinant, il s'était égaré en plein milieu.

Un sifflement lui parvint, bientôt suivi de deux nouvelles explosions. Sous lui, le sol se mit à trembler et il eut le souffle coupé, comme si tout son oxygène avait été aspiré. Puis d'autres mitrailleuses entrèrent en action. Le secteur tout entier était mitraillé. Malgré les fusées éclairantes, il n'apercevait personne. Les tireurs devaient se trouver à sept ou huit cents mètres. S'il se relevait pour essayer de manifester sa présence, il risquait d'être coupé en deux avant que les soldats s'aperçoivent de leur erreur.

Et Scooter, Rayon X et les autres ? L'avaient-ils amené ici délibérément ? Alex avait du mal à le croire. Quel mobile avaient-ils pour le faire tuer ? C'est alors que les paroles de Rayon X, dans la Jeep, lui revinrent en mémoire : « On est allés trop loin. Il aurait fallu tourner deux kilomètres plus tôt. » Et lorsqu'ils l'avaient invité à les accompagner, Scooter avait précisé qu'il y avait des manœuvres cette nuit-là, mais qu'ils en étaient exemptés ; c'était la raison pour laquelle ils avaient organisé ce pique-nique sur la plage. Quel pique-nique ! Aussi fou que cela ait pu paraître, les quatre hommes du SAS s'étaient aventurés à la lisière de la zone de manœuvres. En ramassant du bois, Alex s'était égaré dans la mauvaise direction. Et voilà le résultat : un mélange de malchance et de stupidité qui allait lui coûter la vie.

Un martèlement régulier avait commencé : un mortier bombardait une cible située à proximité. À chaque explosion, Alex ressentait une violente douleur derrière les yeux. La puissance des armes était phénoménale. S'il s'agissait de simples manœuvres, que devait être la vraie guerre !

Il était temps de filer. Tandis que les tirs continuaient, Alex se releva, ne sachant où aller mais certain qu'il ne pouvait pas rester là. Il avait totalement perdu ses repères. Il entendit une sorte de hurlement qui accompagnait la chute de quelque chose, et un grand boum quand ce quelque chose frappa le sol, quelque part à sa gauche. Cela servit au moins à lui indiquer la direction à ne pas prendre. Il obliqua vers la droite.

Une mitrailleuse se mit à crépiter. Alex crut entendre quelqu'un crier, mais quand il se retourna, il ne vit personne. C'était ce qu'il y avait de plus énervant : se trouver au milieu d'une bataille sans apercevoir un seul combattant. Un arbre s'était embrasé. Les flammes dévoraient le tronc et des formes rouges et noires bondissaient alentour. Juste derrière, Alex entrevit une clôture de barbelés. Ce n'était pas très alléchant, mais au moins c'était un signe de présence humaine. Avec un peu de chance, cette clôture délimitait la zone de tir et il serait plus à l'abri de l'autre côté. Alex se mit à courir. Il avait un goût de sang dans la bouche. Sans doute s'était-il mordu la langue lors de la première explosion. Tout son corps était endolori et il se demanda s'il n'était pas plus sérieusement blessé qu'il ne le pensait.

Il atteignit la clôture. Une pancarte fixée aux barbelés annonçait : « DANGER – ACCÈS INTERDIT ». Alex faillit presque en rire. Quel danger, pire que celui qu'il fuyait, pourrait l'attendre de l'autre côté ? Comme pour répondre à sa question, trois nouvelles explosions retentirent à moins d'une centaine de mètres derrière lui. Un objet chaud heurta sa nuque. Sans hésiter, Alex roula sous la clôture et continua sa course de l'autre côté.

C'était un champ. Avec des arbres de tous côtés, et toujours pas de mer en vue. Alex ralentit pour tenter de se repérer. Sa nuque lui faisait mal. Il avait été brûlé. Il se demanda si Scooter et ses amis le recherchaient. Si jamais il sortait d'ici vivant, il aurait une ou deux choses à leur dire.

Alex continua. Son pied droit rencontra un petit objet métallique. Il l'entendit – et le sentit – cliqueter sous sa semelle. Il se figea. À cet instant, une voix sortit de l'obscurité, juste derrière lui.

— Ne bouge pas. Ne fais plus un pas…

Du coin de l'œil, il vit une silhouette ramper sous la clôture. Il pensa d'abord que c'était Scooter mais la voix lui était inconnue. Quelques secondes plus tard, il découvrit un homme plus âgé, avec des cheveux noirs et bouclés, une barbe naissante, en tenue de combat et armé d'un fusil d'assaut. Les bombes et les obus semblaient s'être estompés, probablement dirigés sur des cibles plus lointaines.

L'homme se dressa à côté de lui et le considéra d'un regard incrédule.

— Qui es-tu ? Et comment es-tu arrivé ici ?

— Sur quoi suis-je en train de marcher ? demanda Alex, qui devinait la réponse mais n'osait pas baisser les yeux.

— Le champ est miné, répondit sèchement le soldat. (Il se mit à genoux. Alex sentit sa main effleurer doucement sa chaussure.) Tu as le pied sur une mine, conclut-il en se redressant.

Alex réprima un fou rire nerveux. Un sentiment d'incrédulité le submergea et il chancela un peu.

— Reste exactement où tu es ! cria le soldat. Tiens-toi droit. Ne bouge pas. Si tu relâches la pression sur ton pied, tu nous tues tous les deux.

— Qui êtes-vous ? Qu'est-ce qui se passe, ici ? Pourquoi y a-t-il des mines ?

— Tu n'as pas lu la pancarte ?
— Il y a simplement écrit « Danger, accès interdit ».
— Qu'est-ce qu'il te faut de plus ? Ça ne te suffit pas ? (Le soldat secoua la tête.) Jamais tu n'aurais dû te trouver dans les parages. Qu'est-ce que tu fabriques ici au milieu de la nuit ?
— On m'a amené.

Alex sentait sa jambe s'ankyloser. Et cela empira quand il songea à ce qui se trouvait sous son pied.

— Vous pouvez m'aider ? reprit le garçon.
— Ne fais pas un geste.

L'homme se remit à genoux et alluma une lampe torche pour examiner le sol. Après ce qui parut une éternité à Alex, il donna son verdict :

— C'est un papillon, dit-il sans la moindre émotion dans la voix. Une mine soviétique PFM-1 munie d'un détecteur à pression. L'explosif est assez puissant pour t'arracher la jambe.
— Que fait-elle ici ? s'écria Alex.

Il dut faire un effort surhumain pour ne pas soulever son pied de l'engin mortel.

— C'est un exercice d'entraînement, répondit le soldat d'une voix rauque. Ces mines sont utilisées en Indonésie et en Irak. On doit apprendre à les neutraliser.
— Au milieu d'un champ ?
— Tu ne devrais pas être là ! Qui t'a conduit ?

L'homme se releva. Tout proche d'Alex, son regard sombre le scrutait.

— Je ne peux pas la neutraliser, ajouta-t-il d'une voix sourde. Même si j'étais entraîné, je ne pourrais pas prendre le risque dans le noir.

— Qu'allez-vous faire ?
— Chercher de l'aide.
— Vous avez une radio ?
— Si j'en avais une, je m'en serais déjà servi. (Il posa brièvement la main sur l'épaule d'Alex.) Il y a autre chose que tu dois savoir, dit-il doucement, la bouche près de son oreille. Ces engins ont une amorce à retard... un détonateur séparé que tu as activé en mettant le pied dessus.
— Vous voulez dire que ça explosera de toute façon ?
— Dans quinze minutes.
— Combien de temps vous faut-il pour trouver du secours ?
— Je vais faire aussi vite que possible. Si tu entends un déclic sous ton pied, jette-toi à plat ventre sur le sol. C'est ton seul espoir. Bonne chance.
— Attendez !...
Le soldat avait déjà disparu.
Alex resta immobile. Il ne sentait plus sa jambe, mais sa nuque le brûlait et il commença à trembler violemment sous l'effet du choc. Il fit un immense effort pour se maîtriser, de peur que le plus léger mouvement ne précipite une issue fatale. Il imagina l'éclair soudain, la douleur, sa jambe arrachée. Le pire était de ne rien pouvoir faire. Son pied était collé à l'engin dont la minuterie s'égrenait impitoyablement. Alex jeta un coup d'œil autour de lui. Il s'aperçut que la mine avait été placée sur une crête. Juste après, le terrain descendait en pente raide dans un fossé. Il essaya d'évaluer les distances. S'il se jetait sur le côté, pourrait-il atteindre le fossé avant que la mine

explose ? Et, la force du souffle partant vers le haut, y échapperait-il sans trop de mal ?

Le bombardement avait cessé. Tout à coup, ce fut le silence. Alex se sentit totalement seul, isolé, tel un épouvantail planté au milieu d'un champ désert. Il avait envie de crier mais se retint, de peur de bouger le poids de son corps. Depuis combien de temps le soldat était-il parti chercher du secours ? Cinq minutes ? Dix ? Et jusqu'à quel point pouvait-on se fier à la précision du retardateur ? La mine ne risquait-elle pas d'exploser à tout moment ?

Devait-il attendre encore ? Ou prendre sa vie en main ?

Alex fit son choix.

Il respira à fond et banda ses muscles, s'efforçant de se concentrer sur ceux de ses jambes, armés comme des ressorts, qui pourraient le propulser à l'abri. Son pied droit reposait sur la mine, le gauche sur un terrain plat. C'était celui-là qui devrait accomplir le plus gros travail. Alex était conscient qu'il risquait de commettre la pire erreur de sa vie et que, dans quelques secondes, il pouvait se retrouver infirme, souffrant le martyre. Vas-y !

Il sauta.

À l'ultime seconde, il eut envie de changer d'avis mais continua, se propulsant de toutes ses forces au bas du fossé. Il crut sentir la mine vibrer légèrement quand son pied la quitta. Mais elle n'explosa pas. Du moins pas dans la demi-seconde où il resta en l'air. Il croisa instinctivement les bras devant son visage pour se protéger de la chute, et du souffle. Le fossé bondit vers lui. Il heurta le fond. De l'eau, froide et boueuse lui éclata au visage. Son épaule percuta quelque chose de dur. Derrière lui, une explosion retentit. La mine. Des mottes de terre et d'herbe lui dégringolèrent dessus.

Puis plus rien. Sa tête était sous l'eau et il se redressa, crachant de la boue. Un filet de fumée s'élevait dans le ciel nocturne. Le détonateur lui avait laissé un répit de trois secondes. Ces trois secondes l'avaient sauvé.

Il se releva en chancelant. La vase lui dégoulinait sur le visage et dans les cheveux. Son cœur battait à tout rompre. Il se sentait vidé, épuisé. Il perdit l'équilibre, tendit machinalement une main pour se rattraper, et grimaça en s'écorchant aux barbelés. Mais au moins il avait trouvé la sortie. Il rampa sous les barbelés et chercha à se repérer. Quelques secondes plus tard, un bruit de moteur lui apporta la réponse. Deux phares puissants perçaient entre les arbres. Une voix cria son nom. Alex pressa le pas et découvrit un chemin.

Les quatre commandos du SAS étaient dans la Jeep. Cette fois, Rayon X conduisait. Ils roulaient doucement à travers le bois, à sa recherche. Alex s'aperçut qu'ils avaient abandonné les glacières, mais Sparks n'avait pas abandonné sa guitare.

— Alex ! s'exclama Rayon X en écrasant la pédale de frein.

Scooter sauta à terre. Il avait l'air sincèrement inquiet. Son visage était livide dans les phares.

— Tu vas bien, Alex ? Bon sang, on s'est complètement fichus dedans. Il faut filer d'ici en vitesse.

— Je te l'avais dit…, commença Rayon X.

— Ce n'est pas le moment, coupa Scooter en prenant le bras d'Alex. Dès que j'ai entendu les explosions, j'ai compris ce qui se passait. Je t'ai cherché mais on s'était trop éloignés l'un de l'autre. Tu as une tête épouvantable, mon gars. Tu es blessé ?

— Non, répondit Alex, préférant s'abstenir de tout commentaire pour l'instant.

— Monte dans la Jeep. On te ramène à la base. Je ne sais vraiment pas quoi te dire. On s'est conduits comme des crétins. Tu aurais pu te faire tuer.

Cette fois, Alex s'assit à l'avant. Scooter grimpa derrière avec les autres, et Rayon X fit demi-tour sur la piste pour rejoindre la route. Alex avait du mal à réaliser ce qui s'était passé, et à comprendre comment les hommes du SAS avaient pu se fourrer dans un tel pétrin. Mais pour le moment, il s'en moquait. Bercé par le ronronnement du moteur, il s'endormit presque aussitôt.

5

En rade

Deux jours plus tard, Alex avait rangé sa mésaventure de Swanbourne dans un coin de sa mémoire. Il était assis à la terrasse d'un café, à Sydney, entre le théâtre de l'Opéra d'un côté, et l'esplanade du Harbour Bridge de l'autre. C'était l'un des panoramas les plus célèbres du monde, souvent représenté sur les cartes postales. Mais il y était pour de vrai, en train de déguster une glace vanille fraise et de regarder le ferry qui accostait au quai, dispersant les bateaux plus petits. Le soleil cognait dur et le ciel était d'un bleu étincelant. Alex avait du mal à croire qu'il était vraiment là.

Et il n'y était pas seul. Jack l'avait rejoint la veille, les yeux rougis par le décalage horaire mais bien éveillée et débordante de joie de le revoir. Il lui avait fallu vingt-six heures pour venir de Londres et Alex savait combien elle avait dû s'inquiéter pendant tout le trajet. Jack était supposée veiller sur lui. Elle détestait quand il était loin d'elle – et jamais il n'avait été aussi loin que cette fois. Dès son arrivée, la jeune gouvernante avait clairement fait savoir qu'elle n'avait qu'une idée en tête : mettre Alex dans le premier avion pour le ramener à Londres. Oui, il y faisait froid et il pleuvait. Oui, l'hiver anglais était déjà là. Et oui, ils méritaient des vacances tous les deux. Mais il était temps de rentrer à la maison.

Jack aussi mangeait une glace. Malgré ses vingt-huit ans, elle paraissait beaucoup plus jeune, avec ses cheveux roux ébouriffés, son sourire en coin et son tee-shirt kangourou de couleur vive. Elle était davantage une grande sœur qu'une gouvernante. Et, surtout, une amie.

— Je ne sais pas pourquoi ça prend si longtemps, disait-elle. C'est ridicule. Le temps qu'on rentre, tu auras manqué la moitié du trimestre.

— Ils nous l'ont promis pour cet après-midi.

— Ils auraient dû te le donner depuis déjà deux jours.

Ils parlaient du visa d'Alex. Le matin, Jack avait reçu un coup de téléphone à leur hôtel. Son correspondant lui avait indiqué une adresse : un service administratif dans Macquarie Street, juste derrière l'ancien parlement. Le visa serait prêt à seize heures.

— Si on restait encore deux ou trois jours ? suggéra Alex.

— Tu n'as pas envie de rentrer à Londres ? s'étonna Jack, en lui jetant un regard intrigué.

— Si... je suppose. Mais... Je ne suis pas sûr d'être prêt à retourner en classe. J'y ai beaucoup réfléchi. J'ai peur de ne pas réussir à m'intégrer.

— Tu te réintégreras sans problème. Tu as des tas

de copains. Ils seront ravis de te revoir. Une fois rentré, tu oublieras toutes ces histoires.

Alex en doutait. Il avait déjà abordé le sujet avec Jack la veille au soir. Après l'expérience extraordinaire qu'il venait de vivre dans l'espace, comment supporter d'écouter sagement un cours de géographie, ou de se faire réprimander pour indiscipline parce qu'il courait trop vite dans les couloirs ? Le jour où le MI6 l'avait recruté, un mur s'était dressé entre lui et sa vie passée, et Alex se demandait s'il y avait un retour en arrière possible.

— Avec mes absences répétées, cette année, j'ai pris beaucoup de retard, marmonna-t-il.

— On pourrait demander à M. Grey de venir pendant les vacances de Noël. (M. Grey était le professeur qui lui avait donné des cours particuliers l'été précédent.) Tu t'entends bien avec lui, et il t'aiderait à rattraper ton retard.

— Je ne sais pas, Jack.

Alex contempla la glace qui fondait dans sa cuiller. Il aurait aimé trouver les mots pour exprimer ses sentiments profonds. Il ne voulait plus travailler pour le MI6. Cela, il en était certain. Mais d'un autre côté…

— Il est trois heures et demie, dit Jack. On ferait bien d'y aller.

Ils longèrent l'Opéra puis entrèrent dans le jardin botanique royal – ce parc incroyable qui a l'air d'englober la ville, et non l'inverse. En jetant un regard en arrière, sur l'animation des avenues et les gratte-ciel étincelants, Alex s'émerveilla de la réussite des Australiens. Il était impossible de ne pas aimer Sydney. Malgré ce qu'en disait Jack, il n'avait pas envie de partir si vite.

Ils dépassèrent le musée d'art de la Nouvelle-Galles du Sud et s'engagèrent dans Macquarie Street, où se dressait le Parlement, un élégant édifice de deux étages dont la façade rose et blanche rappela à Alex la glace qu'il venait de manger. L'adresse qu'on leur avait indiquée se trouvait juste après : un immeuble moderne en verre, qui abritait probablement des services officiels subalternes. La réceptionniste leur remit des badges de visiteurs déjà préparés à leur intention, et les dirigea vers le quatrième étage, dans une pièce située au bout du couloir.

— Je ne comprends vraiment pas pourquoi ils ne t'ont pas simplement mis dans un avion pour te faire quitter le pays, grommela Jack en sortant de l'ascenseur. C'est beaucoup de complications pour rien.

Une porte leur faisait face. Ils entrèrent sans frapper et s'arrêtèrent net. Visiblement, il y avait une erreur d'aiguillage. Le bureau n'avait rien d'un guichet de délivrance de visas.

Deux hommes discutaient dans une pièce qui ressemblait à une bibliothèque, avec des meubles anciens et un tapis persan sur un parquet luisant. La première impression d'Alex fut que cet endroit n'appartenait pas à l'immeuble. Un Labrador golden était couché en boule sur un coussin devant une cheminée. Le plus âgé des deux hommes se tenait derrière un bureau. Il portait une chemise sans cravate sous sa veste, et ses yeux étaient masqués par des lunettes de soleil à la mode. L'autre homme était debout près de la fenêtre, les bras croisés. Environ trente ans, des cheveux blonds et fins, vêtu d'un costume de luxe.

— Oh... pardon, s'excusa Jack.

— Je vous en prie, Miss Starbright, répondit l'homme assis derrière le bureau. Entrez.

— Nous cherchons le bureau des visas, dit Jack.

— Asseyez-vous, je vous en prie. Je suppose qu'Alex est avec vous ? La question peut paraître curieuse mais je suis aveugle.

— Oui, je suis là, dit Alex.

— Mais qui êtes-vous ? demanda Jack.

Ils s'avancèrent dans la pièce. L'homme jeune s'empressa de venir fermer la porte derrière eux.

— Mon nom est Ethan Brooke, dit l'aveugle. Et mon collègue s'appelle Marc Damon. Merci d'être venue, Miss Starbright. Vous permettez que je vous appelle Jack ? Je vous en prie, asseyez-vous.

Deux fauteuils en cuir faisaient face au bureau. De plus en plus mal à l'aise, Jack et Alex s'assirent. Le dénommé Damon alla prendre place sur un troisième siège, sur le côté. La queue du chien battit deux fois sur le paquet.

— Je sais que vous avez hâte de rentrer à Londres, reprit Brooke. Mais laissez-moi vous expliquer la raison de votre présence ici. En vérité, nous avons besoin d'un peu d'aide.

— Vous avez besoin de notre aide ? sursauta Jack en regardant autour d'elle. (Soudain tout prenait un sens.) C'est Alex, que vous voulez, dit-elle en détachant ses mots.

À présent elle savait qui étaient ces hommes, du moins ce qu'ils représentaient. Elle avait rencontré leurs semblables auparavant.

— Nous aimerions faire une proposition à Alex, en effet, acquiesça Brooke

— Inutile. Ça ne l'intéresse pas.

— Ne voulez-vous pas au moins entendre ce que nous avons à dire ?

Brooke écarta les mains. Il avait l'air sage et raisonnable. Il faisait penser à un directeur de banque parlant d'hypothèque, ou à un notaire de famille sur le point de lire un testament.

— Nous voulons le visa.

— Vous l'aurez. Dès que j'aurai terminé.

Alex n'avait rien dit. Jack lui jeta un coup d'œil, puis se tourna de nouveau vers Ethan Brooke et Marc Damon, les yeux étincelants de colère.

— Pourquoi ne le laissez-vous pas tranquille ?

— Parce qu'Alex est un garçon spécial. Unique, même. Et en ce moment, nous avons besoin de lui. Juste pour une semaine ou deux. Mais je vous le promets, Jack, si Alex refuse, il pourra quitter ce bureau à sa guise et prendre un avion ce soir. Accordez-moi juste le temps de m'expliquer.

— Qui êtes-vous ? demanda Alex.

Brooke adressa un signe de tête à Damon, qui répondit :

— Nous travaillons pour l'ASIS, les services secrets australiens.

— Les opérations spéciales ?

— Surveillance et missions secrètes. Ce qui revient au même. En gros, notre service est l'équivalent de celui dirigé par Alan Blunt, à Londres.

— J'ai lu ton dossier, Alex, reprit Brooke. Et j'avoue que j'ai été très impressionné.

— Qu'attendez-vous de moi ?

— Je vais te le dire.

Brooke croisa ses mains sur le bureau. Pour Alex,

ce moment avait quelque chose d'inévitable, de familier presque. Cela lui était déjà arrivé six fois. Pourquoi pas une autre ?

— As-tu déjà entendu parler de *Shetou* ou Snakehead ? commença Brooke. (N'obtenant pas de réponse il poursuivit.) Littéralement, cela signifie tête de serpent. Les Snakeheads sont sans conteste les plus grandes et les plus dangereuses organisations criminelles du monde. En comparaison, la Mafia et les triades font figure d'amateurs. Elles ont même plus d'influence – et causent davantage de dégâts – que Al Qaïda, mais la religion ne les intéresse pas. Leur unique but, c'est l'argent. Les Snakeheads sont des gangsters, mais à une échelle gigantesque.

» Avez-vous déjà acheté un DVD illégal ? Il y a de fortes chances qu'il ait été fabriqué et distribué par un gang snakehead. Et les bénéfices iront tout droit dans une de leurs autres activités, qui n'ont rien d'amusant. Traite d'esclaves, trafic de drogues, d'organes humains. Vous avez besoin d'un rein, d'un cœur ? Les Snakeheads dirigent le plus important réseau de contrebande d'organes humains, et peu leur importe où ils les trouvent. Sans oublier le trafic d'armes, bien sûr. Plus d'une cinquantaine de guerres, dans le monde, ont été approvisionnées par les Snakeheads : lance-missiles portatifs, fusils d'assaut AK-47, et autres joujoux de ce genre. À votre avis, où vont les terroristes s'ils veulent une bombe, une arme de poing, ou une saleté d'arme chimique ou biologique ? C'est une sorte de supermarché international, Alex. Mais un supermarché où tous les articles sont nocifs.

» Que peut-on y acheter d'autre ? Tout et n'importe

quoi. Des tableaux volés dans les musées. Des diamants extraits illégalement par des ouvriers réduits en esclavage. Des œuvres d'art antiques dérobées en Irak. Des défenses d'éléphant et des peaux de tigre. Il y a quelques années, une centaine d'enfants sont morts en Haïti parce que quelqu'un leur avait vendu un sirop pour la toux contenant de l'antigel. Le fournisseur était un Snakehead – et je ne pense pas qu'on ait remboursé les faux médicaments aux familles.

» Mais le secteur le plus juteux est celui du trafic humain. Vous n'avez sans doute pas la moindre idée du nombre de personnes qui passent illégalement d'un pays à un autre dans le monde entier. Ce sont des gens très pauvres, poussés par le besoin désespéré de se construire une nouvelle vie dans un pays riche. Certains fuient la famine et la fatalité, d'autres sont menacés de prison et de torture dans leur pays natal. (Brooke s'interrompit un instant et fixa Alex de ses yeux sans vie.) La moitié d'entre eux ont moins de dix-huit ans. Près de cinquante pour cent sont plus jeunes que toi et voyagent seuls. Les plus chanceux sont ramassés par les autorités. Ce qui arrive aux autres… Je préfère t'épargner les détails.

» La contrebande d'êtres humains est un problème majeur en Australie. Nous avons des immigrants clandestins d'Irak et d'Afghanistan. Ils arrivent par bateau de Bali, Flores, Lombok et Djakarta. Auparavant, mon pays accueillait les immigrants. Nous avons tous, un jour, été des immigrants. Mais les choses ont bien changé – et je dois reconnaître que la façon dont nous traitons ces personnes laisse beaucoup à désirer. Mais que faire ? La seule réponse est de les empêcher d'affluer ici. Et pour cela, nous devons affronter les Snakeheads. Face à face.

» Il y a une bande, en particulier, qui opère sur une large échelle et qui est plus puissante et plus dangereuse que les autres. Nous avons découvert le nom de son chef. Major Yu. Mais c'est la seule chose que nous savons. Nous ignorons à quoi il ressemble et où il vit. Nous avons essayé d'infiltrer son organisation à deux reprises. Autrement dit, nous avons placé des agents à l'intérieur, qui jouaient le rôle de clients.

— Que leur est-il arrivé ? demanda Jack.

— Ils sont morts tous les deux, répondit Damon.

— Et maintenant, vous comptez utiliser Alex, je suppose.

— Nous ne savons pas comment nos agents ont été démasqués, reprit Brooke, ignorant délibérément la remarque de Jack. Le Major Yu semble être au courant de tout ce que nous faisons. Ou alors il est d'une prudence extrême. L'ennui, c'est que ces gangs *shetou* fonctionnent selon un système appelé *Guangxi*. C'est comme une famille. Tout le monde connaît tout le monde. Un agent venant de l'extérieur et opérant seul est trop visible. Nous devons nous infiltrer à l'intérieur de l'organisation d'une manière totalement originale et insoupçonnable.

— Avec un homme et un garçon, enchaîna Damon.

— En ce moment, un de nos agents est à Bangkok, poursuivit Brooke. Nous allons le faire passer pour un réfugié afghan cherchant à pénétrer en fraude en Australie. Une fois pris en charge par le Snakehead, il pourra récolter des noms, des visages, des numéros de téléphone, des adresses – le maximum d'informations. Mais il ne sera pas seul. Il voyagera avec son fils.

— Nous t'enverrons à Bangkok en avion, précisa Damon en s'adressant directement à Alex. Là-bas, tu prendras contact avec notre agent et vous reviendrez en Australie par la filière clandestine. C'est tout. Dès ton retour ici, nous te renverrons en Angleterre en première classe. Tu n'auras rien à faire, Alex. Juste fournir la couverture idéale à notre agent. Il rapportera les renseignements dont nous avons besoin et qui nous permettront, je l'espère, de démanteler le réseau du Major Yu une bonne fois pour toutes.

— Pourquoi Bangkok ?

Alex avait au moins cent questions à poser, mais ce fut la première qui lui vint.

— Bangkok est une plaque tournante pour le trafic de documents d'identité, expliqua Damon. Nous aimerions savoir qui fournit le Major Yu en faux passeports, certificats d'exportation et autres papiers officiels. Nous avons une petite chance de le savoir. Un membre du Snakehead a dit à notre agent d'attendre : quelqu'un doit le contacter bientôt et lui remettre les papiers nécessaires pour poursuivre son voyage vers le sud.

Brooke se tut.

Jack secoua la tête.

— Très bien, dit-elle. Nous avons écouté votre proposition, M. Brooke. Maintenant vous allez écouter ma réponse : c'est non ! N'y pensez plus. Vous l'avez dit vous-même. Ces gens sont dangereux. Deux de vos espions se sont fait tuer. Il est hors de question que je laisse Alex courir le même danger.

— Je pensais que, après tout ce qu'il a vécu, Alex pourrait donner son avis, objecta Brooke.

— Alex peut donner son avis. Mais je vous dis ce qu'il va vous répondre. C'est non !

— Il y a un point que j'ai omis de préciser, dit Brooke, les mains à plat sur son bureau.

Son visage ne trahissait rien, mais Damon savait ce qui allait suivre. Son patron était un joueur de poker consommé, et il se préparait à dévoiler son jeu.

— Je ne vous ai pas dit le nom de notre agent à Bangkok.

— Qui est-ce ? demanda Jack.

— Vous le connaissez. Son nom est Ash.

Jack s'affaissa contre son dossier, incapable de masquer son trouble.

— Ash ? répéta-t-elle d'une voix faible.

— Lui-même.

Alex s'étonna de l'effet que produisait ce nom sur Jack.

— Qui est Ash ? demanda-t-il.

— Quoi, tu ne le connais pas ? feignit de s'étonner Brooke. (Ce petit jeu l'amusait, mais seul Damon s'en rendait compte.) Expliquez-lui, Jack.

— Ash connaissait ton père, murmura Jack.

— Plus que cela, corrigea Brooke. Ash était le plus proche ami de John Rider. Il a même été témoin au mariage de tes parents. Et aussi ton parrain, Alex.

— Mais...

Alex était abasourdi. Jusqu'ici, il ignorait qu'il avait un parrain.

— C'est également la dernière personne qui a vu tes parents vivants, ajouta Brooke. Ash était avec eux le matin où ils sont morts. Il était à l'aéroport, lorsqu'ils ont pris l'avion pour le sud de la France.

L'avion n'était jamais arrivé à destination. Une bombe placée à bord avait explosé. C'était un acte de vengeance de Scorpia. Alex ne savait rien de plus.

Il regarda Jack et demanda :

— Tu connais cet homme ?

Il était complètement désorienté. Il avait l'impression que le sol se dérobait sous ses pas. Et Jack paraissait dans le même état.

— Je l'ai vu quelques fois. Je venais juste de commencer à travailler pour ton oncle. Ash nous rendait visite. Il venait prendre de tes nouvelles. C'est normal, c'était ton parrain.

— Pourquoi ne m'as-tu jamais parlé de lui ?

— Il a disparu. Tu étais si jeune, à l'époque. Il m'a annoncé qu'il partait pour de bon et que je ne le reverrais jamais.

— Ash travaillait lui aussi pour le MI6, expliqua Brooke. C'est là que ton père et lui se sont connus. Ils faisaient équipe. Ton père lui a même sauvé la vie, une fois. À Malte. Tu pourras le questionner... si tu le rencontres. J'ai pensé que vous auriez beaucoup de choses à vous raconter, tous les deux.

— Comment pouvez-vous faire une chose pareille ? murmura Jack en regardant Brooke avec un mépris profond.

— Ash a quitté le MI6 environ six mois après la mort de tes parents et il a émigré en Australie, continua Brooke. Il avait d'excellentes références et nous l'avons accueilli avec joie à l'ASIS. Depuis, il travaille pour nous. En ce moment, il est à Bangkok, sous couverture, comme je te l'ai dit. Mais personne n'est mieux placé que lui pour se faire passer pour ton père. En fait, il l'est presque puisqu'il est ton parrain. Ash veillera sur toi. Et je pense que tu le trouveras intéressant. Qu'en penses-tu ?

Alex resta silencieux. Il avait déjà pris sa décision, mais il savait inutile de le dire à Brooke. Celui-ci l'avait probablement déjà deviné.

— J'ai besoin d'un peu de temps, dit-il enfin.

— Bien sûr. Allez faire un tour, Jack et toi, pour en discuter ensemble.

Brooke fit un léger signe de tête à Damon, qui leur tendit un petit bristol blanc – tout prêt dans sa poche depuis le début.

— Voici le numéro où vous pourrez me joindre. L'idéal serait que tu partes à Bangkok dès demain, Alex. Il me faut ta réponse ce soir.

*
* *

— Je sais ce que tu as en tête, Alex. Mais tu ne peux pas y aller. C'est trop risqué.

Alex et Jack se promenaient devant les « Rocks », un petit groupe de cafés et de magasins nichés en bordure de la rade de Sydney, juste sous le pont. Jack avait tenu à venir ici. Elle avait envie de se mêler à une foule animée et ordinaire, à un monde réel et familier, loin des vérités cachées et des demi-mensonges des services secrets australiens.

— Si, Jack. Je dois y aller.

Un peu plus tôt dans l'après-midi, il s'était promis

de ne plus jamais travailler pour le MI6. Mais là, c'était différent, et pas seulement parce que la proposition venait des Australiens. C'était à cause de Ash. La présence de Ash changeait tout, même si c'était la première fois qu'Alex entendait son nom.

— Ash saura me dire qui je suis.
— Pourquoi, tu ne le sais pas ?
— Pas vraiment. Avant, je croyais le savoir. Quand Ian était vivant, tout était simple. Mais depuis que j'ai appris la vérité sur lui, tout s'est compliqué. Toute ma vie, il m'a élevé pour que je devienne quelqu'un que je ne voulais pas être. Mais il avait peut-être raison. Peut-être que c'est mon destin.
— Et tu penses que Ash peut répondre à ta question ?
— Je n'en sais rien.

Alex scruta Jack. Le soleil jouait sur ses épaules.
— Quand as-tu rencontré Ash, Jack ?
— Environ un mois après que ton oncle m'a engagée. À l'époque, c'était censé être juste un boulot pour l'été. Je voulais gagner un peu d'argent pour mes études. Je ne connaissais rien aux espions et je n'imaginais pas que j'allais rester avec toi ! (Elle poussa un soupir.) Tu avais sept ans. Tu ne te souviens vraiment pas du tout de lui ?

Alex secoua la tête.
— Il est resté à Londres quelques semaines. Il logeait dans un hôtel. Il est venu chez ton oncle deux ou trois fois. Maintenant que j'y pense, c'est vrai qu'il ne t'a quasiment jamais parlé. Il était peut-être mal à l'aise avec les enfants. Mais j'ai appris à le connaître un peu mieux.

— Il était comment ?

Jack se laissa aller à ses souvenirs.

— J'aimais bien Ash, admit-elle. Si tu veux la vérité, je suis sortie avec lui deux ou trois fois. Il était plus âgé que moi, mais c'était un très bel homme. Et il avait le charme d'un aventurier. Il m'avait dit qu'il était plongeur sous-marin. Il avait de l'humour.

— Ash est son vrai nom ?

— C'est ainsi qu'il se faisait appeler. En réalité ce sont des initiales. A. S. H. Mais j'ignore ce qu'elles signifient.

— Et il est réellement mon parrain ?

— Oui. J'ai vu des photos de lui à ton baptême. Ian aussi le connaissait très bien. Ils étaient amis. Je n'ai jamais vraiment bien compris ce qu'il faisait à Londres, mais il tenait à avoir de tes nouvelles. Il voulait s'assurer que tu allais bien.

Alex respira à fond et poussa un soupir.

— Tu ignores ce que c'est que de ne pas avoir de parents, Jack. J'ai très peu connu les miens. J'étais tout petit quand ils sont morts. Pourtant je pense souvent à eux et je me pose des questions à leur sujet. Parfois, j'ai la sensation qu'il y a un trou dans ma vie. Une sorte de vide. Je regarde en arrière et il n'y a rien. Peut-être que si je passe un peu de temps avec cet homme, Ash, même si je dois pour cela me déguiser en réfugié afghan, j'arriverai à combler un peu ce vide.

— Mais, Alex…

Alex vit à son expression que Jack avait peur.

— Tu as entendu ce qu'a dit Brooke. Ça peut être extrêmement dangereux. Jusqu'ici, tu as eu de la chance. Mais ta chance ne durera peut-être pas éternellement. Ces gens... les Snakeheads, ce sont des monstres. Ne les approche pas, Alex.

— Il le faudra bien, Jack. Ash travaillait avec mon père. Il a vu mes parents le matin même de leur mort. Jusqu'à maintenant j'ignorais son existence, mais à présent je veux le connaître. (Alex esquissa un sourire crispé.) Mon père était un espion. Mon oncle était un espion. Et aujourd'hui je découvre que j'ai un parrain qui lui aussi est un espion. On dirait vraiment que c'est une affaire de famille.

Jack posa les mains sur les épaules d'Alex. Derrière eux, le soleil se couchait, jetant un reflet rouge sang dans l'eau du port. Les magasins commençaient à se vider. Le pont était suspendu au-dessus d'eux, les couvrant de son ombre noire.

— Y a-t-il une chose que je pourrais dire pour t'en empêcher ? demanda Jack.

— Oui, répondit Alex en la regardant droit dans les yeux. Mais ne la dis pas, je t'en prie.

— D'accord, soupira Jack. Je vais encore me faire un sang d'encre. Je t'en supplie, Alex, fais attention à toi. Et dis à Ash de ma part qu'il te ramène pour Noël. Peut-être que, pour une fois, il pensera à envoyer une carte postale.

Jack tourna les talons d'un mouvement brusque et s'éloigna. Alex attendit une minute avant de la rejoindre.

Bangkok. Le Snakehead. Une nouvelle mission. C'était prévisible mais Alex n'avait pas imaginé que cela se produirait si vite.

6

La cité des anges ?

Vingt-quatre heures plus tard, Alex atterrissait à l'aéroport international Suvarnabhumi de Bangkok. Le nom seul annonçait un univers totalement étranger. Aucun de ses voyages ne l'avait encore conduit en Extrême-Orient. Et voilà que, après un vol de neuf heures depuis Sydney, il débarquait en Thaïlande. Seul. Alex avait refusé que Jack l'accompagne. Il trouvait moins difficile de lui faire ses adieux à l'hôtel et avait besoin de temps pour se préparer à ce qui l'attendait.

La veille au soir, une autre réunion avait eu lieu avec Brooke et Damon, qui avait juste servi à préciser certains points. Une chambre était réservée pour Alex à l'hôtel Peninsula. Un chauffeur viendrait le chercher à l'aéroport pour l'y conduire. Et Ash le rencontrerait dès son arrivée.

— Comme tu t'en doutes, nous allons devoir te grimer pour te donner l'apparence d'un Afghan.

— L'apparence c'est bien, mais je ne parle pas la langue.

— Ce n'est pas un problème. Tu es un enfant et un réfugié. Personne ne s'étonnera que tu sois timide et silencieux.

Le vol lui avait paru interminable. Alex voyageait en première classe, mais cela renforça son sentiment d'éloignement et de solitude. Il regarda un film, mangea, dormit. Personne ne lui adressa la parole. Il flottait dans une étrange bulle de métal, entouré d'étrangers, transporté une nouvelle fois vers le danger et une mort possible. Par le hublot, il contempla le soleil éclatant qui rebondissait sur l'épais tapis de nuages et laissa dériver ses pensées. Faisait-il une erreur ? À Bangkok, rien ne l'empêchait de sauter dans un autre avion à destination de l'Angleterre. Il serait à Londres en douze heures. Mais sa décision était prise. Et ce n'était pas à cause de l'ASIS ni du Snakehead.

« Ash est la dernière personne à avoir vu tes parents vivants. »

Les paroles de Brooke le hantaient. Il s'apprêtait à rencontrer le meilleur ami de son père. Son parrain. Ce voyage n'était donc pas uniquement un trajet d'un pays à un autre. C'était un voyage dans son propre passé.

Le 747 s'arrêta sur son aire de parking. Le voyant lumineux « ATTACHEZ VOS CEINTURES » s'éteignit et tous les passagers se levèrent comme un seul homme pour récupérer leurs affaires dans les coffres à bagages. Alex n'avait qu'une toute petite valise. Il franchit rapidement les contrôles de la douane et de l'immigration, et déboucha dans l'atmosphère moite du hall des arrivées, au milieu d'une foule gesticulante et caqueteuse.

« Taxi ! Taxi ! »

« Vous cherchez un hôtel ? »

Le contraste entre l'ambiance feutrée de la classe affaires de l'avion et celle de l'aéroport était saisissant. Alex replongeait dans le bruit et le chaos du monde réel. C'était un atterrissage dans tous les sens du terme.

Tout à coup, il lut son nom sur un panneau brandi par un Thaïlandais – petit, noir de cheveux, vêtu de façon simple et décontractée comme la grande majorité de ses concitoyens. Alex s'approcha de lui.

— Vous êtes Alex ? M. Ash m'envoie vous chercher. J'espère que vous avez fait bon voyage. La voiture est devant.

C'est en suivant le chauffeur vers la sortie qu'Alex remarqua l'homme qui avait un coquelicot à la boutonnière. Ce fut la fleur rouge qui attira d'abord son attention. Mais oui, bien sûr, on était en novembre ! En Angleterre, on commémorait l'armistice, symbolisée par le coquelicot. Mais voir quelqu'un arborer cette fleur ici, à Bangkok, avait de quoi surprendre.

L'homme était un Européen de moins de trente ans, avec des cheveux sombres et courts, des yeux étroits et vifs, un visage carré aux pommettes hautes, des lèvres minces. Il portait un jean et un blouson de cuir. Il s'arrêta net et sembla observer quelque chose de l'autre côté du hall. Alex mit un moment avant de s'apercevoir que c'était lui que l'homme regardait fixement. Se connaissaient-ils ? Alex commençait à peine à se poser la question qu'un groupe de touristes, pressés de gagner la sortie, coupa son champ visuel.

Lorsque la voie fut de nouveau dégagée, l'homme au coquelicot avait disparu.

Alex se dit qu'il avait dû rêver. Le voyage l'avait fatigué. L'inconnu était peut-être simplement un passager arrivé par le même avion que lui. Alex suivit le chauffeur dans le parking extérieur et, quelques minutes plus tard, ils roulaient sur une autoroute à trois voies en direction du centre-ville de Bangkok. Krung Thep, comme disent les Thaïs. La Cité des Anges.

Assis sur la banquette arrière de la voiture climatisée, en regardant défiler la ville par la fenêtre, Alex se demanda comment Bangkok avait pu mériter ce surnom. À première vue, cette Cité des Anges n'avait rien d'angélique ni de charmant. C'était un affreux étalage de gratte-ciel démodés, de cubes d'appartements entassés les uns sur les autres, de pylônes électriques et d'antennes satellites. Ils s'arrêtèrent à un péage, où une femme était assise dans une guérite exiguë, le visage caché derrière un masque blanc censé la protéger des gaz d'échappement. Passé le péage, Alex remarqua le portrait gigantesque d'un homme – cheveux noirs, lunettes, chemise à col ouvert – peint sur toute la façade d'un immeuble de vingt étages.

— C'est notre roi, expliqua le chauffeur.

Alex examina plus attentivement le portrait. Quel effet cela faisait-il de travailler dans un bureau huit heures par jour en regardant Bangkok par les yeux d'un roi ?

Ils quittèrent l'autoroute pour descendre par une rampe de sortie et plonger dans un univers chaotique de gargotes, d'embouteillages et de policiers surexcités qui s'époumonaient dans leurs sifflets comme des oiseaux moribonds. Alex vit des tuk-tuk – des pousse-pousse motorisés – et des autobus qui semblaient avoir été assemblés à partir de dix modèles différents. Un nœud lui serra soudain l'estomac. Dans quoi s'était-il embarqué ? Comment allait-il s'adapter à un pays qui, dans ses moindres détails, différait tellement du sien ?

La voiture tourna pour s'engager dans l'allée de l'hôtel Peninsula. Alex fit alors une autre découverte sur Bangkok. Il existait en réalité deux villes : une riche et une pauvre, vivant côte à côte mais séparées par un véritable gouffre. Son trajet en voiture l'avait mené de l'une à l'autre. À présent, ils roulaient au milieu d'un jardin tropical merveilleusement entretenu. Quand la voiture s'immobilisa devant l'entrée principale, une demi-douzaine d'hommes en uniforme blanc immaculé se précipitèrent pour les accueillir – l'un prit le bagage d'Alex, un autre lui ouvrit la portière, deux s'inclinèrent respectueusement, les deux derniers lui ouvrirent les portes de l'hôtel.

L'étau glacé de l'air climatisé enveloppa Alex. Il traversa le vaste hall de réception au sol de marbre, et se vit offrir une guirlande de fleurs par une hôtesse souriante. Quelque part en arrière-plan jouait un piano. Personne ne semblait avoir remarqué qu'il n'avait que quatorze ans. C'était un client, rien d'autre ne comptait. Sa clé l'attendait déjà. On le conduisit à l'ascenseur, lui-même de la taille d'une petite pièce. Les portes coulissèrent en silence. Seule la pression dans ses oreilles lui indiqua que l'ascension avait commencé.

Sa chambre se trouvait au dix-neuvième étage.

Dix minutes plus tard, devant la baie vitrée, il

contemplait la vue sur Bangkok. Le garçon d'étage lui avait fait les honneurs des lieux : une salle de bains luxueuse, un téléviseur extralarge, un réfrigérateur bien garni et une corbeille de fruits exotiques gracieusement offerte par la direction. Alex essaya de chasser l'engourdissement du décalage horaire. Il savait qu'il disposait de peu de temps pour se préparer à ce qui l'attendait.

La ville s'étalait sur l'autre rive d'un fleuve large et brun dont les courbes s'éloignaient à perte de vue. Des gratte-ciel s'élevaient dans le lointain. Plus près, on apercevait des hôtels, des temples, des palais entourés de pelouses manucurées et, en bordure, des taudis, des cabanes, des entrepôts délabrés qui semblaient sur le point de s'écrouler. Toutes sortes de bateaux naviguaient sur les eaux troubles. Certains, modernes, transportaient du charbon et de l'acier ; il y avait aussi des ferries avec d'étranges toits incurvés. Les plus maniables étaient longs et étirés, minces comme du papier à cigarette, pilotés par un homme affalé sur la barre. Le soleil se couchait, le ciel était immense et gris. On aurait dit un écran de télévision dont la densité des couleurs avait été réglée sur zéro.

Le téléphone sonna. Alex revint vers la table de chevet et décrocha.

— Allô, Alex ? demanda une voix d'homme dans laquelle Alex détecta un léger accent australien.
— Oui, c'est moi.
— Tu as fait bon voyage ?
— Oui, merci.
— Je suis à la réception. Tu viens dîner avec moi ?

Alex n'avait pas faim mais c'était sans importance.

Même si l'homme ne s'était pas présenté, il savait de qui il s'agissait.

— Je descends tout de suite.

Il n'avait pas eu le temps de se doucher ni de se changer. Tant pis. Ça attendrait. Il quitta la chambre et prit l'ascenseur. Celui-ci s'arrêta deux fois pour charger des clients, au neuvième et au septième étages. Tassé dans son coin, Alex se sentit gagné par la nervosité. Enfin ils atteignirent le rez-de-chaussée.

Ash l'attendait dans le hall, vêtu d'un jean, d'une chemise blanche et d'une veste en lin bleue. Il y avait beaucoup de monde mais Alex le reconnut tout de suite, et, bizarrement, il n'en fut pas surpris.

Ils s'étaient déjà rencontrés.

Ash était le soldat de la forêt, celui qui l'avait averti qu'il marchait sur une mine.

— Tout ça c'était un coup monté, n'est-ce pas ? dit Alex. L'exercice de manœuvres, le champ de mines. Tout.

— Oui, acquiesça Ash. Et ça doit passablement t'énerver, j'imagine.

— On peut le dire, grommela Alex.

Ils étaient attablés dans un restaurant en plein air de l'hôtel, près d'une piscine étroite et longue, avec vue sur le fleuve. Ils se faisaient face. Ash buvait une bière Singha. Pour Alex, il avait commandé un cocktail de fruits : orange, ananas et goyave, avec de la glace pilée. Il faisait presque nuit et Alex sentait la chaleur du soir peser sur lui. Il était temps qu'il s'acclimate. L'air de Bangkok était comme du sirop.

Il regardait son parrain, l'homme qui l'avait vu naître. Adossé contre sa chaise, les jambes étendues, Ash n'était absolument pas perturbé par le mauvais tour joué à Alex dans la forêt de Swanbourne. Sans son uniforme, avec sa chemise à col ouvert et sa chaîne en argent autour du cou, il n'avait pas du tout l'air d'un militaire ni d'un espion. Plutôt d'un acteur de cinéma, avec ses cheveux noirs bouclés, sa barbe et sa peau tannée. Il était mince, le corps sec et nerveux. Sans doute rapide et agile plutôt que fort. Avec ses yeux sombres, il pouvait facilement passer pour un Afghan. En tout cas, il n'avait pas l'allure d'un Européen.

Il émanait de lui autre chose, plus indéfinissable. Une sorte de défiance dans le regard, une tension vigilante. Même s'il paraissait détendu, Ash ne l'était jamais. Quelque chose l'avait marqué, profondément, et continuait de l'habiter.

— Pourquoi avez-vous fait ça ? demanda Alex.

— À ton avis ? C'était un test, bien sûr.

Ash avait une voix douce, mélodieuse. Les quatorze années passées en Australie lui avaient laissé un accent très léger mais sous lequel perçait encore l'empreinte britannique.

— Nous ne sommes pas habitués à employer un agent de quatorze ans. Pas même toi. Nous voulions être absolument certains que tu ne céderais pas à la panique au premier signe de danger.

— Je n'ai pas paniqué avec Drevin. Ni avec Scorpia…

— Les Snakeheads, c'est différent. Tu n'as aucune idée de ce dont ils sont capables. Brooke ne te l'a pas dit ? Ils ont déjà tué deux de nos agents. Le premier nous est revenu sans tête. Le second nous a été renvoyé dans une enveloppe. Ils l'avaient incinéré pour nous éviter de le faire. (Ash termina sa bière et fit signe au serveur de lui en apporter une autre.) Je voulais vérifier moi-même si tu étais de taille pour ce travail. Nous avons mis en scène une situation qui aurait terrorisé n'importe quel enfant normal. Et nous avons observé comment tu t'en sortais.

— J'aurais pu être tué, remarqua Alex en se rappelant comment la mine avait sauté.

— Non, tu ne courais aucun réel danger. Toutes les roquettes ont été lancées avec une précision parfaite. Nous savions exactement quelle était ta position à chaque seconde.

— Comment ?

Ash sourit.

— Il y avait un émetteur dans le talon d'une de tes chaussures. Le colonel Abbott a arrangé ça pendant que tu dormais. L'émetteur envoyait un signal qui te localisait au millimètre près.

— Et la mine ?

— Elle était nettement moins puissante que tu l'as cru. Et activée par une télécommande. Je l'ai déclenchée deux secondes après ton plongeon dans le fossé. Tu t'es très bien débrouillé.

— Ce qui signifie que vous m'avez observé pendant tout ce temps.

— Oublie tout ça, Alex. C'était un test. Tu l'as passé avec succès. C'est tout ce qui compte.

Le serveur apporta la seconde bière. Ash alluma une cigarette, ce qui étonna Alex, et souffla un rond de fumée dans l'air tiède du soir.

— Enfin nous nous retrouvons. J'ai du mal à y

croire, dit Ash en examinant Alex. C'est fou ce que tu ressembles à ton père.

— Vous étiez proche de lui ?
— Très proche.
— Et de ma mère ?
— Je préfère ne pas parler d'eux, Alex, dit Ash en se trémoussant sur sa chaise. Ça ne t'ennuie pas ? Tu sais, ça remonte à longtemps. Ma vie a beaucoup changé, depuis.

— C'est la seule raison qui m'a poussé à venir ici, dit Alex.

Il y eut un long silence. Enfin, Ash esquissa un sourire bref.

— Comment va ta gouvernante ? Jack... je ne sais plus comment. Elle vit toujours avec toi ?

— Oui. Et elle vous salue.

— C'était une très jolie fille. Je l'aimais bien. Je suis content qu'elle soit restée auprès de toi.

— Ce qui n'est pas votre cas.

— Eh bien... j'ai poursuivi ma route.

Ash s'interrompit. Soudain, il se pencha en avant, le regard intransigeant. Alex comprit que c'était un homme froid et dur, qui ne se laissait pas aller.

— Bon. Je vais t'expliquer comment nous allons procéder. Tu es dans cet hôtel de luxe parce que je voulais que tu te détendes. Mais, demain, finie la belle vie. Après le petit déjeuner, nous te transformerons en réfugié afghan. Il faut modifier ton aspect, ta démarche, et même ton odeur. Ensuite, nous irons là-bas... (Il désigna la rive opposée du fleuve.) Profite de ton lit, cette nuit, Alex. Parce que, demain, tu dormiras dans un endroit très différent. Et il y a peu de chances que ça te plaise.

Il inhala une longue bouffée de sa cigarette. La fumée grise s'échappa au coin de ses lèvres.

— Dans quelques jours, le Snakehead nous contactera. Je t'expliquerai tout cela demain. Mais avant il y a une chose que tu dois bien te mettre dans la tête. Tu ne diras pas un mot, et tu ne feras rien sans que je te le dise. Tu joueras l'idiot. Et si je juge que la situation dérape, que tu cours un danger, tu dégages. Sans discuter. C'est bien compris ?

Alex hocha la tête, déconcerté. Ce n'était pas ce à quoi il s'était attendu. Il n'avait pas fait cinq mille kilomètres en avion pour entendre ça.

Ash s'adoucit et ajouta :

— Mais je vais te faire une promesse. Nous allons passer beaucoup de temps ensemble et, quand je te connaîtrai mieux, quand le temps sera venu, je te raconterai tout ce que tu veux savoir. Sur ton père. Sur ce qui s'est passé à Malte. Sur ta mère et sur toi. La seule chose dont je ne te parlerai pas, c'est des circonstances de leur mort. J'étais là et je ne veux pas m'en souvenir. D'accord ?

— D'accord.

— Bien. Nous allons commander à dîner. Mais prépare-toi, à partir de maintenant, à manger des choses qui ne seront peut-être pas à ton goût. Ensuite, j'aimerais que tu me parles un peu de toi. Dans quel collège tu vas, si tu as une petite amie, ce genre de trucs. Profitons de notre soirée. Les suivantes seront sûrement moins agréables.

Ash ouvrit son menu. Alex l'imita, mais à l'instant

de se plonger dans sa lecture, un mouvement attira son regard. Un coup de chance. L'hôtel disposait d'un ferry privé reliant les deux rives du fleuve : un bateau large et spacieux, avec des sièges anciens disposés à intervalles sur un pont de bois verni. Le bateau venait d'accoster, et c'était le grondement des machines qui avait attiré l'attention d'Alex.

Un homme sauta à quai. Alex crut le reconnaître, et ses soupçons furent confirmés quand il se retourna pour regarder dans sa direction. Il n'avait plus de coquelicot à la boutonnière, mais c'était bien le même individu qu'à l'aéroport. Alex en était certain. Coïncidence ? L'homme traversa le ponton et disparut sous la marquise, pressé de se cacher. Le hasard n'y était pour rien. L'homme l'avait repéré dans le hall des arrivées de l'aéroport et l'avait suivi.

Alex songea à le dire à Ash, puis se ravisa. D'une part, il était impossible que le Snakehead fût au courant de sa présence ici, à Bangkok. D'autre part, s'il le mettait au courant, Ash risquait de considérer qu'il courait un danger et de le renvoyer chez lui avant même le début de la mission. Non. Mieux valait se taire. S'il croisait l'homme une troisième fois, alors il en parlerait.

Alex garda donc le silence. Il ne leva même pas les yeux quand le ferry repartit pour l'autre rive. Pas plus qu'il n'entendit le déclic de l'appareil photo, avec son filtre spécial de vision nocturne et son téléobjectif, qui prit une série de clichés de lui dans le clair-obscur.

7

Père et fils

Le lendemain matin, Alex prit le meilleur petit déjeuner de sa vie. Il pressentait qu'il en aurait besoin. L'hôtel proposait un buffet chaud et froid, lequel incluait un large éventail de cuisines du monde – française, anglaise, thaïe, vietnamienne – et tous les plats imaginables, des œufs au bacon aux nouilles sautées. Ash se joignit à lui mais parla peu. Il semblait absorbé par ses pensées et Alex se demanda s'il n'avait pas déjà des réticences.

— Tu as assez mangé ? demanda-t-il lorsqu'Alex eut englouti son deuxième croissant.

— Oui.

— Alors montons dans ta chambre. Mme Webber ne va pas tarder. Nous l'attendrons là-haut.

Alex ignorait qui était cette Mme Webber et Ash ne paraissait pas disposé à le lui dire. Ils montèrent au dix-neuvième étage et Ash accrocha la pancarte

« NE PAS DÉRANGER » à la poignée de la porte. Puis il désigna à Alex un siège placé près de la fenêtre et s'assit en face de lui.

— Je vais t'expliquer la situation. Il y a deux semaines, en collaboration avec les autorités pakistanaises, l'ASIS a arrêté un père et son fils qui transitaient par l'Inde pour venir ici. En les interrogeant, nous avons appris qu'ils avaient versé quatre mille dollars américains au Snakehead pour passer en Australie.

» Au début, nous avons pensé les renvoyer chez eux. Ensuite nous avons décidé de les utiliser. Le père s'appelle Karim, le fil Abdul. Retiens ces noms car ce seront les nôtres. Karim et Abdul Hassan. Nous allons prendre leur place à Bangkok et attendre, à l'adresse qui leur a été indiquée, qu'un certain Sukit nous contacte.

— Qui est ce Sukit ?

— Il nous a fallu un moment avant de le découvrir. Anan Sukit travaille pour le Major Yu. C'est un de ses lieutenants. Il est assez haut placé dans la hiérarchie des Snakeheads, et très dangereux. Ce qui signifie qu'on touche au but, Alex.

— Donc, on attend qu'il se manifeste.

— Exactement.

— Et le véritable Abdul ? demanda Alex, préoccupé par le fait de jouer le rôle d'un garçon qu'il ne connaissait pas.

— Tu n'as pas besoin d'en savoir beaucoup sur lui ni sur son père, répondit Ash. Ce sont des Hazaras : une minorité ethnique qui vit en Afghanistan. Les Hazaras ont été persécutés pendant des siècles.

Pauvres, peu instruits, ils sont relégués dans les emplois subalternes. La plupart des gens les méprisent et les traitent de « kâfir », ce qui veut dire « infidèle ». C'est la pire insulte qui soit en Afghanistan.

— Comment ont-ils trouvé l'argent pour partir ?

— Karim avait un petit commerce dans la ville de Mazar. Il a réussi à le vendre avant qu'on ne le lui prenne. Son fils et lui se sont cachés dans les montagnes de l'Hindu Kush jusqu'à ce qu'ils parviennent à entrer en relation avec un membre local du Snakehead. Ils lui ont remis l'argent et sont descendus vers le sud, au Pakistan.

— Je suppose que je n'ai rien d'un Afghan. À quoi ressemblent les Hazaras ?

— La plupart sont asiatiques, mongols ou chinois. Mais pas tous. En fait, un grand nombre a réussi à survivre en Afghanistan précisément parce qu'ils n'ont pas le type très asiatique. De toute façon, tu n'as pas à t'inquiéter. Mme Webber va régler ce problème.

— Et la langue ?

— Tu ne parleras pas. Jamais. Tu feras semblant d'être simple d'esprit. Garde les yeux baissés et ne dis pas un mot. Essaie d'avoir l'air effrayé, comme si j'allais te battre. D'ailleurs je le ferai peut-être de temps en temps. Juste pour que ça ait l'air vrai.

Alex ne savait pas si Ash était sérieux ou non.

— Je parle le dari, reprit celui-ci. C'est la langue la plus répandue en Afghanistan et c'est celle que le Snakehead utilisera. Je connais aussi quelques mots de hazâragi mais ce ne sera pas nécessaire, je pense.

En tout cas, n'oublie pas. N'ouvre jamais la bouche. Si tu laisses échapper un mot, nous sommes morts.

Ash se leva. Pendant son exposé de la situation, il avait paru sombre, presque hostile. Mais soudain, dans son regard noir, Alex lut une expression proche du désespoir.

— Alex… (Ash s'interrompit et se gratta la barbe.) Tu es vraiment certain de vouloir continuer ? Tu ne dois rien à l'ASIS. Tu n'as rien à faire avec les trafiquants et toutes ces horreurs. Tu devrais être au collège. Pourquoi ne rentres-tu pas ?

— Il est un peu tard, maintenant. J'ai accepté. Et je veux que vous me parliez de mon père.

— C'est pour ça que tu es ici ?

— C'est la seule raison.

— Si quelque chose t'arrivait, je ne me le pardonnerais jamais. Sans ton père, je serais mort depuis longtemps. (Ash regarda au loin, comme s'il cherchait à fuir ce souvenir.) Un jour, je te raconterai… Malte et ce qui s'est passé après que Yassen Gregorovitch en a eu terminé avec moi. Mais pour l'instant, je vais te dire une chose. John m'en voudrait de t'embarquer dans cette affaire. Alors, si tu veux un bon conseil, téléphone à Brooke pour le prévenir que tu as changé d'avis, et saute dans le premier avion.

— Je reste, dit Alex. Mais merci quand même.

En réalité, les dernières paroles de Ash – la mention de Yassen Gregorovitch – n'avaient fait que conforter la détermination d'Alex d'en apprendre davantage. Les pièces du puzzle commençaient à se mettre en place.

Alex savait que son père, John Rider, avait feint

d'être un agent ennemi et de travailler pour Scorpia. Ensuite, pour l'exfiltrer, le MI6 avait mis au point un stratagème. Le coup monté avait eu lieu à Malte. Yassen Gregorovitch, un tueur à gages international, se trouvait sur place. Alex l'avait rencontré quatorze ans plus tard – une première fois quand Yassen travaillait pour Herod Sayle, une deuxième fois quand il était au service de Damian Cray. Même mort, Yassen Gregorovitch continuait bizarrement de faire partie de la vie d'Alex. Ash l'avait affronté à Malte, et quoi qu'il se fût passé entre eux sur cette île, c'était lié à l'histoire qu'Alex voulait connaître à tout prix.

— Tu es sûr de toi ? demanda Ash une dernière fois.

— Certain.

— Bien, dit Ash d'un ton grave. Alors je vais t'apprendre une chose : *Ba'ad az ar tariki, roshani ast.* C'est un vieux proverbe afghan. Il se peut que tu aies besoin de t'en souvenir le moment venu. Cela signifie : « Après les ténèbres vient la lumière. » J'espère que ce sera vrai pour toi.

On frappa à la porte.

Ash alla ouvrir et s'effaça devant une femme petite et rondelette, munie d'une valise. Elle ressemblait à une infirmière à la retraite ou à une maîtresse d'école de l'ancien temps. Elle portait un tailleur vert olive et des bas épais qui soulignaient ses jambes informes. Ses cheveux étaient détachés, sans coiffure ni couleur définies. Son visage semblait modelé dans du mastic. Elle n'était pas maquillée. Une broche d'argent en forme de marguerite ornait son revers de veste.

— Comment ça va, Ash ? lança-t-elle avec un sourire.

Son fort accent australien lui donnait soudain vie.

— Ravi de vous revoir, Cloudy, répondit Ash en fermant la porte. Alex, voici Mme Webber. Elle travaille pour l'ASIS. C'est une spécialiste du déguisement. Son véritable prénom est Chloé mais on préfère l'appeler Cloudy – la femme nébuleuse. Cloudy Webber, voici Alex Rider.

La femme approcha à pas lourds pour examiner Alex.

— Mmm..., marmonna-t-elle d'un ton désapprobateur. M. Brooke a dû tomber sur la tête pour croire que je vais faire des miracles avec celui-ci. Enfin, je ferai de mon mieux. Déshabille-toi, mon garçon. T-shirt, caleçon, tout. La première chose, c'est de commencer par ta peau.

— Hé... une petite minute ! protesta Alex.

— Bon sang de bonsoir ! explosa Mme Webber. Tu crois que je n'ai jamais vu un garçon tout nu ? (Elle se tourna vers Ash, qui observait la scène.) Quant à vous, Ash, je ne vois pas pourquoi vous riez. Vous avez peut-être l'air plus afghan qu'Alex, avec votre barbe, mais il faudra tout de même vous déshabiller !

Elle ouvrit sa valise et en sortit une demi-douzaine de flacons en plastique, remplis de divers liquides sombres. Puis une brosse à cheveux, une trousse de maquillage et plusieurs tubes qui auraient pu contenir du dentifrice. À part cela, la valise contenait des vêtements qui avaient l'air – et l'odeur – de sortir d'une benne à déchets.

— Les vêtements viennent d'une association caritative, expliqua-t-elle. Donnés par la Grande-Bretagne et distribués sur le bazar de Mazar-i-Sharif. Vous aurez chacun deux tenues. C'est tout ce dont vous aurez besoin. Vous les porterez jour et nuit. Je vous conseille d'aller vite prendre votre bain, Ash.

Elle dévissa le bouchon d'un des flacons. L'odeur – un mélange d'algues et de white-spirit – piqua les narines d'Alex de l'autre côté de la chambre.

— À l'eau froide ! ajouta-t-elle d'un ton sec.

Alex prit son bain après Ash. Mme Webber avait mélangé deux flacons de teinture brune dans une demi-baignoire d'eau froide. Elle lui ordonna d'y rester dix minutes, en immergeant son visage et ses cheveux. Lorsqu'il fut autorisé à en émerger, il frissonnait et n'osa pas se regarder dans le miroir pendant qu'il se séchait, mais il remarqua que la serviette avait l'air de sortir d'un égout. Il enfila un short informe et élimé, et quitta la salle de bains.

— Voilà qui est mieux, murmura Mme Webber.

Elle remarqua sa cicatrice encore fraîche, juste au-dessus du cœur. C'était la trace de la balle qui avait failli le tuer, après sa première rencontre avec Scorpia.

— Ça pourra t'être utile, dit Mme Webber. Beaucoup d'enfants afghans ont des blessures. Vous faites vraiment la paire, tous les deux.

Alex ne comprit sa remarque que lorsqu'il se tourna vers Ash. Celui-ci était en train d'enfiler une chemise large à manches courtes et, pendant un instant, Alex entrevit son torse nu. Lui aussi avait une cicatrice, mais bien pire que la sienne : une ligne de peau blanche et morte zigzaguait en travers de son estomac et se perdait sous la ceinture de son pantalon. Ash se détourna pour boutonner sa chemise, mais pas assez vite. Alex avait eu le temps de voir que c'était une blessure à l'arme blanche. Qui avait tenu le couteau ?

— Viens t'asseoir, Alex, reprit Mme Webber qui avait étalé une serviette sous la chaise. Je vais m'occuper de tes cheveux.

Alex obéit. Pendant une dizaine de minutes, le silence ne fut troublé que par le cliquetis des ciseaux. Il regarda des mèches inégales tomber sur le sol. À en juger par ses gestes, Mme Webber n'avait certainement pas reçu une formation de coiffeuse dans un salon londonien. Plus probablement dans un élevage de moutons. La coupe terminée, elle ouvrit un des tubes et enduisit la tignasse d'Alex d'une pâte épaisse et grasse. Après quoi elle recula pour admirer son ouvrage.

— Joli travail, la complimenta Ash.

— Les dents ont besoin d'une retouche, marmonna-t-elle. Elles le trahiraient en une seconde.

Un autre tube était destiné à maquiller sa dentition. Mme Webber lui appliqua le produit avec l'index. Pour finir, elle se munit de deux petites capsules en plastique. Celles-ci avaient la taille et la forme de dents : l'une était grisâtre, l'autre noire.

— Je vais te coller ça à l'intérieur, annonça-t-elle.

Alex ouvrit la bouche et se laissa faire pendant qu'elle lui fixait les deux fausses dents. Il fit la grimace. Sa bouche lui paraissait étrangère.

— Dans un jour ou deux, tu ne les sentiras plus, le rassura Mme Webber en reculant. Voilà ! J'ai terminé. Habille-toi et va t'admirer.

— Cloudy, vous êtes une magicienne, murmura Ash.

Alex enfila un T-shirt rouge délavé et un jean – l'un et l'autre sales et troués. Puis il retourna dans la salle de bains s'examiner devant le miroir en pied. Le garçon qu'il regardait ne pouvait pas être lui. Le teint olivâtre, les cheveux brun foncé, courts et emmêlés. Les vêtements l'amincissaient. Il ouvrit la bouche et découvrit que deux de ses dents paraissaient pourries. Les autres étaient vilaines et ternes.

Mme Webber approcha derrière lui.

— Tu n'as aucun souci à te faire pour la couleur de ta peau pendant deux semaines. À moins que tu ne prennes un bain. Et tu ne le feras pas. Il faudra que tu vérifies tes cheveux et tes dents tous les cinq ou six jours. Je donnerai les fournitures nécessaires à Ash.

— C'est stupéfiant, dit celui-ci.

— J'ai des tennis pour toi, Alex, ajouta Mme Webber. Tu ne mettras pas de chaussettes. Un jeune réfugié n'en aurait pas.

Elle retourna dans la chambre chercher une paire de tennis sales et éculées. Alex les essaya.

— Elles sont trop petites.

Mme Webber fit la moue.

— Je peux découper un trou pour tes orteils.

— Non, je ne veux pas les mettre.

Mme Webber se renfrogna, mais elle dut admettre que la taille n'allait pas.

— D'accord, dit-elle. Tu garderas les tiennes. Mais laisse-moi une minute, que je m'en occupe.

Elle plongea à nouveau dans sa valise et en sortit un rasoir, de la vieille peinture et un flacon renfermant un produit chimique. Deux minutes plus tard, les tennis d'Alex avaient l'air d'avoir été portées pendant dix ans. Pendant qu'Alex les enfilait, Mme Webber s'occupa de Ash. Lui aussi avait totalement changé. Il n'avait pas besoin de se teindre la peau, et sa barbe aurait parfaitement convenu à un Hazara. Mais il fallait lui tailler grossièrement les cheveux et il avait besoin d'autres vêtements. Bizarrement, quand Mme Webber eut fini d'opérer, Ash et Alex auraient vraiment pu passer pour père et fils. La pauvreté les avait rapprochés.

Mme Webber fourra dans sa valise leurs vêtements personnels et la ferma. Puis, un doigt pointé sur Ash, elle ordonna :

— Prenez soin d'Alex, Ash. J'ai déjà dit deux mots à M. Brooke sur son idée d'envoyer un garçon de cet âge sur le terrain. Je désapprouve. Alors faites en sorte qu'il revienne en un seul morceau.

— Je veillerai sur lui, promit Ash.

— Vous avez intérêt. Fais bien attention à toi, Alex !

Là-dessus, elle prit sa valise et s'en alla. Ash se tourna vers Alex.

— Comment te sens-tu ?

— Crasseux.

— Et ça ne va pas s'arranger. Tu es prêt ? Il est temps de partir.

Alex se dirigea vers la porte.

— Nous allons prendre l'ascenseur de service et sortir par derrière, dit Ash. Si un employé de l'hôtel nous aperçoit dans cet état, on se fera arrêter.

Le chauffeur qui avait accueilli Alex à l'aéroport les attendait à l'extérieur de l'hôtel. Il les conduisit sur l'autre rive du fleuve et prit la direction de Chinatown, en amont. La climatisation soufflait un froid agréable et Alex savait que c'était un luxe dont il ne profiterait pas de si tôt. La voiture les déposa à un carrefour. Immédiatement, la chaleur, la crasse et le vacarme de la ville les assaillirent. Il transpirait avant même que la portière fût refermée. Ash sortit une petite mallette délabrée du coffre et ce fut tout. Ils étaient livrés à eux-mêmes.

Le quartier chinois de Bangkok était un endroit incroyable. Quand Alex leva les yeux, il eut l'impression qu'il n'y avait pas de ciel. La lumière du jour était obstruée par des affiches, des banderoles, des câbles électriques et des enseignes de néon : RESTAURANT TOM YUM. MASSAGE THAÏ. CLINIQUE DENTAIRE SENG HONG (VOTRE SOURIRE COMMENCE ICI). Les trottoirs étaient tout aussi encombrés : chaque centimètre carré était accaparé par des échoppes de nourriture, de vêtements bon marché et d'articles électroniques. Il y avait des gens partout, des centaines, des milliers, qui se faufilaient au milieu de la circulation, laquelle semblait figée en un embouteillage infini empestant le diesel.

— Par ici, marmonna Ash à voix basse.

Désormais, chaque fois qu'il parlerait anglais, il devrait s'assurer que personne ne l'entendait.

Ils se frayèrent un chemin dans le chaos. Alex passa devant des légumes qu'il n'avait jamais vus auparavant, des viandes qu'il espérait ne jamais revoir : des cœurs et des reins barbotant dans un potage vert, des boyaux bruns débordant de marmites comme s'ils cherchaient à s'enfuir. Toutes les odeurs existant sur la planète paraissaient se mêler ici. Viande, poisson, détritus et sueur. Chaque pas menait à une nouvelle puanteur.

Ils marchèrent une dizaine de minutes, jusqu'à un passage ouvert entre un restaurant – quelques tables en plastique et une vitrine exposant les répliques factices des plats servis – et un atelier de peinture. Le passage étroit offrait une échappée à la rue grouillante et s'enfonçait entre deux immeubles d'appartements qui avaient l'air entassés au hasard. À l'entrée, Alex remarqua un autel miniature dont l'encens ajouta une senteur nouvelle à sa collection déjà vaste. Plus loin, deux voitures étaient garées à côté d'une douzaine de casiers de bouteilles de Pepsi vides, de vieilles bonbonnes de gaz et d'une rangée de tables et de chaises. Une Chinoise était assise dans le caniveau, jambes croisées, attachant des rubans sur des corbeilles de fruits exotiques qui rappelèrent à Alex celle qu'il avait trouvée dans sa chambre d'hôtel.

— On y est, grommela Ash.

C'était l'adresse indiquée par le Snakehead à Karim Hassan et à son fils, où ils étaient supposés attendre.

Tous les appartements donnaient directement sur le passage et l'on voyait à l'intérieur. Il n'y avait ni portes ni rideaux. Dans une pièce de façade, un Chinois fumait, assis devant une table, vêtu d'un short et portant des lunettes, son énorme estomac répandu sur ses genoux. Dans une autre, une famille entière, assise par terre, mangeait dans des bols avec des baguettes. Ils arrivèrent ensuite à une pièce délabrée, où une vieille femme s'activait devant un réchaud. Ash fit signe à Alex de l'attendre, puis il s'approcha pour parler à la vieille femme, en employant autant le langage des signes que les mots, et en lui agitant une feuille de papier devant les yeux.

La vieille femme finit par saisir ce qu'il cherchait et indiqua un escalier à l'arrière. Ash lança quelques mots en langue dari à Alex, qui, feignant de comprendre, le rejoignit avec empressement.

La moitié des marches en ciment de l'escalier étaient recouvertes d'une eau boueuse. Alex suivit Ash jusqu'au troisième étage, devant une porte sans poignée. Ash l'ouvrit d'une poussée. Dans la pièce rudimentaire, il y avait un lit en fer, un matelas d'appoint sur le sol, un lavabo, une cuvette de toilette et une fenêtre sale. Pas de tapis ni de lumière. Quand Alex avança, un monstrueux cafard fila de l'autre côté du lit et grimpa sur le mur.

— C'est ça ? murmura Alex.
— C'est ça.

Dehors, dans le passage, l'homme qui les avait suivis depuis l'hôtel nota les coordonnées de l'immeuble. Puis il fit demi-tour et composa un numéro sur son téléphone mobile. Lorsque la communication fut établie, il s'était déjà fondu dans la foule.

8

Premier contact

— Supposons qu'ils ne viennent pas ? dit Alex.

— Ils viendront.

— Il va falloir attendre encore longtemps, à votre avis ?

Ils vivaient dans Chinatown depuis près de trois jours. Alex avait chaud, il se sentait frustré et s'ennuyait ferme. Ash ne l'autorisait même pas à lire un journal en anglais, craignant que quelqu'un le surprenne. Et il n'avait pas non plus l'occasion de visiter Bangkok, car ils ignoraient à quel moment le Snakehead allait se manifester et ne pouvaient courir le risque de le manquer.

Néanmoins, Alex avait la permission de se promener dans les rues pendant une heure ou deux chaque matin. Il trouvait amusant que personne ne le traite comme un touriste – d'ailleurs les touristes l'évitaient. Mme Webber avait fait du bon travail. Il avait l'air d'un gamin des rues, venu de très loin, et après plus de cinquante heures sans prendre de douche ni changer de vêtements, il supposait qu'on le sentait longtemps avant de le voir.

Peu à peu, il se familiarisa avec la ville, avec cet enchevêtrement de boutiques et de maisons, de trottoirs et de rues, la chaleur poisseuse, le vacarme et l'agitation incessants. Chaque coin de rue réservait une surprise. Un infirme aux jambes atrophiées filant à toute vitesse sur ses mains comme une araignée géante. Un temple jaillissant de nulle part, telle une fleur exotique. Des moines au crâne rasé en robe orange circulant au milieu de la foule.

Alex en apprit aussi un peu plus sur son parrain.

Ash avait le sommeil agité. Il avait donné le lit à Alex et dormait sur le matelas. Pendant la nuit, il marmonnait puis s'éveillait en sursaut, les mains crispées sur son estomac. Alex devinait alors qu'il venait de rêver du jour où il avait reçu cette blessure qui le tourmentait encore.

— Pourquoi êtes-vous devenu un espion ? lui demanda-t-il un matin.

— À l'époque, ça m'a paru une bonne idée, grommela Ash. (Il détestait les questions et donnait rarement des réponses directes. Mais, ce matin-là, il était de meilleure humeur.) J'ai été approché quand j'étais dans l'armée.

— Par Alan Blunt ?

— Non. Il était là mais ce n'était pas lui le patron. J'ai été recruté peu de temps après ton père. Je peux t'expliquer pourquoi il s'est engagé, si tu veux.

— Pourquoi ?

— Par patriotisme, répondit Ash avec une moue. Il croyait sincèrement qu'il avait un devoir envers la reine et son pays.
— Pas vous ?
— Si... autrefois.
— Qu'est-ce qui vous a fait changer d'avis ?
— Ça remonte à très longtemps.

Ash avait l'art de mettre fin à une conversation. Alex avait assez vite compris que, lorsque cela produisait, il était inutile d'insister. Ash s'enveloppait dans le silence comme dans un manteau. C'était rageant, mais Alex savait qu'il suffisait de patienter. Ash parlerait à son heure.

Le quatrième jour, le Snakehead se manifesta.

Alex venait de rentrer du marché avec quelques provisions lorsqu'il entendit des pas sur l'escalier de ciment. Ash lui lança un regard d'avertissement et se leva d'un bond au moment où la porte s'ouvrit brutalement, devant l'homme le plus laid qu'Alex eût jamais vu.

Petit, il portait un costume qui semblait avoir rétréci dans la machine tout exprès pour sa taille. Il avait la boule à zéro et les joues mal rasées, si bien que le haut et le bas de sa tête étaient couverts d'un fin et dru duvet noir, mais il semblait ne pas avoir de sourcils, comme si, à cet endroit, la peau était trop épaisse et grêlée pour laisser passer les poils. Sa bouche était extraordinairement grande, comme une blessure béante, avec autant de trous que de dents. Pire encore : il n'avait pas d'oreilles, juste des bosses de chair rougeaude. Le reste avait été coupé.

Le nabot était sans doute Anan Sukit. Un autre

homme l'accompagnait, vêtu d'un T-shirt et d'un jean, muni d'un appareil photo – une sorte de vieux boîtier en bois qui semblait tout droit sorti d'un magasin d'antiquités. Et un troisième, qui ressemblait un peu à Ash – probablement un Afghan venu servir d'interprète. Alex s'était vivement assis dans un coin de la pièce et glissait des coups d'œil discrets vers les trois hommes, en s'efforçant de ne pas montrer trop d'intérêt pour ne pas éveiller le leur.

Sukit jeta quelques mots à l'interprète, lequel s'adressa ensuite à Ash. Celui-ci répondit en dari, et une conversation à trois s'engagea. Pendant ce temps, Alex s'aperçut que Sukit l'examinait. Le lieutenant snakehead avait des pupilles minuscules en mouvement permanent. Le photographe s'était mis au travail, et Alex resta immobile pendant qu'il prenait plusieurs clichés de lui. Puis ce fut au tour de Ash. Celui-ci avait déjà expliqué à Alex quel genre de papiers officiels on leur fournirait. Des passeports, probablement avec des visas pour l'Indonésie. Une fiche d'arrestation par la police au nom de Ash. Un rapport d'hôpital prouvant qu'il avait été blessé pendant l'interrogatoire. Peut-être une vieille carte de membre du Parti communiste. Autant de documents qui les aideraient à obtenir le statut de réfugiés en Australie.

Le photographe termina ses prises de vue mais la discussion se poursuivit. Alex comprit que quelque chose clochait. Sukit esquissa un mouvement de la tête dans sa direction à une ou deux reprises tout en semblant exiger une réponse. Ash argumentait et paraissait contrarié. Alex entendit son faux nom, Abdul, prononcé plusieurs fois.

Puis, tout à coup, Anan Sukit s'approcha de lui. Il transpirait et sa peau sentait l'ail. Sans avertissement, il se pencha pour relever Alex. Ash cria quelque chose. Alex ne comprit évidemment pas un mot mais il suivit les consignes de Ash : il leva sur eux un regard vide et flottant de simple d'esprit. Sukit le gifla. Deux fois. Alex poussa un cri. Pas seulement de douleur, mais en réaction contre cette violence gratuite. Ash lâcha un torrent de mots. Il semblait plaider sa cause. Sukit parla une dernière fois, et Ash hocha la tête. Quoi que Sukit lui eût demandé, il avait accepté. Les trois hommes tournèrent les talons et quittèrent la pièce.

Alex attendit d'être certain qu'ils soient loin. Ses joues le brûlaient.

— Je suppose que c'était Anan Sukit ?

— Oui, c'était bien lui, répondit Ash.

— Qu'est-il arrivé à ses oreilles ?

— Une bagarre de gang, il y a cinq ans. J'aurais peut-être dû te prévenir avant. Quelqu'un lui a tranché les oreilles.

— Heureusement pour lui qu'il n'a pas besoin de lunettes, ironisa Alex en se frottant la joue de sa main crasseuse. C'était pour quoi, tout ce remue-ménage ?

— Je ne sais pas. Je ne comprends pas… (Ash était plongé dans ses réflexions.) Ils vont nous fabriquer des papiers. Ce sera prêt ce soir.

— Très bien. Mais pourquoi m'a-t-il giflé ?

— Il m'a demandé une chose et j'ai refusé. Ça l'a mis en colère et il s'en est pris à toi. Je suis désolé, Alex.

Ash passa une main dans ses cheveux bouclés. Il avait l'air ébranlé par ce qui venait de se passer.

— Je ne voulais pas qu'il te frappe, mais je n'ai rien pu faire.

— Que voulait-il ?

Ash poussa un soupir.

— Il a insisté pour que ce soit toi qui ailles chercher les papiers.

— Pourquoi ?

— Il ne me l'a pas dit. Ils passeront te prendre à Patpong à sept heures ce soir. Tu devras y aller seul. Si tu n'y es pas, le marché ne tient plus.

Ash se tut. Il avait perdu le contrôle de la situation et il le savait.

Alex était perplexe. Sa première rencontre avec le Snakehead avait été brève et déplaisante. La question était de savoir ce qu'ils attendaient de lui. Avaient-ils percé son déguisement à jour ? Que voulaient-ils faire de lui, à Patpong ? S'il le fourraient de force dans une voiture, il risquait fort de disparaître pour de bon.

— S'ils avaient voulu te tuer, ils l'auraient fait ici, tout de suite, remarqua Ash, devinant ses pensées. Ils auraient pu nous liquider tous les deux.

— Je dois y aller ?

— Je ne peux pas prendre cette décision à ta place, Alex. C'est à toi de voir.

S'il n'y allait pas, ils n'auraient pas les faux papiers et Ash ne pourrait pas découvrir où ils étaient fabriqués. Ils ne pourraient pas non plus remonter la filière. La mission s'achèverait avant d'avoir débuté. Et Alex n'apprendrait rien au sujet de son père, de Malte, ni de Yassen Gregorovitch.

C'était un risque, mais il valait la peine d'être pris.
— J'irai, décida Alex.

Patpong révéla à Alex un autre visage de Bangkok – et un visage qu'il ne tenait pas à voir. C'était un fatras de bars, de clubs de strip-tease, où hommes d'affaires et routards se retrouvaient la nuit pour se saouler. Par les portes, on apercevait des danseuses à demi nues se trémoussant sur de la musique occidentale. Des hommes adipeux en chemise à fleurs se promenaient au bras de jeunes Thaïlandaises. Les néons clignotaient, la musique braillait, l'air était gorgé de vapeurs d'alcool et de parfums bon marché. C'était le dernier endroit sur Terre où un garçon de quatorze ans avait envie de se trouver, et Alex se sentit vraiment mal à l'aise quand il se posta à l'entrée de la place principale. Mais il n'eut à patienter que quelques minutes. Une Citroën noire déglinguée vint se garer devant lui, avec deux hommes à l'intérieur. Il reconnut, à côté du conducteur, le photographe qui était venu leur tirer le portrait.

C'était le moment de vérité. Alex était venu en Thaïlande enquêter sur le Snakehead, et il se livrait à eux sans arme ni gadgets – sans rien pour l'aider en cas de problème. Allaient-ils simplement lui remettre les faux papiers comme promis ? Alex en doutait, mais il était trop tard pour reculer. Il monta à l'arrière de la Citroën. Le siège en skaï était déchiré. Un dé en peluche se balançait sous le rétroviseur.

Personne ne lui adressa la parole – mais, bien entendu, ils ne parlaient pas sa langue. Ash lui avait recommandé de ne pas prononcer un mot, quoi qu'il advînt. Une seule parole en anglais signerait leur condamnation à mort immédiate. Alex devait feindre d'être idiot et de ne rien comprendre. Si les choses tournaient mal, il devait fuir.

La Citroën s'engagea dans le flot ralenti de la circulation, au milieu des voitures, camions, autobus et tuk-tuk. Comme toujours, tout le monde klaxonnait. La chaleur du soir ne faisait qu'intensifier le vacarme et la puanteur des gaz d'échappement qui restaient en suspens dans l'air.

Ils roulèrent une trentaine de minutes. Alex n'avait aucune idée de la direction qu'ils prenaient. Il tenta de mémoriser quelques repères – une enseigne de néon, un gratte-ciel avec un étrange dôme doré, un hôtel. Ash lui avait donné pour consignes de collecter autant d'informations que possible sur le Snakehead puis, le lendemain, de lui montrer l'endroit où on l'avait emmené. La Citroën quitta l'avenue principale pour s'engager dans une ruelle bordée de hauts murs. Alex se sentait de moins en moins à l'aise. Il avait l'impression d'aller droit dans un piège. Sukit avait promis de lui remettre les papiers mais Alex ne le croyait pas. Toute cette mise en scène cachait autre chose.

Ils émergèrent brusquement de la rue et débouchèrent juste devant le fleuve, noir et vide à l'exception d'une unique barque qui rentrait à quai. Au loin, un immeuble élevé attira le regard d'Alex. C'était l'hôtel Peninsula, où il avait passé sa première nuit à Bangkok. L'hôtel se trouvait à environ cinq cents mètres en amont mais aurait pu appartenir à un autre monde.

La voiture ralentit. Ils étaient au bord de l'eau. Le chauffeur coupa le contact et ils descendirent.

L'odeur d'égout. Ce fut ce qui frappa Alex en premier. Une odeur épaisse, écœurante, lourde. La surface du fleuve était recouverte de légumes pourris et de détritus qui dérivaient au gré du courant comme un tapis mouvant. L'un des hommes poussa durement Alex dans les reins, vers une jetée délabrée où un bateau les attendait pour les transporter sur l'autre rive. Le pilote était un Thaï au visage fermé. Alex grimpa dans le bateau, suivi des deux hommes.

Ils partirent. La lune s'était levée et, au milieu du fleuve, tout paraissait étincelant. Alex aperçut leur destination : une longue bâtisse de trois étages, avec une pancarte peinte en vert annonçant : « CHADA TRADING COMPANY ». L'allure du bâtiment lui déplut fortement.

Elle se dressait le long de la rive, y tombant à moitié, perchée sur des pilotis de ciment qui la soutenaient à deux mètres au-dessus de l'eau. La construction était un mélange de bois et de tôle ondulée : un assemblage de toits inclinés, de vérandas, de balcons et de galeries qui avaient l'air d'avoir été montés et cloués par un enfant. Il y avait quelques portes et très peu de fenêtres. En approchant, Alex entendit un bruit venant de l'intérieur : un hurlement sourd qui s'éleva soudainement, comme une clameur dans un stade de football.

Le bateau accosta. Une échelle menait à un ponton. Alex fut à nouveau poussé par une main brutale. Apparemment, c'était la seule façon que connaissaient ces gens pour communiquer. Il se leva en vacillant et agrippa l'échelle. Au même instant, il entendit un splash et, du coin de l'œil, aperçut un mouvement rapide dans l'eau. Quelque chose vivait dans la cavité obscure sous le ponton. Il y eut une autre clameur à l'intérieur du bâtiment, suivie du tintement d'une cloche.

Alex franchit une porte et déboucha dans un étroit couloir qui descendait en pente, bordé de chaque côté par une série de portes. Au plafond, des ampoules nues jetaient une lumière jaune blafarde. L'odeur de la rivière imprégnait les lieux. Ils s'arrêtèrent à mi-chemin devant l'une des portes. Celle-ci donnait sur une pièce grande comme une cellule : quatre mètres carrés, une lucarne fermée par des barreaux, un banc et une table. Un short de couleur vive était posé sur le banc. Le photographe – Alex ne connaissait pas son nom –, lui indiqua le short en vociférant quelques mots en thaï. Cette fois, le message était clair.

La porte se ferma en claquant. Une autre clameur lui parvint, plus proche, dont l'écho se répercuta dans toute la bâtisse. Alex prit le short. Il était en soie, nettoyé de frais, mais encore tacheté de quelques points sombres. Des taches de sang. Alex réprima un sursaut de peur. Il leva les yeux sur la lucarne, mais il ne fallait pas songer à fuir par là. Et des hommes devaient monter la garde derrière sa porte. Un moustique bourdonna et il se claqua le cou. Puis il commença à se déshabiller.

Dix minutes plus tard, on le conduisit au bout du couloir, lequel se terminait par une volée de marches qui semblaient s'être effondrées les unes sur les autres comme un château de cartes. Alex portait en tout et pour tout le short en soie, qui lui montait haut au-dessus de la taille et lui descendait aux genoux. Le genre de short porté sur les rings. À quel match le destinait-on ? Boxe, catch, ou pire ?

Il entendit de la musique. Le grésillement d'un haut-parleur et un flot de paroles amplifiées. Des rires. Le brouhaha bavard d'une foule nombreuse. Enfin, il émergea dans un lieu comme il n'en avait jamais vu auparavant, et qu'il garderait à jamais dans sa mémoire.

C'était une sorte d'arène, une salle circulaire avec des dizaines de piliers étroits soutenant le plafond, un ring de boxe surélevé au milieu, des gradins de bois tout autour. L'éclairage venait de tubes de néon suspendus à des chaînes. Une vingtaine de ventilateurs tournaient lentement pour essayer de brasser l'air chaud et moite. Les haut-parleurs braillaient de la musique thaïe et, bizarrement, de vieux téléviseurs orientés vers les gradins diffusaient des programmes différents.

Le ring lui-même était entouré d'une barrière de barbelés érigée pour maintenir soit les compétiteurs à l'intérieur, soit les spectateurs à l'extérieur. Environ quatre cents personnes étaient rassemblées là, qui discutaient avec animation en échangeant des bouts de papier jaunes. Alex avait lu quelque part que les paris étaient interdits en Thaïlande, mais il comprit immédiatement ce qui se déroulait ici. Un combat venait de s'achever. On traînait un jeune homme par les pieds pour l'évacuer du ring et ses épaules laissaient une traînée rouge sur le sol de toile. Les spectateurs qui avaient parié sur son adversaire récoltaient leurs gains.

Alex se trouvait tout au fond de la salle. Il vit un autre homme en short qui se laissait conduire vers le ring, le corps raidi par la peur. La foule salua son arrivée par des rires et des applaudissements. D'autres coupons jaunes changèrent de mains. Quelqu'un posa la main sur l'épaule d'Alex et le fit asseoir sur une chaise en plastique. Par une fente dans le plancher, il entrevit un éclair argenté : la rivière clapotait contre les pilotis en ciment. Il transpirait et les moustiques le harcelaient. Il les entendait vrombir. Sa peau frémissait sous les piqûres à répétition.

Le nouveau boxeur avait traversé les rangs du public et atteint la barrière de barbelés. On lui avait mis un collier de fleurs autour du cou et il avait l'air d'un homme promis au sacrifice. Ce qui, dans un sens, était le cas. Deux solides Thaïs le firent passer par une ouverture dans la barrière et l'aidèrent à grimper sur le ring. Puis ils le forcèrent à saluer l'assistance. Après quoi, dans l'autre coin du ring, le champion apparut.

Il n'était pas grand mais il dégageait force et rapidité. Chacun de ses muscles se dessinait sur son corps ; il n'avait pas une once de graisse. Ses cheveux, très noirs, étaient coupés court. Ses yeux aussi étaient noirs. Il avait un visage juvénile, totalement imberbe, mais Alex lui donna dans les vingt-cinq ans. Il portait son nom, Sunthorn, écrit en lettres blanches sur son short. Il salua le public et se mit à danser sur place en levant les poings pour recueillir les applaudissements.

Le jeune boxeur attendait son destin. On lui avait ôté son collier de fleurs et les assistants avaient quitté le ring. La musique se tut. Une cloche tinta.

Alex comprit. Il s'était attendu au pire, et c'était le

cas : le Muay thaï, boxe thaïlandaise, autrement connue sous le nom de science des huit membres, l'un des plus agressifs et des plus dangereux arts martiaux du monde. Alex avait appris le karaté mais il savait que c'était sans commune mesure avec le Muay thaï, lequel autorisait les coups de poing, de coude, de genou et de pied, avec pas moins de vingt-quatre cibles possibles : du haut de la tête à l'arrière du mollet de l'adversaire. De plus, la boxe qui se pratiquait ici était une version illégale : aucune protection autour des mains, au menton ni à l'abdomen. Et le combat pouvait durer jusqu'à ce que l'un des deux adversaires soit évacué du ring, inconscient… ou pire.

Alex regarda le premier round avec un mélange de fascination et d'horreur, sachant qu'il serait le prochain à monter sur le ring. Le combat avait commencé par une séance d'observation réciproque, chacun des deux hommes cherchant à évaluer les faiblesses de l'autre. Sunthorn avait lancé quelques assauts, d'abord avec un coup du coude droit puis, après une torsion du corps, avec une frappe fulgurante du genou. Mais le jeune boxeur était plus vif qu'il ne le paraissait. Il avait esquivé les deux attaques, et même tenté un contre. Son pied droit, lancé en l'air, avait manqué de peu le cou de Sunthorn, mouvement qui déclencha un rugissement d'excitation dans le public.

Mais, à la fin du premier round, il commit une erreur fatale. Il baissa sa garde, dans l'attente du gong. Sunthorn en profita pour lancer une ruade arrière de la jambe gauche, qui percuta son adversaire en pleine poitrine, lui coupant le souffle et le faisant décoller du sol. Seul le gong, une seconde plus tard, le sauva.

Il recula en titubant vers son coin, où un soigneur lui glissa un bidon d'eau entre les dents et lui épongea le visage. Mais il était à peine conscient. Le round suivant n'allait pas durer longtemps.

Dans le bref intervalle, les haut-parleurs crachèrent un nouveau flot de musique et les écrans de télévision se rallumèrent. Des coupons jaunes furent échangés et Alex remarqua des spectateurs qui gesticulaient furieusement en tapotant leur montre. Il comprit, atterré, que ces gens ne pariaient pas sur le nom du vainqueur, qui ne faisait aucun doute, mais sur le nombre de minutes que le jeune boxeur pourrait tenir contre lui.

La cloche sonna le début du deuxième round. Comme c'était prévisible, celui-ci s'acheva très vite. Le jeune boxeur avança vers le milieu du ring, résigné, certain de marcher vers son exécution. Sunthorn l'examina avec un sourire cruel, puis termina le combat de la manière la plus vicieuse : un coup de pied dans l'estomac, suivi d'un second, plus violent, en plein dans le visage. Une grosse fleur de sang gicla sur le ring. Le public hurla. Le jeune boxeur s'écroula sur le dos et ne bougea plus. Sunthorn dansa autour de lui en levant les poings dans un geste victorieux. Les assistants montèrent sur le ring pour nettoyer.

Et ce fut le tour d'Alex.

Il eut soudain conscience qu'un homme se penchait vers lui – un visage étrange, étiré comme un reflet dans un miroir déformant de fête foraine. C'était Anan Sukit. Le lieutenant snakehead s'adressa à lui d'abord en thaï, puis dans une autre langue, sans doute en dari. Les relents d'ail de son haleine vinrent flotter sous ses narines. Sukit se tut. Alex continua de regarder fixement devant lui. Sukit approcha alors sa bouche de son oreille et lui parla en mauvais français, puis en anglais.

— Tu combats, ou on te tue.

Alex dut faire un effort sur lui-même pour feindre de n'avoir pas compris. Sukit ne pouvait pas savoir qui il était ni d'où il venait. Il répétait simplement la même phrase dans toutes les langues possibles dans l'espoir de se faire comprendre. Pour finir, il utilisa le langage le plus efficace de tous : il saisit Alex par les cheveux pour le soulever de son siège et le propulsa vers le ring.

En marchant au milieu des spectateurs, Alex sentit les regards l'examiner sous tous les angles, le jauger. Une fois de plus, des coupons jaunes changèrent de mains et il n'eut aucun mal à imaginer les paris. Quinze secondes… vingt secondes – personne ne doutait que le jeune boxeur ne résisterait pas longtemps. Son cœur tambourinait si fort dans sa poitrine qu'il le voyait battre sous son torse nu. Pourquoi l'avait-on choisi ? Pourquoi pas Ash ? La seule réponse plausible était le plaisir malsain des organisateurs à apporter des nouveautés pour stimuler les parieurs. Ils avaient vu s'effondrer des hommes pendant toute la soirée. À présent, ils allaient voir un adolescent.

Alex se faufila dans l'ouverture de la barrière. Les deux assistants l'attendaient, souriants et prêts à l'aider à monter sur le ring. L'un d'eux tenait la guirlande de fleurs qu'il allait lui passer au cou. Alex avait déjà pris sa décision à ce sujet. Quand les mains des assistants se tendirent vers lui, il les repoussa sèchement, s'attirant les rires et les quolibets du public. Il refusait de parader sous leur collier de fleurs. Il se hissa lui-même sur le ring tandis que les nettoyeurs passaient sous les cordes pour en descendre, emportant avec eux des serpillières ensanglantées.

Sunthorn attendait dans le coin opposé.

Alex découvrit de plus près l'arrogance et la cruauté de l'homme qu'il allait affronter. Sunthorn s'était probablement entraîné toute sa vie à la boxe thaïlandaise et savait que le prochain combat allait se terminer à peine commencé. Mais cela lui importait peu. Il était payé et ne se gênerait pas pour estropier Alex à vie. Il souriait déjà, découvrant ses lèvres crevassées et ses dents irrégulières. Son nez, sans doute cassé lors d'un combat passé, avait été mal réparé. Il avait un corps d'athlète mais une tête de monstre.

Un assistant fourra un bidon entre les lèvres d'Alex et il but. La chaleur suffocante de la salle sapait ses forces. C'était à se demander comment Sunthorn avait tenu aussi longtemps. À moins qu'il n'ait été dopé. La musique militaire braillait. Les ventilateurs tournaient. Alex s'agrippa à la corde, cherchant une stratégie. Serait-il plus facile de se coucher dès le début du combat ? S'il se laissait mettre K.-O. dans les premières secondes, ça irait plus vite. Mais cela comportait un risque. Tout dépendait de la force des coups de Sunthorn. Alex n'avait pas envie d'avoir la nuque brisée.

La musique s'arrêta. La cloche tinta. Le public se tut. Il était trop tard pour imaginer un plan. Le premier round débuta.

Alex fit deux pas en avant. Il sentait les regards des

spectateurs qui le sondaient, guettaient sa chute. Sunthorn semblait parfaitement détendu. Il avait pris une posture classique, le poids du corps sur le pied avant – défense de base dans presque tous les arts martiaux –, mais il semblait indifférent. Alex se dit que, s'il avait la moindre chance dans ce combat, ce serait dans les premières secondes. Personne ici ne pouvait deviner qu'il possédait son premier *Dan* – la ceinture noire en karaté. Le combat était totalement injuste. Sunthorn avait presque tous les avantages : la taille, le poids et l'expérience. Mais Alex avait celui de la surprise.

Il décida de s'en servir. Il continua d'avancer et, au tout dernier instant, quand il se jugea assez proche, il pivota et lança un pied de toutes ses forces. C'était le coup de pied arrière retourné, l'un des plus puissants du karaté. S'il atteignait sa cible, il mettait son adversaire au tapis. Malheureusement, son pied ne rencontra que le vide. Sunthorn avait réagi avec une vitesse fantastique, d'un bond en arrière. Le pied d'Alex manqua son abdomen d'un centimètre.

Les spectateurs retinrent leur souffle, puis se mirent à chuchoter avec excitation. Alex enchaîna avec un coup de poing avant, mais cette fois Sunthorn était prêt. Il bloqua l'attaque avec son bras droit et suivit avec un coup de pied de contre dans le flanc d'Alex, qui le propulsa dans les cordes. Alex eut le souffle coupé. Des petits points rouges se mirent à danser devant ses yeux. Si Sunthorn le frappait encore, ce serait terminé. Il se reposa, les mains sur les cordes, et attendit la fin.

Elle ne vint pas. Sunthorn souriait toujours. Satisfait. Le jeune étranger n'était pas la proie facile à laquelle tout le monde s'attendait et le champion savait qu'il allait enfin pouvoir s'amuser. Le public voulait du sang, mais aussi du spectacle. Il allait jouer un peu avec le garçon, l'affaiblir avant le coup final qui l'expédierait à l'hôpital. Sunthorn tendait les mains et recourba les doigts comme pour dire : « Viens, approche ! » La foule rugit de plaisir. Même les parieurs qui avaient déjà perdu et déchiraient leurs coupons jaunes voulaient en voir encore.

Alex prit sa respiration et se redressa. Il avait une marque rouge, au-dessus de la taille, à l'endroit où Sunthorn l'avait frappé. Le Thaï avait la plante des pieds aussi dure que du cuir, et les muscles des jambes solides comme de l'acier. Comment Ash avait-il pu l'envoyer dans une galère pareille ? Mais ce n'était pas sa faute, et Alex le savait. S'il avait écouté Jack et refusé la mission, en ce moment il serait tranquillement assis en classe.

Pendant quelques minutes, les deux adversaires se tournèrent autour, essayant quelques feintes, sans lancer de véritable attaque. Alex s'efforçait de garder ses distances pendant qu'il récupérait son souffle. Combien de temps durait chaque round ? Il avait désespérément besoin de quelques secondes de répit pour réfléchir. La sueur ruisselait sur son visage. Il s'essuya les yeux. Ce fut le moment que choisit Sunthorn pour attaquer, avec un enchaînement de coups de coudes, genoux et poings, dont chacun aurait dû mettre Alex au tapis.

Pendant les trente secondes que dura cet assaut, Alex utilisa toutes les techniques de défense qu'il avait apprises, tout en sachant que, au fond, il se fiait surtout à son instinct. Il esquivait, zigzaguait, tandis que, autour de lui, la salle virevoltait, le public beuglait, les ventilateurs tournoyaient dans la chaleur écrasante. Un crochet droit lui frappa le côté du visage et tout son crâne en fut ébranlé. Un spasme de douleur descendit de sa nuque jusque dans sa colonne vertébrale. Sunthorn enchaîna avec un coup de genou dans les côtes. Alex se plia en deux, incapable de réagir. Il toucha le tapis au moment où la cloche annonçait la fin du round.

Des applaudissements et des vivats explosèrent. La musique tonitrua de nouveau. Sunthorn fit un saut en arrière, souriant, bras levés. Il prenait un plaisir visible à ce combat. Alex n'avait plus de forces. Il eut conscience que les deux assistants gesticulaient et lui criaient de revenir vers sa chaise. Quelque chose le força à se mettre debout pour regagner son coin. Son nez pissait le sang. Il en sentait le goût sur ses lèvres.

De toute évidence, il ne tiendrait pas un deuxième round. Toutes les chances étaient contre lui. Alors une idée s'imposa. Sunthorn était plus vieux, plus grand, plus lourd et plus expérimenté que lui. Il n'y avait qu'une seule façon pour Alex de le battre.

La ruse.

9

Chat échaudé...

L'un des deux soigneurs affectés à Alex essuya le sang sur son visage avec une éponge mouillée. Le second l'aida à boire. L'eau fraîche lui dégoulina sur les joues et les épaules. Les deux hommes lui souriaient et marmonnaient des encouragements comme s'il comprenait leur langue. Sans doute avaient-ils fait exactement la même chose avec le boxeur précédent – et Alex avait vu le résultat. Mais il était bien décidé à ne pas se prêter au même jeu. Tous ces gens surexcités allaient avoir une surprise.

Il aspira autant d'eau qu'il le pouvait. Puis la cloche retentit et le bidon lui fut retiré de la bouche. La musique d'intermède se tut. Des cris fusèrent dans le public. Du coin de l'œil, Alex aperçut Anan Sukit qui venait s'asseoir au premier rang. Sans doute pour profiter d'un meilleur angle de vue sur le K.-O. final.

Alex avança sur le ring avec prudence, poings levés,

son poids également réparti sur l'avant de la plante des pieds. Sunthorn l'attendait. Tant mieux. Ce que redoutait le plus Alex était une attaque directe et rapide qui l'aurait empêché de réaliser son plan. Mais il avait dévoilé ses cartes dans le premier round. Sunthorn savait maintenant que son adversaire avait de l'expérience en karaté. Méfiant, il préparait ses mouvements avec soin. Alex avait failli le mettre K.-O. d'entrée de jeu et Sunthorn ne lui laisserait pas une seconde chance.

Finalement, le boxeur thaï opta pour une attaque frontale, avec saisie du cou à deux mains. Ils se trouvèrent ainsi face à face, leurs pieds se touchant presque. Sunthorn avait noué ses mains derrière la tête d'Alex et il ricanait, sûr de lui. Étant beaucoup plus grand, il profitait de son avantage. Il pouvait déséquilibrer Alex d'un balayage ou l'achever avec un coup de genou explosif. Pressentant l'issue du combat, le public manifesta bruyamment son plaisir.

C'était précisément ce qu'attendait Alex. Il anticipa le mouvement de Sunthorn et le devança. Ce que tout le monde ignorait – autant Sunthorn que les soigneurs et le public – c'était qu'il avait la bouche remplie d'eau depuis la reprise. Et il choisit ce moment pour la cracher en plein dans le visage de son adversaire.

Sunthorn réagit d'instinct : aveuglé l'espace d'une seconde, il recula brusquement la tête et lâcha prise. Alex passa aussitôt à l'action : il expédia un uppercut rageur dans la mâchoire du boxeur thaï. Mais cela ne suffit pas. Il n'aurait pas de seconde chance et il devait en finir tout de suite. Il pivota sur une jambe et mit toutes ses forces dans un coup de pied qui atteignit son adversaire en plein dans le plexus solaire.

Même la musculature extraordinaire de Sunthorn ne pouvait résister à un tel choc. Alex entendit le souffle jaillir de ses lèvres. Sunthorn devint livide. Pendant un instant, il resta là, les bras ballants. Un silence s'était abattu sur la salle. Le public était en état de choc. Enfin, Sunthorn s'affaissa sur les genoux, puis bascula en avant, inconscient.

Des hurlements furieux et outragés explosèrent dans les gradins. Les spectateurs n'en revenaient pas. Le jeune étranger qu'on avait poussé sur le ring pour les divertir les avait dupés. Ils avaient perdu de l'argent et leur champion avait été humilié !

En entendant leurs cris de colère, Alex comprit soudain le danger auquel il s'était exposé. S'il avait joué le rôle qu'on lui avait assigné, il serait en ce moment même transporté hors du ring par les soigneurs. Mais il aurait reçu un prix de consolation. On l'aurait probablement ramené à Ash avec les faux papiers. Désormais, c'était hors de question. Il avait offensé le Snakehead en mettant au tapis son boxeur fétiche. Il avait donc peu de chances qu'on l'en remercie ou le récompense.

Alex enjamba le corps inerte de Sunthorn comme s'il allait quitter le ring et comprit qu'il avait vu juste. Anan Sukit s'était levé, le visage noir de fureur, les yeux étincelants. Et il avait sorti un revolver de sa poche intérieure ! Incrédule, Alex le vit lever le canon et viser. Sukit allait l'abattre, ici-même, devant tous ces gens – punition exemplaire pour le sale tour qu'il venait de leur jouer. Alex ne pouvait strictement rien faire. Il regarda l'œil froid du revolver pointé sur sa tête.

C'est alors que toutes les lumières s'éteignirent.

L'obscurité fut soudaine et totale. Juste au moment où Sukit appuyait sur la détente. Alex vit deux éclats orange et entendit les détonations. Mais il s'était déjà mis en mouvement. Il se laissa tomber sur le tapis et roula de l'autre côté du ring en cherchant les cordes. Il les trouva, se faufila dessous et se laissa glisser au bas du ring. Les spectateurs avaient réagi à la coupure de courant par un silence atterré, mais les coups de feu déclenchèrent la panique. Ils étaient soudain aveugles et quelqu'un avait une arme ! Alex entendit des cris, un fracas de sièges bousculés. Quelqu'un le heurta, puis, déséquilibré, tomba à la renverse. Des cris de protestation fusèrent. Alex s'accroupit et attendit que sa vue s'habitue à l'obscurité.

Cela ne tarda pas. En approchant de la bâtisse par la rivière, il avait remarqué son état de délabrement. Bien qu'il n'y eût pas de fenêtres, le clair de lune filtrait à l'intérieur de la salle par les larges fissures du toit et des murs. Pas suffisamment pour que l'on pût distinguer les visages, mais Alex ne cherchait pas à se faire de nouveaux amis. Il n'avait qu'une idée en tête : trouver la sortie. Et il l'entrevit, juste devant lui, en haut d'une volée de marches en ciment.

Il voulut s'élancer, mais fut aussitôt arrêté par la barrière de barbelés. Où était l'ouverture ? Il tâtonna désespérément, les paumes en avant. Il finit par trouver le passage, le franchit en trébuchant, et se fraya un chemin sur les gradins qui menaient à la porte par laquelle il était arrivé. Un troisième coup de feu retentit. Un homme qui se trouvait près de lui tournoya sur lui-même et s'écroula. Sukit avait réussi à le repérer, ce qui n'était guère surprenant : son torse nu et son short coloré faisaient une cible idéale. Alex se mit à quatre pattes pour se faufiler dans la foule. La sueur qui recouvrait son corps avait au moins l'avantage d'empêcher quiconque de le saisir. Un Thaï se planta devant lui en maugréant quelque chose. Alex se redressa et lui assena un coup de paume en plein visage. L'homme poussa un grognement et bascula en arrière. Son couteau tomba sur le sol. À présent, Alex connaissait les règles. Ils voulaient le capturer et le tuer. C'était le prix de sa victoire sur le ring.

Alex était désarmé, à demi nu et cerné par les gros bras du Snakehead. Seules la vitesse et l'obscurité jouaient en sa faveur. Il devait impérativement trouver une sortie, et vite ! Ce qui impliquait de récupérer ses vêtements. Il atteignit enfin la porte, juste au moment où la lumière revenait.

Sukit l'aperçut et pointa l'index sur lui en criant. Aussitôt, une douzaine de jeunes gens s'élancèrent vers Alex. Tous avaient les cheveux sombres et une chemise noire. Il en arrivait de tous les côtés. Sukit tira. La balle toucha un pilier et ricocha contre un téléviseur. L'écran vola en éclats. Il y eut un grésillement électrique, puis une langue de feu s'éleva et Alex se demanda si la bâtisse allait s'embraser. Un incendie l'aurait bien arrangé. Mais les murs étaient trop humides. La rivière imprégnait tout, même l'air qu'il respirait.

Il se jeta dans l'ouverture de la porte et dévala l'escalier de bois, manquant perdre l'équilibre sur les marches de travers. Une écharde se planta dans un de ses orteils. Il ignora la douleur. Il arriva dans le couloir. Par où l'avait-on amené ? Droite ou gauche ? Il avait moins d'une seconde pour prendre sa décision et un mauvais choix lui serait fatal.

Il opta pour la droite. De ce côté, le couloir montait légèrement et il se rappela être descendu pour arriver. Derrière lui éclata une fusillade. Cette fois, il y avait plusieurs armes. Étrange. Il était hors de vue. Alors sur qui tirait-on ? Au plafond, les pâlottes ampoules jaunes tremblotaient. On aurait pu croire qu'une guerre avait éclaté dans la salle de boxe. Était-il possible que Ash l'eût suivi jusqu'ici ? En tout cas, quelqu'un semblait s'être mis de son côté.

Alex retrouva la cellule où il s'était déshabillé. Il y entra et ferma la porte derrière lui. Ses vêtements étaient toujours là et il les enfila avec plaisir. En tout cas, il serait moins repérable et ses tennis lui seraient utiles pour courir. Une fois habillé, il s'approcha de la porte et l'entrouvrit avec précaution. Personne en vue.

Une vingtaine de mètres seulement le séparaient de la porte donnant sur la jetée, au bout du couloir. Il s'élança. Mais il avait à peine fait deux pas qu'un grondement de moteur lui parvint. Un bateau venait d'accoster. Ennemi ou ami ? Par chance, il se trouvait devant la porte d'un vestiaire voisin. Il s'y engouffra juste au moment où les visiteurs imprévus faisaient irruption au bout du couloir. Ils étaient deux. Et tous deux munis de vieux fusils mitrailleurs légers RPK-74 de fabrication russe au canon raccourci. Tapi dans l'ombre, Alex guettait leur progression. Ils fouillaient toutes les pièces une à une. Dans moins d'une minute, ils seraient là.

Alex regarda autour de lui. Le vestiaire était quasiment identique à celui qu'il venait de quitter : pas de placard, aucune cachette possible, et une fenêtre unique protégée par des barreaux. Mais il y avait une différence : une partie du plancher rongée par l'humidité laissait entrevoir l'eau qui clapotait dessous. Restait à vérifier si le trou était assez large pour lui. Il y eut un fracas dans la pièce voisine : quelqu'un ouvrait la porte sans ménagement. Puis des cris en thaï qui n'auguraient rien de bon. Alex préféra ne pas songer à ce qui l'attendait s'il retombait entre leurs mains. L'eau semblait loin et le courant risquait de l'aspirer, mais s'il restait là, c'était la mort assurée. Il s'assit au bord du trou, prit sa respiration et se laissa glisser.

Il tomba dans le noir et eut juste le temps de se pincer le nez avant de s'enfoncer dans la rivière. Elle était tiède et recouverte d'une nappe de détritus. La puanteur était insupportable. Il eut l'impression de plonger dans un bain stagnant et répugnant. Quand il remonta à la surface, l'eau huileuse ruissela sur ses joues et ses lèvres. Un dépôt visqueux se colla sur son menton et il l'enleva précipitamment, saisi d'un haut-le-cœur.

Alex avait échappé au ring mais il était loin d'être tiré d'affaire. Des voix lui parvinrent, juste au-dessus. Il barbotait sous la bâtisse, entre les pilotis. Plus loin, oscillant le long de la jetée, son moteur ronronnant encore, il discernait la coque du bateau qui avait amené les deux hommes armés de Kalachnikov. Puis il y eut un martèlement de pas. Sans doute les hommes envoyés par Sukit pour fouiller le bâtiment.

Soudain, Alex sentit quelque chose grimper sur son épaule.

Il se souvint alors des mouvements suspects qu'il avait remarqués dans l'eau en arrivant en bateau. Il y avait de la vie à la surface de la rivière. Il tendit le bras pour saisir un pilotis et se stabiliser. Puis, lentement, il tourna la tête.

C'était un rat. Lourd, énorme, de près de quarante centimètres de long. Sa queue, enroulée autour du cou d'Alex, rallongeait sa taille de vingt-cinq centimètres, et ses petites griffes s'agrippaient à sa chemise. Le rat n'était pas seul. Deux autres apparurent, puis un quatrième. Alex se figea, horrifié. Bientôt, la rivière grouilla de rats. L'un d'eux se hissa sur sa tête. Alex réprima un cri, craignant de signaler sa présence aux hommes armés qui le recherchaient. Même un éclaboussement risquait de le trahir.

Les rats allaient-ils le mordre ? Le dévorer vivant ? Il sentit une poussée contre sa chemise. L'un des rats avait plongé sous l'eau et tentait de se faufiler à l'intérieur. Son museau et ses pattes fouinaient contre la peau tendre de son estomac. Pris de nausée, Alex avança doucement la main pour repousser l'animal. Un geste trop brutal, et le rat risquait de le mordre. Et une fois que ses congénères auraient flairé le goût du sang…

Alex s'interdit d'imaginer la suite.

Sa seule chance était de ne rien faire. Laisser les rats juger qu'il n'était qu'un déchet polluant de plus tombé dans la rivière. Il s'efforça de leur envoyer un message télépathique : je ne suis pas comestible, ma chair ne vous plairait pas.

Celui qui avait grimpé sur sa tête s'était niché dans ses cheveux et lui mâchonnait quelques mèches, comme pour les goûter. Le premier était toujours sur son épaule. Sans faire un geste, Alex glissa un regard de côté et vit un museau pointu remuer près de sa veine jugulaire. Derrière, il discerna la lueur de deux yeux brillant d'excitation, fascinés par la pulsation rapide. Il suffisait au rat de planter ses dents acérées dans la chair et de trouver l'artère. Alex eut la certitude que l'animal s'apprêtait à le mordre.

L'explosion le sauva. Une boule de feu jaillit au centre du bâtiment et se refléta dans l'eau. Effrayés, les rats abandonnèrent Alex et disparurent derrière les pilotis. Que se passait-il ? Était-il tombé au milieu d'une guerre de gangs rivaux ? Cela n'avait d'ailleurs plus d'importance. L'essentiel pour Alex était de filer avant le retour des rats. Il prit appui contre le pilotis et s'élança dans la rivière immonde en tâchant de garder la tête hors de l'eau.

La salle de boxe était en feu. Des gens hurlaient. Un morceau de bois rougeoyant tomba en sifflant et en crachotant dans la rivière. Alex leva les yeux. Il redoutait que la bâtisse, déjà très délabrée, ne s'effondre quand il était encore dessous. La jetée se trouvait juste devant lui. Même si des hommes montaient la garde, il y avait peu de risques qu'ils le remarquent. Avec tout ce grabuge, personne n'aurait l'idée de regarder dans l'eau. De toute façon, il s'en moquait. Il voulait fuir.

Le flanc lisse et métallique du bateau se dressait

vers l'air frais et la liberté. Par chance, un cordage pendillait sur le côté. Alex s'y accrocha et puisa dans ses dernières forces pour se hisser à bord. C'était un de ces vieux bacs à toit rouge qui reliaient inlassablement les deux rives du fleuve. Sur le pont, appuyé contre le plat-bord, un Thaï vêtu d'un jean et d'une veste sans chemise – probablement le pilote – contemplait le brasier d'un regard ahuri.

La bâtisse en feu poussait des craquements sinistres. Les flammes s'étaient emparées du toit et de la façade arrière, bondissant vers le ciel nocturne. Le bois explosait et les débris retombaient en pluie. Alex ne chercha guère à ne pas faire de bruit. Il bascula par-dessus le plat-bord derrière le pilote. L'homme ne se retourna même pas. Alex le rejoignit d'un bond et le saisit par le cou et la ceinture. Il avait de la chance. Le pilote était plutôt léger. Dans le même élan, Alex le souleva par-dessus le bastingage et le lâcha dans la rivière. Puis, tout dégoulinant, il bondit au poste de commande et abaissa la manette des gaz aussi loin qu'il le put.

C'était son billet de sortie. Une fois sur la rivière, plus personne ne pourrait le rattraper.

Le moteur rugit et les hélices battirent violemment l'eau, qui écuma sous la lune. Alex sourit. Une seconde plus tard, il faillit tomber à la renverse. Le bateau semblait avoir percuté un mur. Agrippé à la barre, Alex se retourna et s'aperçut avec consternation que le bac était amarré à l'un des pilotis soutenant la bâtisse. Les hélices brassaient l'eau en vain. Si les rats avaient eu la mauvaise idée de rester dans les parages, ils avaient dû être hachés menu. Mais le bateau ne décollait pas. Un cordage presque aussi gros que le bras d'Alex était tendu entre la proue et le pilotis.

Il n'avait pas le temps de le détacher. Il réduisit les gaz, craignant que le moteur n'explose. La tension du cordage se relâcha. Puis quelqu'un cria. Le cœur battant, Alex vit surgir Anan Sukit, son visage hideux déformé par la fureur. Il avait repéré Alex et pointait son arme. À vingt mètres, c'était une cible facile.

Alex fit la seule chose possible. Il abaissa la manette des gaz à fond. Et, soudain, tout se produisit en même temps.

Il y eut trois coups de feu. Mais Alex ne fut pas touché, et ce ne fut pas Sukit qui tira. Le lieutenant snakehead parut jeter son revolver dans le fleuve, comme s'il n'en avait plus besoin. Puis il plongea dans l'eau à sa suite, tête la première. Les trois balles, tirées derrière lui, l'avaient atteint entre les épaules. Alex crut apercevoir une silhouette dans l'encadrement de la porte, mais il n'eut pas le temps de l'identifier. Le bateau fit un bond en avant et, cette fois, emporta le pilotis avec lui.

Alex fut propulsé au milieu du fleuve à une vitesse stupéfiante. Il jeta un regard en arrière et vit le bâtiment entièrement ravagé par le feu, avec des flammèches qui dansaient dans le ciel. Des sirènes de pompiers hurlèrent dans le lointain. Mais il était déjà trop tard. En arrachant le pilotis, le bac avait sapé une partie vitale de la structure. Toute la bâtisse parut tomber à genoux, vaincue, avant de glisser dans la rivière. L'eau s'engouffra dans le bois pourri, impatiente de l'engloutir. Il y eut des cris. Suivis d'une nouvelle fusillade. La société Chada Trading Company avait disparu. Seule subsistait l'enseigne au néon vert flottant à la surface, entourée de débris de bois. Les flammes vacillèrent encore un instant à la surface de l'eau avant de s'éteindre. Des dizaines de silhouettes gesticulaient dans la rivière en cherchant à gagner la rive.

Alex s'agrippa à la barre et réduisit la vitesse du bac. Cela paraissait incroyable, pourtant il était la seule personne à bord. Mais où aller ? Au nord l'attendait un territoire plus familier, avec le ponton de l'hôtel Peninsula dont il voyait la silhouette se découper. Mais dans l'état où il était, couvert de bleus et d'écorchures, les vêtements en lambeaux, il avait peu de chances d'être bien accueilli dans l'hôtel de luxe.

D'ailleurs, Ash l'attendait à Chinatown. Alex vira en direction du débarcadère public le plus proche. Il revenait bredouille et ils devraient se débrouiller sans faux papiers.

10

Wat Ho

Le Major Winston Yu choisit un sandwich œuf-cresson et le tint délicatement entre ses doigts gantés. Il était à l'hôtel Ritz, à Londres, son hôtel préféré dans le monde – malgré la présence de nombreux touristes tolérés par la direction dans les grands salons. Et le thé était son repas de prédilection. Il aimait les mini-sandwichs découpés en triangles parfaits, suivis d'un scone avec de la confiture et de la crème. C'était tellement british. La théière et les tasses de porcelaine fine étaient signées Wedgwood, la célèbre entreprise familiale établie en 1779 dans le Staffordshire.

Il but une gorgée de thé et tapota ses lèvres avec une serviette. Les nouvelles de Bangkok n'étaient pas bonnes, il fallait bien l'admettre. Mais il ne les laisserait pas lui gâcher son thé. Sa mère lui avait toujours dit que chaque nuage a une doublure d'argent. C'était cette doublure qu'il devait s'employer à chercher.

Bien sûr, il ne lui serait pas facile de remplacer Anan Sukit. Mais, d'un autre côté, toute organisation – même le Snakehead – nécessitait de temps à autre un changement de personnel. Cela forçait les gens à rester vigilants. De nombreux jeunes lieutenants méritaient une promotion. Au Major Yu de faire son choix en temps voulu.

L'homme assis en face de lui n'était pas le bienvenu. Il était très rare pour des membres de Scorpia de se montrer ensemble en public, mais Zeljan Kurst lui avait téléphoné et insisté pour le rencontrer. Le Major Yu avait suggéré le Ritz et il le regrettait. C'était une erreur. Le grand Yougoslave, avec son crâne chauve et ses épaules de lutteur, y semblait totalement déplacé. Sans compter qu'il buvait de l'eau minérale ! Qui boit de l'eau minérale à quatre heures de l'après-midi ?

— Pourquoi ne pas nous avoir prévenus pour le garçon ? demanda Kurst.

— Je n'ai pas jugé cela opportun.

— Pas opportun ?

— C'est mon opération, rétorqua Yu. Je contrôle la situation.

— Ce n'est pas ce que j'ai entendu dire.

Que le bureau exécutif fût déjà au courant de la destruction de l'entrepôt de la Chada Trading Company et de la mort de Sukit n'étonnait pas le Major Yu. Ils se surveillaient toujours les uns les autres, cherchant la faille. Les criminels n'étaient plus ce qu'ils avaient été. Plus personne ne se fiait à personne.

— On ne sait pas encore précisément ce qui s'est passé, dit le Major Yu. En Angleterre, c'est l'heure du thé, mais à Bangkok il fait encore nuit. La responsabilité du garçon n'est pas établie avec certitude.

— C'est Alex Rider, coupa sèchement Kurst. On l'a sous-estimé une fois et notre erreur nous a coûté très cher. Pourquoi ne l'avez-vous pas encore éliminé ?

— Pour des raisons évidentes, mon cher Kurst. (Le Major Yu tendit la main vers un autre sandwich puis se ravisa. Il n'avait plus faim tout à coup.) J'ai eu connaissance de la présence d'Alex Rider à Bangkok dès l'instant où il a atterri, poursuivit-il.

— Qui vous l'a dit ?

— C'est mon secret et j'ai l'intention de le garder. J'aurais pu faire abattre le jeune Rider à l'aéroport Suvarnabhumi. Il n'y avait rien de plus simple. Mais l'ASIS aurait aussitôt compris que nous avions percé leurs plans à jour. Ils soupçonnaient déjà des fuites dans leurs services et l'élimination de Rider n'aurait fait que confirmer leurs soupçons.

— Quelles sont vos intentions ?

— Je veux m'amuser un peu avec lui. Le combat sur le ring n'était que le commencement. Et il n'y a pas vraiment eu de dégâts. De toute façon, l'entrepôt tombait déjà en ruine. Mais si vous voulez mon avis, la situation est assez cocasse. Le célèbre Alex Rider déguisé en réfugié afghan ! Il se croit malin mais je le tiens dans le creux de ma main et je peux l'écraser quand je veux.

— C'est aussi ce que croyait Julia Rothman.

— Alex Rider est un enfant, monsieur Kurst. Un enfant très intelligent, mais un enfant quand même. Je trouve votre réaction excessive.

Une lueur assassine brilla dans les yeux de Kurst. Le Major Yu se promit de ne plus rien manger. Il n'aurait pas été surpris que Scorpia cherche à glisser une pastille radioactive dans un sandwich œuf-cresson. Après tout, il y avait des précédents.

— Nous allons surveiller de près l'opération, Major Yu, reprit Kurst. Et je vous préviens, si nous avons l'impression que la situation vous échappe, vous serez remplacé.

Là-dessus, il se leva et partit.

Yu resta figé et réfléchit. Il soupçonnait Levi Kroll d'avoir tout manigancé. L'Israélien luttait pour le pouvoir depuis la retraite de Max Grendel. Et il s'était porté volontaire pour orchestrer l'affaire de Reef Island. À la moindre défaillance de Yu, il interviendrait.

Mais Yu n'allait pas échouer. Royal Blue avait été soigneusement testée par ses agents à Bangkok et le système de mise à feu adapté. Dans moins de deux jours, la bombe accomplirait la dernière partie de son voyage. Tout se déroulait selon le plan. Néanmoins, le Major Yu prit soin de souscrire une petite assurance. Lui, et lui seul, déclencherait l'explosion. Lui seul tirerait toute la gloire de la destruction majeure qui s'en suivrait.

Mais comment empêcher Kroll de s'emparer du pouvoir ?

C'était très simple. Un petit bricolage technologique et personne ne pourrait prendre la place du Major Yu. Celui-ci esquissa un sourire et demanda l'addition.

*
* *

— Jamais je n'aurais dû te laisser partir ! s'exclama Ash. Je m'en veux.

Il était une heure du matin à Bangkok. Ash et Alex étaient dans leur chambre.

Alex avait abandonné le bateau en aval, après un pont moderne et laid. De là, il avait traversé la ville à pied, trempé, sans argent, obligé de se fier à son seul sens de l'orientation. Il s'était arrêté deux fois pour demander son chemin à un moine puis à un commerçant qui fermait son échoppe. Ils parlaient à peine quelques mots d'anglais, mais suffisamment pour lui indiquer la bonne direction. Il était plus de minuit lorsqu'il arriva enfin à Chinatown. Ash tournait en rond dans la chambre comme un lion en cage, malade d'inquiétude. En voyant Alex, il l'avait serré dans ses bras avant d'écouter son histoire, interloqué.

— Jamais je n'aurais dû te laisser y aller, répéta-t-il encore.

— Vous ne pouviez pas deviner.

— J'ai entendu parler de ces combats de boxe. Les Snakeheads en raffolent. Le premier qui se met en travers de leur chemin se retrouve sur un ring. Il en sort infirme... ou mort.

— J'ai eu de la veine.

— Tu as surtout été malin, Alex, dit Ash d'un air approbateur, comme s'il le voyait sous un nouveau jour. Tu dis que d'autres types ont attaqué l'entrepôt. Tu as vu qui c'était ?

— J'ai vaguement aperçu quelqu'un. Mais il faisait sombre et tout s'est passé très vite. Désolé, Ash.

— Des Thaïlandais ou des Européens ?

— Impossible à dire.

Alex était assis sur le lit, enveloppé dans une couverture. Ash avait mis ses vêtements à sécher dehors – mais l'humidité ambiante rendait la chose improbable : on se serait cru à l'aube d'une tempête tropicale. Et il était descendu à la gargote du coin chercher un bol de bouillon au poulet pour Alex, qui en avait bien besoin. Il n'avait rien avalé depuis l'après-midi et il était exténué.

Ash l'examina.

— Je me souviens de la première fois où j'ai vu ton père, dit-il tout à coup, prenant Alex par surprise. J'effectuais une mission de routine, à Prague. J'étais juste là en soutien. C'était lui le responsable. Son premier commandement, je crois. Nous avions à peu près le même âge. (Ash sortit une cigarette et la roula entre ses doigts.) L'opération a mal tourné. Un immeuble entier a explosé, trois agents du KGB ont été tués dans la rue, et nous avions la police tchèque aux trousses. Ton père a réagi exactement comme toi.

— C'est-à-dire ?

— Tu tiens de lui, répondit Ash. John a toujours eu une chance du diable. Il se mettait dans les pires ennuis et il arrivait toujours à en sortir indemne. Ensuite, il s'asseyait tranquillement, comme toi maintenant, l'air détaché, comme si rien ne s'était passé.

— Sa chance a pourtant fini par le quitter, remarqua Alex.

— C'est le cas de tout le monde, dit Ash en se détournant, une ombre triste dans le regard.

La conversation en resta là. Alex finit son bouillon et s'endormit presque immédiatement. Sa dernière image, avant de sombrer dans le sommeil, fut le visage de Ash penché sur sa cigarette, dont le bout rougeoyant, dans le noir, semblait lui adresser un signe complice.

*
* *

Malgré sa fatigue, Alex se réveilla de bonne heure. Deux ou trois cafards dodus escaladaient le mur près de lui, mais il avait fini par s'y habituer. Ils ne mordaient pas, ne piquaient pas, ils étaient simplement laids. Il les ignora et se leva. Ash était déjà sorti pour porter les vêtements d'Alex à sécher dans une laverie. Il s'habilla et ils redescendirent ensemble dans une gargote pour manger un bol de jok, sorte de bouillie de riz servie pour le petit déjeuner.

Ils déjeunèrent en silence, assis sur deux cageots en bois au bord de la rue déjà encombrée. Il avait plu pendant la nuit et d'énormes flaques d'eau ralentissaient la circulation plus encore que d'habitude. Ash, comme de coutume, avait très mal dormi. Il avait les yeux cernés et l'air plus éreinté que jamais. Son ancienne blessure le tourmentait. Il faisait de son mieux pour le cacher, mais Alex le vit grimacer en s'asseyant.

— Je vais devoir passer sur l'autre rive, dit Ash.

— Pour aller voir ce qui reste de la Chada Trading Company ? Pas grand-chose, j'imagine.

— Pas plus que de notre mission, sans doute, grommela Ash en jetant sa cuillère. Je ne te reproche pas ce qui s'est passé la nuit dernière, mais nos amis du Snakehead n'ont plus aucun intérêt à nous faire passer en Australie. L'un de leurs lieutenants est mort et tu as fait sombrer tout un pan de leur opération.

— Ce n'est pas moi qui ai mis le feu ! protesta Alex.

— Non, mais tu as fait sombrer l'entrepôt dans la rivière.

— Ce qui a éteint l'incendie.

Ash s'autorisa un sourire.

— Tu marques un point. Mais j'ai besoin de savoir où en sont les choses.

— Je peux venir ?

— Certainement pas, Alex. Ce serait une très mauvaise idée. Tu vas retourner à la chambre et ouvrir l'œil. Il se peut qu'ils envoient quelqu'un pour se venger. Je reviendrai aussi vite que possible.

Ash s'éloigna. Alex réfléchit à ses paroles et se demanda s'il était en colère contre lui. Ash ne laissait rien percer de ce qu'il pensait. Sa vie dans le monde secret de l'espionnage avait fini par recouvrir d'un voile épais ses émotions. À l'évidence, les choses ne s'étaient pas déroulées comme prévu. Son rôle était d'infiltrer le Snakehead, pas de déclencher une guerre contre l'organisation. Et leurs faux papiers, si importants pour la suite de leur mission, reposaient probablement au fond de la rivière avec tout ce qui restait de la société d'import-export.

Alex quitta la gargote et remonta la ruelle à pas lents, sans un regard pour les soies chamarrées exposées par la plupart des boutiques du quartier. Les rues commerçantes thaïlandaises n'avaient vraiment rien de commun avec les rues anglaises. En Angleterre, les commerces étaient très dispersés. Ici, il y avait des grappes de magasins qui vendaient tous la même chose : des rues entières pour la soie, d'autres pour la céramique. C'était à se demander comment les gens s'y retrouvaient pour faire leur choix.

Il regrettait de n'avoir pu accompagner Ash. Il en avait assez d'être seul et assez de Bangkok. Quant à son espoir d'apprendre des choses sur son passé, il restait plutôt maigre. Il commençait même à douter que son parrain se décide un jour à se confier.

En arrivant vers le haut de la ruelle, Alex s'aperçut que leur taudis était surveillé.

Ash lui avait recommandé d'ouvrir l'œil et c'est sans doute ce qui éveilla sa vigilance. Il remarqua un homme posté en face, à demi dissimulé derrière l'étal d'un marchand de légumes. Il n'eut aucun mal à le repérer. Le guetteur avait changé de tenue, abandonné la veste en cuir et le coquelicot à la boutonnière, mais c'était bien le même homme au visage carré et dur qu'il avait entrevu à l'aéroport puis à l'hôtel Peninsula. Il devait le pister depuis des jours.

L'homme s'était déguisé en touriste, avec appareil photo et casquette de baseball, mais son attention était tout entière tournée vers l'immeuble décrépit où

Alex et Ash avaient élu domicile. Il attendait sans doute de les voir sortir. Cette fois encore, Alex eut la sensation de le connaître. Ces yeux bleus sous la frange de cheveux sombres lui étaient familiers. Un soldat ? Alex était sur le point d'exhumer la réponse de sa mémoire lorsque l'homme se détourna et s'en alla. Peut-être en avait-il assez d'attendre. Alex n'eut aucune hésitation. Tant pis pour les ordres. Il allait filer l'homme qui le filait.

Celui-ci s'éloigna vers Yaomoak Road, l'une des rues les plus animées de Chinatown, avec d'immenses enseignes en caractère chinois. Au moins, Alex était sûr de ne pas se faire repérer. Là aussi les trottoirs étaient surchargés d'éventaires, et si jamais l'homme se retournait, Alex n'aurait aucune peine à se cacher. Le véritable danger pour Alex était de le perdre de vue. Malgré l'heure précoce, il y avait foule, et cette foule formait une barrière compacte entre eux. L'inconnu pouvait aisément disparaître dans l'un des innombrables passages. Ici, les boutiques vendaient de l'or et des épices. Bien sûr, il y avait aussi des cafés et des restaurants. Des galeries marchandes et des ruelles. La tactique consistait pour Alex à rester assez près pour ne pas le perdre de vue, mais assez loin pour ne pas être vu.

Cependant, l'homme ne soupçonnait rien. Il n'avait pas changé d'allure. Il tourna à droite, puis à gauche, et, soudain, ils sortirent de Chinatown en direction de la Vieille Ville, le cœur de Bangkok, où la moindre rue semble abriter un temple ou un autel. Ici, les trottoirs étaient plus déserts et Alex dut redoubler de prudence, laisser davantage de distance entre eux, longer les murs ou les voitures en stationnement pour se dissimuler en cas de besoin.

Ils marchaient depuis une dizaine de minutes lorsque l'homme bifurqua pour pénétrer dans un vaste temple. La porte d'entrée, ornée de nacre et d'argent, ouvrait sur une cour surchargée d'autels et de statues : un monde fantastique, richement décoré, où mythologie et religion s'entrechoquaient dans un nuage d'encens et l'éclat resplendissant d'ors et de mosaïques bariolées.

En langue thaïe, un monastère ou un temple bouddhiste se dit « wat ». Il en existe trente mille disséminés dans tout le pays, et des centaines dans la seule ville de Bangkok. Au-dessus de l'entrée de celui-ci, figurait son nom en thaï et, heureusement, en anglais. Wat Ho.

Alex n'eut que très peu de temps pour admirer les mares ornementales et les arbres sacrés, appelés Buddhi, qui poussent dans tous les wat car ils ont autrefois abrité Bouddha. Il regarda les statues dorées, mi-femmes mi-lions, qui gardaient le temple principal, les délicats toits inclinés et les mondops – temples thaïs – incroyables tours complexes, ornées de centaines de petites figurines qu'il avait fallu des années pour sculpter à la main. Un groupe de moines passa. Partout, des gens priaient. Alex n'avait jamais vu un lieu aussi paisible.

L'individu qu'il suivait avait tourné derrière un clocher. Alex craignit soudain de le perdre et se demanda ce qui l'avait conduit ici. S'était-il trompé ? L'homme n'était-il qu'un touriste ? Alex arriva à l'angle du clocher et s'arrêta. L'homme avait disparu. Une foule dense s'était agenouillée devant un autel. Des routards se faisaient prendre en photo devant l'une des terrasses. Alex était furieux contre lui-même. Il n'avait pas été assez rapide. Toute cette expédition n'avait mené à rien.

Il fit un pas en avant et se figea. Une ombre s'abattit sur lui et un objet dur s'enfonça dans son dos.

— Ne te retourne pas, commanda une voix en anglais.

L'estomac serré, Alex ne fit pas un geste. Ash l'avait pourtant prévenu du danger. Le Snakehead le recherchait et il s'était laissé attirer dans un piège. Mais pourquoi ici ? Pourquoi dans un temple thaï ? Et comment l'inconnu savait-il qu'il parlait anglais ?

— Traverse la cour. Il y a une porte rouge en face de l'autel. Tu la vois ?

Alex acquiesça de la tête.

L'homme avait un accent de Liverpool, assez incongru dans un temple de Bangkok.

— Nous allons franchir cette porte. Je te donnerai d'autres instructions ensuite. Ne tente rien.

Nouvelle pression du revolver dans ses reins. Alex n'avait pourtant pas besoin d'un autre avertissement. Il s'éloigna du clocher et contourna les fidèles plongés dans leurs prières. Il envisagea brièvement de se défendre en profitant de la présence des nombreux témoins. Mais cela ne servirait à rien. L'homme pouvait l'abattre d'une balle dans le dos et disparaître avant que quiconque se rende compte de quoi que ce soit. Mieux valait attendre un moment plus propice pour réagir.

La porte rouge était percée dans le mur d'un cloître, cour fermée où les moines se promenaient dans une silencieuse contemplation. Tout autour, les murs étaient ornés de peintures représentant les scènes du *Ramakien*, la grande épopée des dieux et des démons bien connue de tous les Thaïs. Dieux ou démons ? Alex avait peu de doutes sur la catégorie à laquelle appartenait l'homme qui le menaçait.

À leur approche, la porte s'ouvrit automatiquement avec un déclic. Il y avait probablement une caméra de surveillance à proximité, mais Alex ne parvint pas à la localiser. La porte donnait sur un couloir moderne en brique nue, qui descendait vers une seconde porte. Laquelle s'ouvrit de la même manière. Tous les sons du temple s'étaient estompés. Alex eut l'impression d'être avalé.

Cette fois, le moment était venu de passer à l'action. Il calcula ses gestes avec soin. La seconde porte était étroite et menait dans une salle de forme carrée, qui aurait pu être le hall de réception d'un avocat ou d'une banque privée. Des panneaux de bois lambrissaient les murs. Il y avait une table ancienne, avec une lampe et un ventilateur qui tournait au plafond. Le plus bizarre était la photo de la reine Elizabeth II sur le mur opposé. En pénétrant dans le hall, Alex marqua une hésitation et s'immobilisa, laissant ainsi l'homme se rapprocher dans son dos. Aussitôt il lui décocha un coup de coude et, en pivotant, lui expédia un swing.

C'était une attaque qu'il avait apprise lors de son entraînement chez les SAS au pays de Galles. Le coup de coude coupe la respiration de votre adversaire, le poing écarte le revolver, ce qui vous laisse le temps de vous retourner et de lancer un coup de pied. Ne jamais tenter cette attaque à découvert car vous risquez de recevoir une balle. La manœuvre n'est efficace que dans un espace réduit.

Mais pas cette fois. Apparemment, l'homme avait anticipé l'assaut d'Alex et s'était simplement écarté sur le côté. Le premier coup d'Alex se perdit dans le vide, et avant qu'il ait eu le temps de pivoter sur lui-même, il sentit le froid glacial du canon pressé contre sa tempe.

— Pas mal essayé, Louveteau, dit l'homme. Mais beaucoup trop lent.

Pour Alex, tout s'éclaira.

— Renard !

Oublié, le revolver. Alex fit face à l'homme qui se fendait d'un large sourire, comme un vieil ami. Ce que, en un sens, il était. Ils s'étaient connus dans les Brecon Beacons, au pays de Galles. Renard faisait partie de l'unité à laquelle Alex avait été affecté. Loup, Aigle, Serpent et Renard. Aucun n'était autorisé à utiliser son vrai nom. Alex avait reçu celui de Louveteau. À présent il se souvenait de l'accent de Liverpool de Renard. Le revoir ici, à Bangkok, était incroyable.

— Tu étais à l'aéroport, dit Alex. Je t'ai aperçu avec un coquelicot à la boutonnière.

— Oui. J'avais oublié de l'enlever. J'arrivais directement de Londres.

— Et tu étais à l'hôtel Peninsula.

— Exact. Je n'en ai pas cru mes yeux quand je t'ai aperçu. Alors je t'ai filé pour m'en assurer. Depuis, je ne t'ai pas quitté des yeux, Alex. Une chance pour toi…

— La nuit dernière… c'était donc toi ? C'est toi qui as mis le feu à la salle de boxe !

— J'étais sur tes talons à Patpong et j'ai vu les types t'embarquer. Ensuite, je vous ai suivis jusqu'à l'entrepôt d'import-export. C'était compliqué, tu peux me croire. Il m'a fallu une éternité pour me faufiler à l'intérieur. Quand je suis arrivé, tu étais déjà sur le ring. J'ai cru qu'il allait te réduire en bouillie. Heureusement, j'avais repéré le compteur électrique général. J'ai fait demi-tour pour couper le courant. Ensuite je suis revenu te chercher. C'était une belle pagaille quand la lumière est revenue. J'ai dû éliminer quelques obstacles et balancer une ou deux grenades. La dernière fois que je t'ai aperçu, tu cherchais à fuir sur un bac. Ça t'aurait été plus facile si tu avais commencé par enlever l'amarre !

— Tu as tué Anan Sukit.

— C'était le moins que je puisse faire. Il essayait de te descendre.

— Où sommes-nous ici ? demanda Alex en regardant autour de lui. Qu'est-ce que tu fais à Bangkok ? Et quel est ton vrai nom ? Je ne vais tout de même pas continuer à t'appeler Renard.

— Mon véritable nom est Ben Daniels. Et toi, tu es Alex Rider. Ça, au moins, je le sais.

— Tu as quitté les SAS ?

— J'ai été détaché auprès des Opérations Spéciales du MI6. Et, pour répondre à ta question, c'est là que tu te trouves en ce moment. Nous sommes dans ce qu'on pourrait appeler le bureau de Bangkok de la Banque Royale & Générale.

Ben Daniels venait à peine de terminer sa phrase qu'une porte s'ouvrit de l'autre côté du hall. Une femme apparut. Alex reconnut aussitôt la familière odeur de menthe.

— Alex Rider ! s'exclama Mme Jones. J'avoue que tu es la dernière personne que je m'attendais à voir à Bangkok. Suis-moi dans mon bureau. Tu vas m'expliquer pourquoi tu n'es pas à l'école. Je suis curieuse de l'apprendre.

11

Armé et dangereux

La dernière fois qu'Alex avait vu Mme Jones, c'était dans un hôpital du nord de Londres où elle était venue lui rendre visite. Elle était alors assaillie de doutes et de remords, et se reprochait les défaillances dans la sécurité qui avaient failli coûter la vie à Alex devant les bureaux mêmes du MI6 sur Liverpool Street. Ce jour-là, pour la première fois, Alex lui avait découvert un visage humain.

À présent, Mme Jones ressemblait davantage à son image habituelle : strict tailleur ardoise, avec pour seul ornement un sobre collier d'argent, cheveux courts, visage sévère et yeux noirs. Mme Jones n'était pas séduisante et ne cherchait pas à l'être. Au fond, son allure collait parfaitement à sa fonction de chef adjoint des Opérations Spéciales du MI6, l'un des départements les plus impénétrables des services secrets britanniques.

Comme à son habitude, elle suçotait un bonbon à la menthe. Alex ne savait pas si c'était parce qu'elle avait arrêté de fumer ou si cette manie était liée à son travail. Quand Mme Jones ouvrait la bouche pour parler, cela sonnait parfois la mort de quelqu'un, et Alex n'aurait pas été surpris qu'elle éprouve le besoin d'adoucir son haleine.

Ils étaient assis dans un bureau du premier étage de l'immeuble situé juste derrière le Wat Ho. C'était une pièce banale, avec une table en bois et trois fauteuils de cuir. Deux grandes fenêtres carrées donnaient sur la cour du temple. Mais Alex savait que tout cela était du trompe-l'œil. La vitre était probablement à l'épreuve des balles, il devait y avoir des caméras de surveillance et des micros dans tous les coins, et des agents même parmi les moines en robe safran. Avec le MI6, les apparences étaient toujours trompeuses.

Ben Daniels, l'homme du SAS qu'Alex avait connu sous le nom de Renard, assistait à l'entretien. Il était plus jeune qu'Alex l'avait d'abord imaginé : pas plus de vingt-deux ou vingt-trois ans, l'air songeur et décontracté. Il était assis à côté de lui, face à Mme Jones, qui avait repris sa place derrière le bureau.

Alex avait raconté toute son histoire, depuis l'amerrissage au large des côtes australiennes jusqu'à son recrutement par l'ASIS, ses retrouvailles avec Ash à Bangkok et sa rencontre avec le Snakehead. Mme Jones avait sursauté à la mention de Ash. Ce qui n'avait rien de surprenant puisqu'elle l'avait connu autrefois. Elle était déjà au MI6 lorsque le père d'Alex travaillait comme agent infiltré dans Scorpia. Elle avait même participé à l'opération qui avait permis de le rapatrier sain et sauf de Malte.

— Eh bien, Ethan Brooke ne manque pas de culot ! remarqua-t-elle lorsqu'Alex eut terminé. Te recruter sans même demander la permission ! Il aurait pu au moins nous en informer d'abord.

— Je ne travaille pas pour vous, en ce moment.

— Je sais, Alex. Mais la question n'est pas là. Tu restes un citoyen britannique, et si une agence étrangère souhaite t'utiliser, elle doit nous demander l'autorisation. (Mme Jones adoucit légèrement le ton avant de reprendre.) D'ailleurs, je me demande ce qui t'a convaincu de reprendre aussi vite du service. Je croyais que tu en avais assez.

— Je voulais rencontrer Ash, expliqua Alex. À propos, pourquoi ne m'avez-vous jamais parlé de lui ?

— Pourquoi l'aurais-je fait ? Je ne l'ai pas vu depuis des années.

— Mais il a travaillé pour vous.

— Il travaillait pour les Opérations Spéciales en même temps que moi, rectifia Mme Jones. En fait, j'avais peu de contacts avec lui. Je l'ai croisé une ou deux fois. C'est tout.

— Vous êtes au courant de ce qui s'est passé à Malte ?

Mme Jones eut une hésitation.

— Tu ferais mieux de poser la question à Ash, Alex. C'était son opération. Tu sais que c'était un coup monté. John, ton père, était censé travailler pour Scorpia et nous devions le récupérer. Nous avions mis en scène une fausse embuscade dans la ville de Mdina, à Malte. Mais tout est allé de travers et Ash a failli y laisser sa peau. Après ce cafouillage, il a été relégué dans un travail de bureau. Ensuite, peu de temps après la mort de tes parents, il a quitté le service. C'est tout ce que je peux te dire.

— Où est M. Blunt ?

— À Londres.

— Et vous, pourquoi êtes-vous ici ?

Mme Jones enveloppa Alex d'un regard curieux.

— Tu as changé, Alex. Tu as grandi. C'est sans doute grâce à nous. Tu sais, nous n'avions pas l'intention de te réutiliser. Alan et moi étions d'accord. Après ce qui s'était passé avec Scorpia, ce devait être la fin. Et voilà que nous apprenons que tu es aux États-Unis, engagé jusqu'au cou avec la CIA ! À propos, je dois te féliciter. Cette affaire avec la station spatiale Ar*k*ange s'est soldée de façon remarquable.

— Merci.

— Et maintenant, l'ASIS ! Tu voyages beaucoup, Alex. (Mme Jones se pencha pour ouvrir le dossier posé sur la table devant elle.) C'est vraiment étrange que nous croisions ta route de cette façon. Mais c'est moins une coïncidence que tu peux l'imaginer. Major Yu. Ce nom te dit quelque chose ?

— Il dirige le Snakehead, d'après Ethan Brooke.

— Eh bien, le Major Yu est la raison de ma présence à Bangkok. Nous enquêtons sur lui, en ce moment. (Mme Jones tapota le dossier du bout de l'index.) Que t'a expliqué Ethan Brooke au sujet du Major ?

Alex haussa les épaules. Il se sentait soudain mal à l'aise, coincé entre deux services de renseignements rivaux.

— Pas grand-chose, répondit-il. Ils n'ont pas beaucoup d'informations sur lui. C'est d'ailleurs une partie de mon travail...

— Je peux peut-être t'aider, dit Mme Jones. Cela fait déjà un certain temps que nous nous intéressons au Major Yu, pourtant nous avons réuni assez peu de renseignements sur son compte. Nous savons qu'il est de mère chinoise et de père inconnu. Il a été élevé dans la misère, à Hong Kong – sa mère travaillait dans un hôtel. Ensuite, après une coupure de huit ans, on le retrouve soudain dans un collège privé en Angleterre. Il a fait ses études à Harrow School, tu te rends compte ! Comment sa mère a pu payer sa scolarité reste un mystère...

» Yu était un étudiant moyen. Nous avons une copie de son dossier scolaire. Néanmoins il semble s'être parfaitement adapté, ce qui est surprenant quand on songe à son passé. Nous manquons d'éléments sur un assez vilain incident qui s'est produit à l'issue de son deuxième trimestre – un garçon tué dans un accident de voiture. Mais rien n'a été prouvé. Par ailleurs, Yu était très bon en sport.

» Il a quitté le collège avec des notes correctes et étudié la politique à l'Université de Londres, où il a obtenu un diplôme avec mention assez bien. Ensuite il s'est engagé dans l'armée. Il a été formé à Sandhurst, où il a excellé. Il s'est très bien fait à la vie de soldat et a obtenu de très bonnes notes dans les matières militaires, pratiques et académiques, ce qui lui a valu la Médaille de la Reine. Il a été incorporé dans l'un des régiments les plus éminents de notre pays, la

Cavalerie de la Garde Royale, et a effectué trois périodes en Irlande du Nord.

» Malheureusement, Yu a développé la maladie de Köning, qui affecte les os, et cela a mis fin à sa carrière militaire. Mais les services secrets l'ont récupéré et il a travaillé pendant quelque temps pour le MI6 – mais pas pour les Opérations Spéciales. Il occupait un poste subalterne, collectait et rassemblait des informations, ce genre de choses. Finalement, il a dû se lasser car, un beau jour, il a disparu. Nous savons qu'il a refait surface en Thaïlande et en Australie mais nous n'avons aucune précision sur ses activités. Ce n'est que récemment que nous avons pu l'identifier comme le chef d'un des plus puissants gangs snakeheads de la région.

Mme Jones s'interrompit. Son regard était sombre.

— Cela va peut-être te rebuter, Alex. Et même te persuader de rentrer chez toi. Et je ne t'en blâmerai pas, crois-moi. Selon nos sources, il se peut que le Major Yu soit en contact avec Scorpia. Il pourrait même faire partie du bureau exécutif.

Scorpia. Alex avait espéré ne plus jamais entendre ce nom. Et Mme Jones avait raison : si Ethan Brooke avait mentionné Scorpia, il aurait réfléchi à deux fois avant d'accepter la mission. Le chef des Opérations Secrètes de l'ASIS ne pouvait pas ignorer les liens de Yu avec Scorpia, mais il avait besoin d'Alex et gardé l'information pour lui.

— Vous ne m'avez toujours pas dit pourquoi vous vous intéressez à lui, remarqua Alex.

— En principe, c'est top secret, répondit Mme Jones avec un geste de la main. Pourtant je vais te le dire.

Tu es en position de pouvoir nous aider. À condition, bien sûr, que tu sois partant. Quoi qu'il en soit, je vais t'expliquer la situation et tu prendras ta décision en connaissance de cause. As-tu entendu parler de la Daisy Cutter, la faucheuse de marguerites ?

Alex réfléchit un moment. Il se souvint d'avoir entendu ce nom en cours d'histoire.

— C'est une bombe, je crois. Les Américains l'utilisaient au Vietnam.

— Et aussi en Afghanistan. La faucheuse de marguerites est également connue sous le nom de BLU-82B ou Blue Boy. C'est la plus grosse bombe de type conventionnel qui existe. Elle a la taille d'une voiture – et une grosse cylindrée. Chaque bombe contient cinq tonnes et demie de nitrate d'ammonium, de poudre d'aluminium et de polystyrène, et assez de puissance pour détruire facilement un immeuble entier. En fait, elle peut même raser toute une rue.

— Les Américains l'ont utilisée parce qu'elle sème la terreur, marmonna Ben Daniels, prenant la parole pour la première fois. Ça n'est pas comparable avec une bombe nucléaire, mais elle est la seule de ce genre. C'est une bombe à effet de souffle. L'onde de choc qu'elle dégage est incroyable. On n'imagine pas les dégâts qu'elle peut causer.

— Les Américains l'employaient au Vietnam pour dégager des aires d'atterrissage pour les hélicoptères, poursuivit Mme Jones. Une BLU-82B dans la jungle, et il n'y avait plus d'arbres à huit cents mètres à la ronde. On l'a appelée faucheuse de marguerites en raison de l'effet de l'explosion. En Afghanistan, on s'en est servi pour effrayer les Talibans, pour leur montrer contre quelle force ils se battaient.

— Quel est le rapport avec le Major Yu ? questionna Alex, qui se demandait aussi, avec un malaise croissant, quel rapport cela avait avec lui.

— Depuis quelques années, le gouvernement britannique met au point une deuxième génération de faucheuses de marguerites, expliqua Mme Jones. Les ingénieurs ont réussi à élaborer un type de bombe similaire. À ceci près qu'elle est un peu plus petite et plus puissante, avec une onde de choc encore plus ravageuse. Ils lui ont donné un nom de code, Royal Blue, et ont fabriqué un prototype dans un laboratoire secret de la banlieue de Londres. (Mme Jones prit un bonbon à la menthe et en défit le papier d'un simple mouvement du pouce et de l'index.) Il y a quatre semaines, ce prototype a été volé. Et huit membres du personnel tués. Trois agents de sécurité et cinq techniciens. C'était une opération très professionnelle, parfaitement minutée et exécutée sans pitié.

Elle glissa le bonbon à la menthe entre ses lèvres.

— Et vous pensez que le Major Yu...

— Ces choses-là ne se déplacent pas facilement, Alex. Il faut un Hercules MC-130 pour transporter une bombe de cette dimension. Or, deux jours après la disparition du prototype, un C-130 a justement décollé de Grande-Bretagne, avec un plan de vol pour Bangkok via l'Albanie et le Tadjikistan. Nous avons réussi à identifier le pilote. Il s'appelle Feng. Et il a été embauché par le chef d'une organisation criminelle basée à Bangkok. Un certain Anan Sukit...

— Qui travaille pour le Snakehead !

— Qui *travaillait*, rectifia Mme Jones. Jusqu'à ce que Daniels lui mette trois balles dans la peau.

Tout commençait à prendre forme. Les Opérations Spéciales du MI6 recherchaient une bombe disparue dont la piste conduisait au Snakehead. Alex avait pour mission d'enquêter sur l'organisation, ce qui l'avait mené au MI6. D'une certaine façon, ils s'étaient retrouvés au milieu du chemin.

— Nous comptions infiltrer Daniels au sein du Snakehead, reprit Mme Jones. Nous avions monté une couverture pour lui : un riche Européen débarquant de Londres dans l'idée de monter un réseau de trafic de drogue. Évidemment, tout a changé quand Daniels t'a reconnu. Dès que nous avons su que tu étais ici, nous avons décidé de te filer pour savoir ce que tu mijotais. J'avoue que j'ai été très étonnée par ta transformation physique. Si Daniels ne t'avait pas remarqué à l'aéroport, jamais nous ne t'aurions reconnu.

— J'aime surtout tes dents, marmonna Ben Daniels.

— Et maintenant ? demanda Alex. Vous disiez que vous aviez besoin de mon aide.

— Ash et toi avez déjà pris contact avec le Snakehead. Et tu as commencé à secouer un peu les choses. Ce qui ne me surprend pas. Tu pourrais peut-être localiser Royal Blue pour nous.

— Ça ne devrait pas être si difficile, intervint Ben Daniels. C'est un engin énorme. Et si la bombe explose, tu l'entendras à quinze bornes.

Alex prit le temps de réfléchir. Il n'avait pas la moindre envie de retravailler pour le MI6. Mais, dans un certain sens, l'intervention de Mme Jones ne changeait rien à sa mission initiale. Il travaillait toujours pour l'ASIS et, s'il rencontrait sur son chemin une bombe de la taille d'une grosse berline familiale, rien ne l'empêchait de le signaler au MI6. Restait une question primordiale :

— Que veulent-ils faire de cette bombe ?

— C'est ce qui nous inquiète le plus, répondit Mme Jones. Nous n'en avons aucune idée. Manifestement, ils prévoient un attentat meurtrier. Mais pas démesuré. Une bombe atomique serait mille fois plus puissante.

— Donc, ils ne comptent pas détruire une ville entière, conclut Ben Daniels.

— Mais s'il s'agit d'une opération menée par Scorpia, tu peux être certain que c'est sérieux et de grande envergure. Ces gens-là ne sont pas des cambrioleurs de banque, tu le sais mieux que quiconque, Alex. Je dois avouer que nous sommes dans le brouillard. Tout ce que tu pourras nous apprendre nous sera utile.

Alex resta silencieux, mais il avait déjà pris sa décision.

— Je vais devoir en parler à Ash.

— Je n'y vois aucun inconvénient, acquiesça Mme Jones. En échange, nous pourrons vous aider. Tu connais déjà Daniels. Sa couverture ne lui sert plus à rien, mais il peut continuer de veiller sur toi.

— J'en serais ravi, dit Ben Daniels en souriant.

— Nous te fournirons de quoi le contacter à tout moment. Est-ce que l'ASIS t'a fourni un équipement ?

Alex secoua la tête.

Mme Jones poussa un soupir.

— C'est ça l'ennui avec les Australiens. Ils se précipitent sans prendre la peine de réfléchir. Nous te donnerons ce dont tu as besoin.

— Des gadgets ? demanda Alex, réjoui par cette idée.

— Il y a ici un vieil ami à toi. Tu ferais bien d'aller le voir.

Alex trouva Smithers au fond d'un couloir, dans une pièce qui lui tenait lieu à la fois de bibliothèque, de bureau et d'atelier. Il était assis devant une table encombrée de pièces éparses, comme un enfant qui vient de casser ses jouets un matin de Noël. Une pendulette à moitié démantibulée, un ordinateur portable désossé, une caméra vidéo démontée en une cinquantaine de pièces et un enchevêtrement de fils électriques et de circuits électroniques. Quant à Smithers lui-même, il portait un short large, une chemisette jaune vif et des sandales. Alex se demanda comment le gros homme parvenait à traîner son poids par cette chaleur. Pourtant Smithers semblait parfaitement calme et reposé, avec son gargantuesque estomac débordant sur ses genoux, au-dessus de deux jambes grassouillettes et roses. Il se rafraîchissait avec un éventail chinois décoré de deux dragons entrelacés.

— Alex ? C'est bien toi ? s'exclama Smithers en le voyant entrer. Mon cher petit ! Tu as vraiment une drôle de tête. Non, ne me dis rien ! Je parie que tu es passé entre les mains de Cloudy Webber.

— Vous la connaissez ?

— Nous sommes de vieux amis. La dernière fois que je l'ai vue, c'était dans un cocktail à Athènes.

Nous étions déguisés tous les deux et nous avons bavardé pendant une demi-heure avant de nous reconnaître. (Smithers sourit à ce souvenir.) Je n'arrive pas à croire que tu sois de retour. Il s'est passé tellement de choses depuis la dernière fois. Est-ce que ma lotion à moustiques t'a été utile ?

Ce fut au tour d'Alex de sourire. La lotion concoctée par Smithers attirait les insectes au lieu de les chasser, et cela avait efficacement aidé Alex à franchir un poste de contrôle à Flamingo Bay.

— C'était parfait, merci. Mais vous, que faites-vous ici, monsieur Smithers ?

— Mme Jones m'a demandé d'élaborer quelques nouveaux gadgets pour nos agents en opération en Asie. (Il brandit l'éventail.) En voici un. C'est très simple et ça me plaît beaucoup. Tu vois, il a l'air d'un éventail ordinaire, mais il recèle de minces plaques d'acier galvanisé dissimulées sous la soie. Et quand on les replie...

Il ferma l'éventail et l'abattit sur la table. Le bois vola en éclats.

— ... Cela devient une arme redoutable. Je vais le baptiser...

— L'éventrail ? suggéra Alex.

— Tu t'es habitué à mes astuces ! s'esclaffa Smithers. En tout cas, depuis mon arrivée à Bangkok, il m'est venu des tas d'idées. (Il farfouilla sur le bureau et finit par dénicher un paquet contenant douze bâtonnets d'encens.) Dans ce pays, tout le monde fait brûler de l'encens. Parfumé au jasmin ou au musc, c'est très agréable. Mais mon encens à moi n'a pas d'odeur.

— Alors à quoi sert-il ?

— Au bout de trente secondes, toutes les personnes présentes dans la pièce se mettent à vomir. C'est le gadget le plus écœurant que j'ai inventé, et j'avoue que les tests n'ont pas été une partie de plaisir. Mais cela peut rendre bien des services.

Smithers déplia une liasse de croquis.

— Je travaille également sur un de ces taxis tricycles qu'on trouve dans le pays. Les Thaïs les appellent tuk-tuk. Celui-ci possède un lance-roquettes caché dans le phare avant, et une mitraillette actionnée par le guidon. Ce n'est plus un tuk-tuk mais un attak-tuk.

— Et ça, c'est quoi ? demanda Alex en désignant un petit bouddha de bronze en position du lotus.

Avec son crâne chauve et son bedon, il ressemblait un peu à Smithers.

— Oh, attention ! C'est ma grenade bouddha. Tu lui tournes deux fois la tête pour l'armer avant de la lancer, et tous ceux qui se trouvent à dix mètres peuvent faire leurs prières.

Smithers alla ranger délicatement la grenade dans un tiroir.

— Mme Jones dit que tu enquêtes sur le Snakehead, reprit Smithers, subitement sérieux. Prends bien garde à toi, Alex. Je sais que tu as fait des miracles dans tes précédentes missions, mais ces gens sont terriblement vicieux.

— Je sais.

Inutile de le lui rappeler. Il n'était pas près d'oublier sa rencontre avec Anan Sukit et le combat de boxe au bord du fleuve.

— Il y a toutes sortes de nouveautés dont j'aimerais t'équiper, dit Smithers. Mais Mme Jones m'a expliqué que tu es supposé être un réfugié afghan. Ce qui signifie que tu ne peux pas transporter grand-chose. C'est bien ça ?

Alex hocha la tête. Il était déçu. Smithers lui avait un jour donné une Game Boy bourrée de dispositifs ingénieux et qui l'aurait beaucoup rassuré en ce moment.

Smithers ouvrit une vieille boîte à cigares. Le premier objet qu'il en sortit était une montre, une de ces montres bon marché avec un bracelet en plastique comme on en trouve dans les fêtes foraines. Il la tendit à Alex.

Les aiguilles marquaient six heures. Alex secoua la montre.

— Elle ne marche pas.

— Il ne faut jamais négliger l'aspect psychologique, Alex. Un pauvre réfugié afghan possède peu de biens, mais il est très fier du peu qu'il a. Même d'une montre cassée. D'ailleurs, cette montre fonctionnera très bien au moment opportun. Elle contient un émetteur puissant et une pile. En cas d'ennuis, tu règles les aiguilles sur onze heures et elle émettra un signal qui se répétera toutes les dix minutes jusqu'à extinction de la pile. Nous pourrons te localiser n'importe où dans le monde.

Smithers fouilla de nouveau dans la boîte et en sortit trois pièces de monnaie. Alex reconnut des bahts thaïs : une pièce de un bath, une de cinq et une de dix, soit l'équivalent de trente-cinq centimes d'euro.

— Personne ne verrait rien d'anormal dans ces

menues pièces de monnaie locale, poursuivit Smithers. Pourtant elles sont assez amusantes. En fait, ce sont des explosifs miniatures. Je vais te montrer comment les déclencher.

Smithers prit un paquet de chewing-gums à moitié vide. Du moins, cela y ressemblait. Il retourna le paquet entre ses doigts boudinés et fit glisser un petit panneau secret, qui découvrit trois minuscules boutons marqués 1, 5 et 10.

— Voici le mécanisme, dit Smithers. Les pièces de monnaie sont aimantées et tu peux les coller sur une surface métallique. Pour les activer, il faut actionner les boutons correspondants. Et surtout ne pas se tromper de chiffre. Les pièces sont capables d'ouvrir une serrure, ou même de percer un trou dans un mur. Considère-les comme des mines terrestres miniaturisées. Ne les gaspille pas !

— Merci, monsieur Smithers.

— Pour finir, j'ai ici quelque chose qui pourra t'être fort utile si tu sors des sentiers battus.

Dans un tiroir du bureau, Smithers prit une vieille ceinture dotée d'une lourde boucle en argent.

— Tu peux la mettre sur ton jean. La boucle renferme un couteau particulièrement bien aiguisé. C'est du plastique durci et assez astucieusement dessiné pour ne pas se faire repérer par les détecteurs à rayon X des aéroports. Et si tu ouvres la ceinture elle-même, tu y trouveras des allumettes, des médicaments, des pastilles pour purifier l'eau et des comprimés soporifiques dont l'effet est garanti sur onze espèces de serpents. Je les ai mis au point pour des missions dans la jungle. Bien que ce ne soit pas ta destination, on ne sait jamais. Je regrette vraiment de ne pas pouvoir te donner le pantalon qui va avec. Les jambes sont hautement inflammables.

— Un jean explosif ?

— Fusée lumineuse, corrigea Smithers en lui tendant la main. Bonne chance, mon vieux. Et un dernier conseil… (Smithers se pencha comme s'il craignait d'être entendu.) À ta place, je ne me fierais pas à ces Australiens. Ce ne sont pas de mauvais bougres, mais ils sont un peu rustauds, si tu vois ce que je veux dire. Ils ne suivent pas les règles. Reste vigilant et suis ton flair. (Il se tapota l'aile du nez.) Et appelle-nous dès que tu as besoin d'aide. Ben Daniels est un type bien. Il ne te laissera pas tomber.

Alex ramassa ses gadgets.

En sortant, il entendit Smithers fredonner une vieille chanson du folklore australien, *Waltzing Mathilda*, et il se demanda contre quoi le génial inventeur avait essayé de le prévenir. Smithers savait-il quelque chose que lui-même ignorait ou était-ce seulement son espièglerie habituelle ?

Ben Daniels l'attendait dans le couloir.

— Tu es prêt, Louveteau ?

— Armé et dangereux, répondit Alex.

12

Rues silencieuses

Ash attendait Alex. Il était en colère.

— Où étais-tu passé ? Je me suis inquiété pour toi. Je t'avais dit de m'attendre ici.

Soudain, ses yeux se plissèrent. Il examina Alex.

— Jolie ceinture. D'où vient-elle ?

Alex fut impressionné. Bien sûr, ayant passé la moitié de sa vie à exercer le métier d'espion, son parrain était entraîné à noter les moindres détails. Malgré tout ce qui s'était passé au cours des dernières vingt-quatre heures, Ash avait immédiatement remarqué ce menu changement dans son apparence.

— On me l'a donnée.

— Qui ?

— J'ai croisé de vieux amis...

Alex lui raconta les derniers événements : Ben Daniels aperçu dans la foule, la filature jusqu'au Wat Ho, son entrevue avec Mme Jones dans le bastion du

MI6. Celle-ci l'avait autorisé à parler à Ash de la bombe, et il mentionna le lien probable entre le Major Yu et Scorpia. En entendant ce nom, le regard de Ash s'assombrit.

— Personne ne m'a dit que Scorpia était impliqué dans cette affaire, grommela Ash. Ça ne me plaît pas du tout, Alex. Et ça ne plaira pas non plus à Ethan Brooke. Toi et moi étions censés recueillir des renseignements. Rien de plus, rien de moins. Maintenant, tout s'embrouille.

— Ce n'est pas ma faute, Ash.

— Je ferais peut-être mieux d'aller moi-même dans ce temple pour avoir une petite conversation avec Mme Jones. (Ash réfléchit un moment, puis il secoua la tête.) Non. Ça ne servirait à rien. Continue, je t'écoute...

Ash n'avait pas tort. Ça se compliquait. Alex avait l'impression d'être un agent double. La mission qu'on leur avait assignée avait, dès le début, pris un tour imprévu, et maintenant voilà qu'ils étaient confrontés à une bombe. Que comptait faire Scorpia de Royal Blue ? Un gros coup, à n'en pas douter. Et beaucoup de morts. Mais pourquoi cette bombe-là précisément ? Pourquoi pas une autre ?

Alex essaya de chasser cette question pour l'instant. Il finit de raconter son histoire, et conclut par sa rencontre avec Smithers et les gadgets dont il l'avait équipé.

— Smithers travaille toujours pour le MI6 ? (Ash eut un bref sourire.) Un sacré personnage, Smithers. C'est de lui, la ceinture ? À quoi sert-elle, hormis à tenir ton pantalon ?

— Je n'ai pas encore eu le temps de l'examiner, admit Alex. Mais je sais qu'il y a un couteau dans la boucle. Et des trucs à l'intérieur. Une sorte de trousse de survie dans la jungle.

— Qui a dit que tu allais dans la jungle ?

Alex haussa les épaules.

— Je ne crois pas que tu devrais la garder, reprit Ash.

— Pourquoi ?

— Parce que ça ne colle pas avec ton personnage de réfugié. Contrairement au reste de ta tenue, elle ne vient pas d'Afghanistan. En cas de problème, ça pourrait te causer des ennuis.

— Pas question, Ash. Je la garde. Mais je peux la dissimuler.

Alex sortit sa chemise pour la faire passer par-dessus la ceinture.

— Et la montre ? C'est aussi Smithers qui te l'a donnée ?

Là non plus, il ne fut pas surpris que Ash l'eût remarquée. Il tendit son poignet pour la lui montrer et dit :

— Pour le cas où vous vous poseriez la question, les aiguilles ne bougent pas. Il y a un émetteur à l'intérieur qui me permet d'appeler le MI6.

— Et pourquoi appellerais-tu le MI6 ?

— Pour demander de l'aide.

— Si tu as besoin d'aide, c'est moi que tu appelles.

— Je n'ai pas votre numéro, Ash.

Ash se rembrunit.

— Je ne crois pas que l'ASIS serait enchanté de tout ça.

— Tant pis.

Ash comprit qu'Alex n'était pas d'humeur à discuter.

— D'accord, Alex. Après tout, c'est peut-être aussi bien. Je me ferai moins de souci pour toi si je sais que tu as des renforts. Mais n'appelle pas le MI6 sans me prévenir, tu veux bien ? Promets-le-moi. Je ne travaille plus pour eux, et le passé est le passé. J'ai une réputation à tenir.

Alex hocha la tête. Il avait omis de parler des pièces de monnaie explosives et des détonateurs dissimulés dans le paquet de chewing-gums. Ash risquait de vouloir les lui confisquer. Il changea de sujet.

— Et pour vous, comment ça s'est passé à la rivière ?

Ash alluma une cigarette. Alex s'étonnait qu'un homme qui prenait autant soin de lui-même continue de fumer.

— Bonnes nouvelles, dit Ash. J'ai trouvé l'entrepôt, avec le ring de boxe. Du moins ce qui en reste. Et j'ai parlé avec un certain Shaw. Tu te souviens sûrement de lui. C'est celui qui a pris les photos. Richard Shaw. Rick pour les amis.

— Que faisait-il là-bas ?

— Ils étaient des dizaines qui tentaient de sauver ce qu'ils pouvaient des décombres. Dossiers, disques d'ordinateurs, ce genre de trucs. Notre défunt ami, M. Sukit, avait ses bureaux là-bas, et il y a beaucoup de choses qu'ils préfèrent récupérer avant la police.

— Qu'a dit Shaw ?

— Je l'ai convaincu de m'emmener voir l'adjoint de Sukit. Un charmant garçon, lui aussi. Il a la tête de quelqu'un qui a été mêlé à une bagarre de rue. Il avait visiblement beaucoup de problèmes à régler, mais je l'ai persuadé de nous faire poursuivre le voyage. Après tout, on a payé. Et tu as fait ce qu'ils voulaient. Tu es monté sur le ring, même si tu as humilié leur champion.

— Et l'incendie ? La fusillade ?

— Rien à voir avec toi. Ils pensent avoir été attaqués par une bande rivale. Au fond, ils sont plutôt ravis de nous voir dégager le plancher. Nous partons ce soir pour Djakarta.

— Djakarta ?

— C'est la filière, Alex. Ils nous font passer en Australie via l'Indonésie. Je ne sais pas comment, mais sans doute en bateau. Par la mer, Djakarta n'est qu'à quarante-huit heures de Darwin. On sera peut-être sur un bateau de pêche, ou quelque chose de plus grand. On le saura bien assez tôt.

— Et comment va-t-on à Djakarta ?

— En avion, comme tout le monde.

Ash brandit une pochette contenant des tickets d'avion, des passeports, des visas, et une lettre de crédit sur un joli papier à en-tête UNWIN TOYS.

— Quelqu'un nous attendra à l'aéroport international Sukarno-Hatta de Djakarta, poursuivit Ash. Je suis désormais le directeur des ventes de Unwin Toys, et je me rends là-bas pour étudier la nouvelle gamme de jouets, en compagnie de mon fils.

— Unwin Toys... je connais cette marque.

Le nom, en effet, lui semblait familier. Soudain, Alex se rappela qu'il avait vu leurs produits dans tout Londres, souvent sur les marchés ou dans les solderies d'Oxford Street. La firme était spécialisée dans les voitures télécommandées, les jeux de construction et les pistolets à eau – toujours des plastiques bariolés, fabriqués en Asie et garantis pour tomber en morceaux au bout de trois jours d'utilisation. Unwin Toys n'était pas une marque de jouets très célèbre mais elle était connue, et Alex avait du mal à croire qu'elle était liée au Snakehead.

Ash devina le cours de ses pensées.

— Réfléchis, Alex. Une grande entreprise comme Unwin Toys est la couverture idéale pour un réseau de contrebande. Ils transportent des marchandises dans le monde entier, et comme ce sont des jouets pour les jeunes enfants, personne ne songerait à les soupçonner.

Alex hocha la tête. Il imaginait très bien une caisse remplie de camions en plastique, chacun farci d'héroïne ou de cocaïne. Des pistolets à eau tirant de vraies balles. Des ours en peluche contenant Dieu sait quoi. Toutes sortes de secrets déplaisants pouvaient se dissimuler derrière une façade innocente.

— On progresse, Alex, dit Ash. Mais il faut se montrer prudents. Plus on en sait, plus on devient dangereux pour le Snakehead. (Il réfléchit un instant puis reprit :) Tu sais, sur le fait de demander de l'aide, tu avais raison. Je veux que tu mémorises un numéro. Écris-le sur ta main.

— Il correspond à quoi ?

— C'est mon téléphone mobile. S'il arrive quelque chose, si on se trouve séparés, appelle ce numéro avant n'importe quel autre. C'est une ligne très spéciale, que m'a donnée l'ASIS. Tu peux appeler de partout dans le monde et être connecté immédiatement. Ça ne te coûtera rien. Le numéro force tous les systèmes de sécurité de n'importe quel réseau. Tu peux me joindre à n'importe quel moment, n'importe où. Ça te va ?

— Très bien.

Ash lui communiqua onze chiffres, qu'il inscrivit sur le dos de sa main. Quand ils s'effaceraient, il les aurait mémorisés.

— Et maintenant, Ash ?

— Repos. Nous irons à l'aéroport en taxi. La nuit va être longue.

Alex comprit que le moment tant attendu était venu. Ils n'auraient peut-être plus l'occasion de se parler à Djakarta ni pendant le voyage vers l'Australie – en tout cas pas en anglais. Ensuite, la mission serait terminée. Une fois à Darwin, Alex ne serait plus d'aucune utilité.

— Ash, vous m'avez promis de tout me raconter sur mes parents. Vous étiez témoin à leur mariage, et ils vous ont choisi pour être mon parrain. Vous étiez là, le jour où ils sont morts. Je veux tout savoir sur eux, sinon... pour moi c'est comme s'ils n'existaient pas. Je veux savoir d'où je viens, c'est tout... et ce qu'ils pensaient de moi. Et puis... je veux aussi savoir ce qui s'est passé à Malte. Vous avez dit que Yassen Gregorovitch se trouvait là. Est-ce lui qui vous a fait cette blessure ? Comment est-ce arrivé ? Est-ce que mon père a quelque chose à se reprocher ?

Il y eut un long silence. Puis Ash hocha lentement la tête et il écrasa sa cigarette.

— D'accord, dit-il. Je te raconterai tout dans l'avion.

Ils volaient à trente mille pieds au-dessus du golf de Thaïlande, cap au sud, à destination de Djakarta. L'avion n'était qu'à demi rempli. Alex et Ash disposaient d'une rangée entière pour eux seuls, tout au fond, à l'abri des oreilles indiscrètes. Ash avait un peu amélioré sa tenue avec une chemise blanche et une cravate bon marché. Après tout, il était censé être directeur des ventes. Alex, lui, n'avait rien changé à son apparence. Malpropre et débraillé, il portait toujours les vêtements de Bangkok. C'était peut-être la raison pour laquelle on les avait laissés seuls dans leur coin. Les autres passagers, installés vers l'avant, somnolaient dans l'étrange pénombre de la cabine. Le soleil s'était couché. L'avion volait dans l'obscurité.

Ash n'avait pas dit un mot depuis l'embarquement et le décollage. Il avait accepté deux miniflacons de whisky offerts par l'hôtesse mais se terrait dans le silence. Ses yeux noirs, plus ténébreux que jamais, regardaient fixement les glaçons qui fondaient lentement dans son gobelet. Il semblait exténué. En le voyant avaler deux comprimés avec son whisky, Alex avait fini par prendre conscience que Ash souffrait en permanence. Alors qu'il se demandait si son parrain allait réellement lui faire les confidences promises, tout à coup, sans prévenir, Ash se mit à parler :

— J'ai rencontré ton père lors de ma première mission pour les Opérations Spéciales. Il avait été engagé à peu près en même temps que moi mais nous étions très différents. Tout le monde connaissait John Rider. Premier de sa classe. Golden boy. Promis à une brillante carrière. (Il n'y avait pas de rancœur dans la voix de Ash. Ni d'émotion.) John avait à peine vingt-six ans. Le MI6 l'avait recruté chez les paras. Avant, il avait fait ses études à Oxford : licence avec mention très bien en politique et en économie. C'était aussi un athlète de haut niveau. Il était dans l'équipe d'aviron d'Oxford, avec laquelle il a gagné la coupe, et c'était un très bon joueur de tennis. Je me suis retrouvé avec lui à Prague, où il dirigeait sa première opération. Moi, je débutais. J'étais là pour apprendre les ficelles du métier.

» Malheureusement, tout a cafouillé. Ce n'était pas la faute de John. Ce sont des choses qui arrivent. Mais ensuite, pendant le debriefing, j'ai vraiment appris à le connaître. Tu sais ce que j'aimais le plus en lui ? Son calme. Il y avait eu trois agents tués. Pas chez nous, Dieu merci. La police tchèque était sur les dents. Et le musée d'art populaire et d'antiquités d'Europe de l'Est avait brûlé. En réalité, ce n'était pas vraiment un musée, mais c'est une autre histoire. Bref, ton père était à peine plus vieux que moi mais il est resté impassible. Il n'a engueulé personne, il n'a jamais perdu son sang-froid. Il a tout assumé.

» Après, nous sommes devenus amis. J'ai oublié comment ça s'est passé exactement. Nous habitions dans le même quartier. Il occupait un appartement dans un ancien entrepôt, à Blackfriars, près de la Tamise. Nous jouions au squash ensemble. Je crois qu'on a dû disputer une centaine de matches. Et tu sais quoi ? J'en ai gagné au moins deux ! De temps en temps on allait boire un verre ensemble. Il aimait le Black Velvet : un cocktail au champagne et à la Guiness. John s'absentait souvent, bien sûr, et il n'avait pas le droit de me dire ce qu'il faisait. Nous travaillions dans le même service, mais je n'avais pas accès aux dossiers classés secrets. Pourtant j'entendais des choses. Et je suis allé le voir une ou deux fois à l'hôpital. C'est comme ça que j'ai fait la connaissance de ta mère.

— Elle était infirmière.

— Oui. De son nom de jeune fille : Helen Beckett. Elle était très jolie. Tu as la même couleur de cheveux qu'elle. Et peut-être aussi ses yeux. Si tu veux tout savoir, je lui ai fait la cour. Mais elle m'a gentiment découragé. Helen fréquentait déjà ton père. Elle l'avait connu à Oxford, quand elle faisait ses études de médecine.

— Est-ce qu'elle connaissait le métier de mon père, à ce moment-là ?

— Je ne sais pas s'il lui disait tout, mais elle savait certaines choses. Quand tu soignes un homme qui a des côtes cassées et une blessure par balle, tu te doutes qu'il n'est pas tombé en jouant au golf. Mais ça ne la gênait pas. Elle s'est occupée de lui. Ils sont sortis ensemble. Ensuite, elle a emménagé chez John, et nous avons beaucoup moins joué au squash.

— Vous avez été marié, Ash ?

— Non. Je n'ai jamais rencontré la femme idéale. Mais j'en ai fréquenté quelques-unes – qui ne l'étaient pas. Au fond, j'en suis plutôt heureux. Et je vais t'expliquer pourquoi. Dans notre métier, on ne peut pas se permettre d'avoir peur. La peur est le premier des dangers qui peut te coûter la vie. Quand on dit que les agents secrets n'ont pas peur, c'est vrai, mais en général cela signifie qu'ils n'ont pas peur pour eux-mêmes. Tout change dès qu'on est marié, et c'est encore pire quand on a des enfants. Alan Blunt ne voulait pas que ton père se marie. Il savait qu'il finirait par perdre son meilleur homme.

— Blunt connaissait ma mère ?
— Il a fait mener une enquête sur elle.

Ash sourit en voyant l'air choqué d'Alex.

— C'est la procédure. Blunt voulait s'assurer que Helen ne compromettait pas la sécurité du service.
— Ainsi donc, conclut Alex, il y avait quelque part dans les archives des Opérations Spéciales du MI6 un dossier sur Helen Beckett. Alex rangea cette information dans un coin de sa mémoire. Un jour, peut-être, il tâcherait de récupérer ce dossier.

— J'ai été très étonné quand John m'a demandé d'être son témoin, reprit Ash. C'était un as dans le service et moi, personne ne connaissait mon existence. Mais il n'avait pas vraiment le choix. Son frère Ian était en mission à l'étranger et… Il y autre chose que tu dois savoir, Alex. Les espions n'ont pas beaucoup d'amis. Ça fait partie du métier. John avait gardé le contact avec deux-trois anciens camarades d'université – il leur avait dit qu'il travaillait dans une compagnie d'assurances. Mais l'amitié ne tient pas longtemps quand on est obligé de mentir en permanence.

Alex le savait d'expérience. Il vivait la même chose à l'école. Tout le monde, au collège Brookland, savait qu'il avait été frappé par une série de maladies successives au cours des huit derniers mois. Il était revenu en classe, il avait même participé à un voyage scolaire à Venise. Mais il se sentait marginalisé. Ses copains devinaient que ses absences répétées cachaient une histoire pas très claire et cela empoisonnait leurs relations.

— Il n'avait pas d'autre famille ?
— Hormis son frère ? Non. Du moins à ma connaissance. John et Helen ont fait un simple mariage civil à la mairie et il n'y avait qu'une demi-douzaine de personnes.

Un pincement de tristesse serra le cœur d'Alex. Sachant que son bonheur n'allait pas durer très longtemps, il aurait préféré que sa mère eût un mariage en blanc, dans une église de campagne, avec une belle fête sous une tente, des discours, de la musique, de la danse, et un peu trop de boissons. Mais il avait là un aperçu de la vie d'agent secret. Une vie sans amis, impénétrable et un peu vide.

L'avion vibra légèrement. Dans l'allée, un petit signal lumineux d'appel se mit à clignoter. Dehors, il faisait nuit noire.

— Dites-m'en plus sur ma mère, Ash.
— Je ne peux pas, Alex.

Il se tourna sur son siège et Alex vit une expression douloureuse traverser son regard. Les sédatifs ne l'avaient pas calmé.

— Je sais seulement qu'elle aimait lire. Elle allait souvent au cinéma et avait une préférence pour les films étrangers. Elle n'achetait jamais de vêtements de luxe mais elle était toujours élégante. (Ash soupira.) Je la connaissais peu. Pour être franc, Helen se méfiait un peu de moi. Inconsciemment, elle devait m'en vouloir. Je faisais partie du monde qui mettait en danger la vie de son mari. Elle adorait John et détestait son métier. Mais elle était assez intelligente pour savoir qu'elle ne pouvait pas lui demander de le quitter.

Ash ouvrit le second miniflacon et versa le whisky dans le gobelet en plastique.

— Helen a découvert qu'elle était enceinte de toi alors que John était engagé jusqu'au cou dans une opération très périlleuse. Ça ne pouvait pas tomber plus mal. Une nouvelle organisation venait d'attirer l'attention du MI6. Inutile de préciser son nom. Je parie que tu en sais plus que moi sur Scorpia. Un repaire d'anciens espions et de tueurs qui s'étaient mis à leur compte.

» Au début, les services secrets les ont trouvés utiles. Le MI6 a accueilli favorablement la création de Scorpia. Si tu cherchais des informations sur les projets de la CIA ou l'avancement du programme nucléaire des Iraniens, Scorpia te les vendait. Si tu voulais mener une action en dehors de la légalité sans qu'aucune piste mène à toi, Scorpia était là ! Ces gens étaient très forts. Ils n'étaient loyaux envers personne. Seul l'argent les intéressait. Et ils excellaient dans leur domaine. Jusqu'à ton arrivée, Alex, ils n'avaient connu aucun échec.

» Puis, peu à peu, le MI6 s'est inquiété. On s'est aperçu que Scorpia échappait à tout contrôle, surtout après la mort de plusieurs de nos agents abattus à Madrid. Dans tous les pays, les services de renseignements sont régulés, c'est-à-dire qu'ils observent des règles, du moins jusqu'à un certain point. Pas Scorpia.

Ils sont devenus de plus en plus puissants, et de plus en plus impitoyables. Peu leur importait le nombre de victimes, du moment qu'ils encaissaient leur chèque.

» Alors Alan Blunt, qui venait d'être nommé directeur des Opérations Spéciales, a décidé d'infiltrer un de ses agents : John. L'idée était d'amener Scorpia à recruter ton père. Une fois dans la place, John devait rassembler le maximum de renseignements sur l'organisation. Quels étaient les membres du bureau exécutif, leurs clients, leurs contacts dans les agences de renseignement étrangères. Ce genre d'informations. Mais pour réussir, il fallait concocter une sérieuse couverture pour John. Autrement dit, falsifier sa vie.

— Je suis au courant, dit Alex. Ils ont prétendu qu'il avait fait de la prison.

— En fait, ils l'ont réellement envoyé en prison. Il fallait que ce soit crédible. Il y a eu des articles dans les journaux. Tout le monde lui a tourné le dos. John a feint d'avoir perdu tout son argent et il a vendu son appartement. Puis il est allé s'installer avec Helen dans un logement minable à Bermondsey. Cela a été très dur pour Helen.

— Mais elle savait la vérité, j'imagine ?

— Je l'ignore. Ton père lui a peut-être dit. Peut-être pas.

Alex avait du mal à le croire. Il avait la certitude que sa mère était au courant.

— Ensuite, il a été recruté par Scorpia, c'est ça ?

— Oui. Ils l'ont envoyé s'entraîner sur l'île de Malagosto, tout près de Venise.

Ce nom fit frissonner Alex. Lui-même avait été envoyé sur l'île quand Scorpia avait voulu l'engager.

— Pour Scorpia, John était une recrue en or, dit Ash. C'était un agent brillant. Il avait un dossier excellent au MI6, et il était au bord du désespoir. De plus, c'était un homme extrêmement séduisant. Une des membres de Scorpia s'était amourachée de lui.

— Julia Rothman, dit Alex, qui avait lui aussi croisé son chemin.

Julia Rothman lui avait parlé de son père lors d'un dîner à Positano.

— C'est ça. Julia Rothman a aussitôt décelé le potentiel de John et il a très vite grimpé les échelons. Elle lui a confié l'entraînement des jeunes recrues. Et elle lui a donné un pseudonyme. Hunter. Le chasseur.

— Comment savez-vous tout ça ? s'étonna Alex.

— Bonne question, sourit Ash. Je le sais parce que, en fin de compte, quelqu'un s'est aperçu que j'existais. Alan Blunt m'a chargé de filer John. De lui servir de renfort. Mon boulot consistait à le suivre, mais pas de trop près, et d'être là s'il avait besoin d'établir un contact. Ce qui explique pourquoi j'ai assisté au dénouement.

— À Malte.

— Oui, à Malte.

— Que s'est-il passé ?

— Ton père était sur le point de rentrer. Il en avait assez de Scorpia *et* du MI6. Tu venais de naître. Il voulait mener une vie normale. D'ailleurs, il avait réussi sa mission. Grâce à lui, nous avions une idée précise de la structure et du mode de fonctionnement de Scorpia. Nous connaissions les noms de la plupart de leurs agents. Nous savions qui les payait et combien.

» Il nous restait à le récupérer sans éveiller les soupçons. Nous étions certains que Julia Rothman le tuerait si elle découvrait qu'il était toujours un espion à la solde du MI6. Le plan était de le ramener en Angleterre et ensuite de le laisser disparaître dans la nature. Une nouvelle maison, une nouvelle identité. Une nouvelle vie en France, avec toi et ta mère. Si tout avait marché comme prévu, à l'heure actuelle tu parlerais français. Tu irais dans un lycée à Marseille ou une autre ville du sud, et tu ne saurais rien de toute cette histoire.

» Bref, le hasard a voulu que Scorpia nous fournisse involontairement l'occasion de rapatrier John. Il y avait un certain Caxero, un petit malfaiteur qui trempait dans le trafic de drogue et le blanchiment d'argent. Caxero avait dû salement déplaire à quelqu'un, car ce quelqu'un a payé Scorpia pour l'éliminer. Et Scorpia a chargé ton père de faire le travail.

» Caxero vivait à Mdina, sa ville natale, au centre de l'île de Malte. C'est une ancienne citadelle, fermée par une enceinte. Cette ville a un autre nom. Elle est tellement calme et obscure, même en été, que les habitants la surnomment « la ville silencieuse ». Et le MI6 a pensé que c'était l'endroit idéal pour monter l'embuscade qui permettrait de récupérer John.

» Mais ton père n'est pas allé là-bas tout seul. Il était accompagné d'un jeune tueur, une des meilleures recrues entraînées à Malagosto. Je crois que tu l'as déjà rencontré. Son nom était Yassen Gregorovitch.

Alex ne put s'empêcher de frissonner à nouveau. Cette plongée dans son passé l'ébranlait.

Il se remémora le Russe svelte aux cheveux blonds et au regard de glace qu'il avait affronté au cours de sa première mission. Yassen aurait pu le tuer mais il l'avait épargné. Par la suite, ils s'étaient de nouveau croisés dans le sud de la France. Et Yassen l'avait entraîné dans le monde cauchemardesque de Damian Cray. Là encore, le Russe avait renoncé à le tuer, mais cette fois cela lui avait coûté la vie.

— Que savez-vous de Yassen ?

— C'était un jeune homme intéressant, répondit Ash d'un ton soudain glacial. Il est né à Estrov. Tu n'as sans doute jamais entendu parler de cet endroit, mais c'est un détail important. Les Russes avaient une usine secrète, là-bas, où ils faisaient des recherches biochimiques. Or, un jour, cette usine a explosé. Des centaines de personnes ont péri, et parmi elles le père de Yassen. Sa mère a été blessée et elle est morte six mois plus tard.

» Les Russes ont essayé de camoufler l'affaire. Ils refusaient d'admettre quoi que ce soit. Encore maintenant on ne connaît pas toute la vérité. Mais une chose est certaine. À la fin de cette année-là, Yassen s'est retrouvé tout seul. Il n'avait que quatorze ans. Le même âge que toi, Alex.

— Comment est-il tombé dans les mains de Scorpia ?

— C'est lui qui les a trouvés. Il a traversé la Russie par ses propres moyens, sans argent ni nourriture. Il a travaillé quelque temps à Moscou, vivant dans la rue et faisant des petits boulots pour la Mafia locale.

On ne sait pas exactement comment il est entré en contact avec Scorpia mais, un beau jour, il a débarqué à Malagosto. Le hasard a voulu que ce soit ton père qui s'occupe de son entraînement pendant quelque temps. John m'a dit que le gamin était fait pour ce métier. Amusant, n'est-ce pas ? Dans un sens, John, toi et Yassen aviez beaucoup de points communs.

Ash se tourna vers Alex et, tout à coup, dans l'éclairage artificiel de l'avion, il eut l'air fantomatique. Une lueur étrange traversa son regard.

— Ton père avait un faible pour Yassen. Il l'aimait vraiment bien. Que dis-tu de ça ? L'espion et le tueur. Drôle d'équipe…

Au nom de leur ancienne amitié, quinze ans après que John Rider lui eût sauvé la vie, Yassen Gregorovitch avait payé sa dette en se sacrifiant pour Alex. Mais Alex n'en dit rien à Ash. Pour une raison inexpliquée, il préférait garder cela pour lui.

— Revenons à Malte, dit Ash qui, visiblement, avait envie d'en finir. Caxero était un homme d'habitudes, ce qui est dangereux dans ce milieu. Il aimait boire son café et un cognac chaque soir dans un bar de la place de la cathédrale Saint Paul à Mdina. C'est là qu'ils avaient prévu de le tuer. John m'a communiqué les détails. Le coup devait avoir lieu à onze heures, le soir du 11 février. Nous devions attendre qu'ils aient liquidé Caxero – c'était vraiment un sale type et le MI6 avait trouvé judicieux de le laisser éliminer par Scorpia. Ensuite, nous devions intervenir, capturer John et laisser Yassen s'enfuir pour qu'il aille faire son rapport à Scorpia.

» Il était essentiel que ce soit crédible. J'étais responsable de l'opération. C'était la première fois qu'on me confiait le commandement. J'avais neuf hommes. John était notre seul objectif, pourtant nous étions armés et ce n'était pas des balles à blanc. Yassen aurait pu s'en apercevoir. C'était un homme très intelligent. Nous portions tous des gilets pare-balles. John ne risquait pas de tirer sur nous mais Yassen, oui. Et nous savions que c'était un tireur d'élite.

» J'avais mis deux de mes hommes en place dès le matin. Ils étaient montés se percher dans les deux clochers jumeaux de la cathédrale. Il y avait aussi deux horloges, et l'une retardait de cinq minutes. Je trouvais ça étrange, ces deux horloges qui donnaient des heures différentes. Bref, mes hommes avaient des jumelles à vision nocturne et des émetteurs. De là-haut, ils pouvaient surveiller la ville et s'assurer que tout allait bien.

Ash fit une pause.

— Mais tout est allé de travers, Alex. Absolument tout.

— Racontez-moi.

Ash but une gorgée de whisky. Tous les glaçons avaient fondu.

— Nous sommes arrivés à Mdina juste après dix heures et demie. C'était une belle nuit. On était en février et la saison touristique n'avait pas encore commencé. Il y avait un croissant de lune argenté et un ciel plein d'étoiles. Quand nous sommes arrivés par le portail sud, j'ai eu l'impression de faire un pas de mille ans en arrière. À Mdina, les ruelles sont étroites et les murs hauts. Toutes les briques des façades ont des tailles et des formes différentes. On imagine comment elles ont été posées, une à une.

» La place était déserte. Les volets des maisons étaient fermés et le seul éclairage provenait des lanternes en fer forgé suspendues dans les angles. Alors que nous remontions la rue principale, une calèche a traversé devant nous. Ces calèches servent à transporter les touristes, mais celle-ci rentrait au bercail. J'entends encore les sabots des chevaux et le grincement des roues sur les pavés.

» Dans mon oreillette, j'ai entendu le chuchotement d'un de mes hommes postés dans les clochers, qui m'annonçait que Caxero était à sa table habituelle en train de siroter son café en fumant un cigare. Il n'y avait personne d'autre en vue. Il était onze heures moins le quart.

» On s'est faufilés sans bruit sur la place, entre un palais en ruine et une vieille chapelle. J'avais sept hommes avec moi. Nous étions tous vêtus de noir. Nous avions passé la moitié de la journée à étudier le plan de la ville. Je leur ai fait signe de se déployer. Nous devions cerner la place et nous tenir prêts à intervenir.

» Onze heures moins dix. Je voyais l'heure à la cathédrale. Et Caxero. C'était un homme râblé et gros, vêtu d'un costume. Il avait une petite moustache et tenait sa tasse avec le petit doigt en l'air. Deux ou trois voitures stationnaient sur la place à côté des anciens canons, et un serveur se tenait debout sur le seuil du café. Sinon, rien.

» Et puis, tout à coup, ils sont apparus. John Rider et Yassen Gregorovitch. Ou Hunter et Cossack, comme ils se faisaient appeler. Cinq minutes en avance.

C'est du moins ce que j'ai cru. C'était ma première erreur.

— Les horloges…

— Oui, les horloges de la cathédrale. L'une donnait l'heure juste, l'autre pas. Et dans le stress de l'opération, je m'étais focalisé sur celle qui retardait. Quant à Yassen, on aurait dit un truquage de cinéma. Il a surgi tout d'un coup, avec John. C'est une technique ninja – comment se déplacer en restant invisible. Le plus drôle, c'est que c'est sans doute ton père qui la lui avait enseignée.

» Je ne pense pas que Caxero les ait vus approcher. Ils se sont avancés droit vers lui. Il tenait encore sa tasse de café à la main avec le petit doigt en l'air. Il a levé les yeux juste au moment où un parfait inconnu lui logeait une balle en plein cœur. Yassen ne s'est pas précipité. Je crois n'avoir jamais vu un homme aussi décontracté.

» J'avais peur que mes hommes ne soient pas encore prêts et que toutes les issues de la place ne soient pas couvertes. Mais, au fond, ça n'avait pas d'importance puisque nous voulions que Yassen s'échappe. Ça faisait partie du plan.

» Je suis sorti de ma cachette. Yassen m'a aperçu et l'enfer s'est déchaîné. Yassen a tiré. Deux balles m'ont raté mais la troisième m'a atteint à la poitrine. J'ai eu l'impression de recevoir une masse de forgeron en plein torse. Sans gilet pare-balles, j'étais mort. J'ai été projeté en arrière et je me suis écrasé sur les pavés, en manquant me disloquer l'épaule. Mais je me suis relevé. Et ça a été ma deuxième erreur. J'y reviendrai plus tard.

» Bref, tout le monde s'est mis à tirer en même temps. Le serveur s'est jeté à plat ventre pour se protéger. Une demi-seconde plus tard, la vitrine du café a volé en éclats. Le verre est retombé comme une pluie de grêlons. Les hommes perchés dans les clochers utilisaient des fusils. Mes autres hommes sont arrivés sur la place de tous les côtés. Ton père et Yassen s'étaient séparés, comme je le prévoyais. C'était la procédure. Rester ensemble, c'était offrir une cible trop facile. Pendant un instant, j'ai pensé que tout allait se dérouler parfaitement.

» Bien au contraire. Trois de mes hommes se sont emparés de John. Ils l'avaient acculé dans un coin et on aurait vraiment dit qu'il ne pouvait plus rien faire. Ils l'ont obligé à jeter son arme et l'ont plaqué au sol. Cela laissait trois hommes pour s'occuper de Yassen. Et, bien sûr, ils l'ont laissé filer. Mais de très peu. Comme convenu.

» L'ennui, c'est que Yassen Gregorovitch avait son plan, lui aussi. Il était à peu près au milieu de la place et courait vers une des rues. Soudain, il s'est arrêté, il s'est retourné, et il a tiré trois fois. Son arme avait un silencieux et ça n'a fait aucun bruit. Mais, cette fois, au lieu de viser le torse il a visé la tête. Ses balles ont atteint un de mes hommes entre les deux yeux, le deuxième dans le cou, et l'autre dans la gorge. Deux sont morts sur le coup. Le troisième s'est écroulé et n'a plus bougé.

» Il me restait encore un agent. Travis. Je l'avais choisi moi-même. Il se trouvait de l'autre côté de la place et je l'ai vu hésiter. Il ne savait pas quoi faire. Après tout, j'avais donné l'ordre de ne pas tirer sur

Yassen. La situation nous échappait. Il y avait déjà eu assez de morts. Il aurait dû abattre Yassen ou déguerpir en vitesse, mais il n'a fait ni l'un ni l'autre. Il est resté planté là et Yassen l'a descendu. Une balle dans la jambe pour le neutraliser, puis une balle dans la tête pour l'achever. La place était jonchée de cadavres. Pour une opération qui devait se passer sans effusion de sang, c'était réussi !

Ash se tut. Alex remarqua qu'il avait fini son whisky.

— Vous voulez boire autre chose, Ash ?

Il secoua la tête et poursuivit :

— Yassen avait filé, nous avions John. En un sens, c'était réussi. J'aurais dû en rester là. Mais je ne pouvais pas. C'était ma première opération en solo et Yassen Gregorovitch avait éliminé presque la moitié de mes hommes. Je l'ai poursuivi.

» Je ne sais pas à quoi je pensais. Une partie de moi savait que je ne devais pas le tuer. Mais je ne pouvais pas non plus le laisser partir. J'ai enlevé mon gilet de protection parce qu'il m'empêchait de courir, et j'ai foncé à travers la place en direction du nord. J'ai entendu une voix me héler. C'était peut-être John. Mais je m'en fichais. J'ai tourné à un angle. Je me souviens d'un mur rose et d'un balcon, comme une façade d'opéra. Je ne voyais personne. J'ai pensé que Yassen avait filé.

» Et là, tout à coup, il a surgi devant moi. Il avait attendu ! Le coin grouillait d'agents du MI6 et lui se comportait en maître des lieux sans que personne puisse le toucher. Je lui ai foncé dedans. Je ne pouvais pas m'en empêcher. Sa main a jailli si vite que je ne l'ai même pas vue. Il m'a asséné un coup tranchant sur le poignet et j'ai lâché mon arme. Dans la même seconde, j'ai senti le canon de son pistolet contre mon cou.

» Il avait dix ans de moins que moi. Ce n'était qu'un jeune Russe qui se trouvait plongé dans ce milieu parce que, autrefois, ses parents étaient morts dans un accident. Pourtant il m'avait battu. Il avait éliminé près de la moitié de mon équipe, et mon tour allait venir.

« Qui êtes-vous ? – *MI6.* » Mentir ne servait à rien puisque nous voulions faire passer le message à Scorpia. « Comment saviez-vous que nous allions venir ? »

Je n'ai pas répondu à sa question. Il a enfoncé brutalement le canon de son arme dans ma gorge. J'avais mal mais je m'en fichais. Ce serait bientôt terminé, de toute façon. « Vous auriez mieux fait de rester chez vous », m'a dit Yassen. Et il a disparu.

» Je n'ai toujours pas compris pourquoi il m'a épargné. À moins que son arme ne se soit enrayée. Ou alors c'est beaucoup plus simple : il avait tué Caxero, Travis et trois autres de mes hommes, et son chargeur était vide. Je l'ai vu filer dans une ruelle. C'est alors que j'ai compris que, en plus de son pistolet, Yassen avait un couteau. Le manche pointait de mon estomac. Je ne sentais rien. Mais en baissant les yeux... Il y avait beaucoup de sang. Partout. Ça ruisselait.

Ash s'interrompit. Le bruit des réacteurs s'emballa pendant un moment sur un ton aigu. Peut-être approchaient-ils de Djakarta.

— La douleur est venue plus tard, reprit Ash. Tu n'imagines pas à quel point c'était violent. J'aurais dû mourir, cette nuit-là. Sans ton père, je serais mort. Il s'était précipité vers moi. Au risque de sa propre vie car, si Yassen l'avait aperçu, il aurait compris que c'était un coup monté. J'étais étalé sur le sol. Je perdais connaissance. Et j'avais froid. Je n'ai jamais eu aussi froid.

» Ton père n'a pas retiré le couteau de ma plaie. Il savait que ça me tuerait tout de suite. Il a appuyé sur la blessure jusqu'à l'arrivée de l'ambulance. On m'a transporté dans un hôpital de La Valette, où je suis resté dans un état critique pendant une semaine. J'avais perdu près de trois litres de sang. J'ai fini par m'en tirer mais... tu as vu ma cicatrice. Il me manque la moitié de l'estomac. Les chirurgiens n'y pouvaient pas grand-chose. Il y a une foule d'aliments que je ne peux pas manger parce qu'ils n'ont pas de place où aller. Et j'ai des médicaments à prendre... Des tas de pilules. Mais je suis vivant. Je suppose que je dois m'en réjouir.

Il se tut un long moment. Ce fut Alex qui le relança :

— Scorpia a quand même fini par avoir mon père.

— Oui. Quelques mois plus tard. Juste après ton baptême, Alex. C'est une des dernières fois où j'ai vu ton père et, si ça peut te consoler, jamais je ne l'ai vu plus heureux que ce jour-là, quand ils te tenaient dans leurs bras. Lui et ta mère. On aurait dit que tu faisais d'eux à nouveau des personnes normales. Tu les as fait sortir de l'ombre.

— Vous les avez accompagnés à l'aéroport. Ils partaient en France. À Marseille, c'est ça ?

— Oui, à Marseille. Ils étaient obligés de te laisser à Londres quelque temps parce que tu avais une otite et ne pouvais pas voyager. Sinon, ils t'auraient emmené avec eux.

— Vous avez vu leur avion exploser.

Ash détourna les yeux.

— Je t'ai dit que je ne voulais pas parler de ça. Scorpia avait compris, j'ignore comment, qu'on les avait roulés. Ils ont voulu se venger. C'est tout ce que je sais.

— Et vous, Ash ? Que vous est-il arrivé ? Pourquoi avez-vous quitté le MI6 ?

— Je vais répondre à cette dernière question, mais ensuite on en restera là. Fin de l'histoire. J'ai respecté ma part du contrat, il me semble.

Ash écrasa le gobelet en plastique dans sa main et le glissa dans la pochette devant lui.

— À la vérité, je ne suis pas revenu de l'opération maltaise en grande forme. Je suis resté six semaines en congé maladie et, à mon retour à Liverpool Street, Alan Blunt m'a convoqué dans son bureau. J'ai eu droit à une engueulade en règle. Il m'a reproché tous les cafouillages.

» D'abord, le problème de minutage. La confusion avec l'horloge. Mais mon erreur la plus stupide avait été de me relever après le coup de feu tiré sur moi par Yassen. Il en avait déduit que nous portions des gilets de protection, ce qui l'avait conduit à viser Travis et les autres à la tête. Blunt a conclu que tout était ma faute.

— Ce n'était pas juste, murmura Alex.

— Si. J'étais d'accord avec lui. Troisième erreur : j'ai poursuivi Yassen alors que les ordres étaient de le laisser filer. Ça, c'était le plus grave. Pourtant Blunt ne m'a pas viré. J'ai été rétrogradé. Il m'a fait clairement comprendre que je ne dirigerais plus aucune opération. Peu lui importait que j'aie failli être tué. D'une certaine manière, ça aggravait même mon cas. Un charmant monsieur, Alan Blunt. Un tendre !

Alex acquiesça de la tête.

— Tes parents sont morts quelque temps plus tard dans l'explosion de leur avion. Après ça, je n'avais plus goût à rien. Tu te souviens de ce que je t'ai dit à Bangkok ? De nous deux, c'était ton père le patriote, celui qui servait son pays. J'ai gardé la foi pendant un temps, mais à la fin j'en ai eu assez. Au bout de quelques mois dans les bureaux, j'ai donné ma démission et je suis parti en Australie. L'ASIS était content de me récupérer et j'avais envie de redémarrer à zéro.

» Je suis allé te voir plusieurs fois, Alex. Je voulais m'assurer que tu allais bien. Après tout, j'étais ton parrain. Mais Ian avait entrepris les démarches pour t'adopter. Nous avons bu un verre ensemble, la veille de mon départ d'Angleterre et il m'a affirmé qu'il s'occuperait bien de toi. De toute évidence, ma présence n'aurait servi à rien. D'ailleurs, pour être tout à fait sincère, je pense que tu étais probablement beaucoup mieux sans moi. Je ne t'aurais pas été d'une grande aide, n'est-ce pas ?

— Ne vous sentez pas coupable. Je ne vous reproche rien.

— Quoi qu'il en soit, je t'ai revu une autre fois. J'étais venu à Londres travailler avec l'ambassade d'Australie. Ian venait d'embaucher une jeune Américaine comme gouvernante.

— Vous êtes sorti avec elle.

— Deux ou trois fois. On s'amusait bien ensemble. Je suis content qu'elle soit restée auprès de toi.

— Moi aussi.

Alex jeta un rapide coup d'œil à Alex, comme s'il cherchait quelque chose.

— Je suis tombé des nues en apprenant que le MI6 t'avait recruté. Alan Blunt est décidément un salaud au cœur sec. Mais ce n'est pas tout. Voilà que tu débarques en Australie ! J'aurais préféré que tu refuses cette mission, Alex. Je ne veux pas que tu sois blessé.

— Il est un peu tard, Ash.

Les lumières de la cabine se rallumèrent et les hôtesses commencèrent à remonter la travée. Alex sentit son estomac se soulever. L'avion amorçait sa descente.

Ils arrivaient à Djakarta, prochaine étape de leur périple. Le bout de la filière était en vue.

13

Unwin Toys

Alex se demandait parfois si tous les aéroports du monde n'avaient pas été dessinés par le même architecte : quelqu'un qui adorait les boutiques et les couloirs, les baies vitrées et les plantes vertes. Ils se trouvaient à l'aéroport international Sukarno-Hatta de Djakarta, mais ils auraient pu tout aussi bien être à Bangkok ou à Perth. Les sols étaient peut-être plus lustrés et les plafonds plus hauts, et tous les magasins semblaient vendre le même mobilier en rotin et les mêmes tissus imprimés connus sous le nom de « batiks ». À part cela, Alex avait l'impression d'être revenu à son point de départ.

Ils franchirent rapidement le contrôle des passeports. L'employé enfermé dans sa guérite vitrée jeta à peine un coup d'œil à leurs faux papiers avant d'apposer un tampon dessus, et les laissa passer sans un mot. Ils n'eurent pas non plus à attendre les bagages puisque Ash avait pris avec lui leur unique petite valise dans l'avion.

Alex était fatigué. Les événements des cinq derniers jours à Bangkok avaient fini par le terrasser et il n'avait qu'une envie : dormir. Pourtant, il avait peu de chances de passer la nuit dans un hôtel confortable. Par-dessus tout, il rêvait d'un peu de tranquillité pour réfléchir aux révélations de Ash. Il en avait appris davantage sur ses parents en une heure qu'au cours de sa vie entière. Cependant des questions restaient en suspens. Son père avait-il reproché à Ash les erreurs commises à Mdina ? Pourquoi Ash avait-il accompagné ses parents à l'aéroport ? Et qu'avait-il vu de si terrible pour refuser d'en parler aujourd'hui ?

Ils débouchèrent dans le hall des arrivées où, là aussi, grouillait une foule de vendeurs ambulants et de chauffeurs de taxi. Cette fois, deux hommes les attendaient : des Indonésiens minces et athlétiques en jean et chemisette. L'un d'eux brandissait une pancarte sur laquelle on pouvait lire « KARIM HASSAN ». Alex mit plusieurs secondes avant de réagir et il s'en voulut. Il avait totalement oublié que c'était le nom sous lequel Ash et lui voyageaient. Karim et Abdul Hassan. La fatigue n'était pas une excuse. Une erreur de ce genre pouvait signer leur arrêt de mort.

Ash avança et s'adressa aux deux hommes dans un mélange de dari et de langage gestuel. Les deux Indonésiens n'essayèrent même pas de paraître amicaux. Un simple hochement de tête, et ils tournèrent les talons, certains que Ash et Alex leur emboîteraient le pas.

Il était vingt-deux heures. Dehors, loin de l'atmosphère artificielle climatisée, la chaleur était pesante et inhospitalière. Personne ne dit mot tandis qu'ils traversaient le parvis jusqu'au bord du trottoir, où une camionnette blanche et sale les attendait, conduite par un troisième homme. Alex jeta un coup d'œil nerveux à Ash. Il avait l'impression que la camionnette allait l'absorber, et cela lui rappela la dernière fois où il était monté en voiture avec des membres du Snakehead. Mais Ash ne semblait pas inquiet. Alex monta derrière lui.

Les portières claquèrent sur eux. Puis les deux Indonésiens montèrent à l'avant avec le chauffeur. Alex et Ash étaient assis sur un banc en fer soudé au plancher. L'unique vue se réduisait pour eux au pare-brise, lequel était si crasseux qu'on se demandait comment le conducteur pouvait voir la route. La camionnette avait bien dix ans d'âge et plus aucune suspension. Chaque ornière, chaque bosse, se faisait durement sentir. Et il y en avait beaucoup.

L'aéroport était à environ dix-huit kilomètres de la capitale indonésienne, relié par une autoroute engorgée par le trafic même à cette heure tardive. En plissant les yeux pour essayer de distinguer quelque chose par-dessus l'épaule du chauffeur, Alex ne vit quasiment rien jusqu'à l'arrivée dans les faubourgs de Djakarta. D'abord, cela lui rappela Bangkok, mais bientôt il découvrit une ville plus laide et, d'une certaine manière, moins affirmée, qui bataillait encore pour s'extraire du bidonville qu'elle avait été.

La circulation était cauchemardesque. Une sorte d'autopont les fit plonger dans Djakarta. Tout à coup, il y eut des voitures et des motos partout autour d'eux, dessus, dessous. Des gratte-ciel, plus massifs que beaux, s'élevaient dans la nuit. Et des milliers de lampes éclairaient inutilement des bureaux déserts, colorant le ciel nocturne de jaune et de gris. Des gargotes bariolées – appelées ici *warung* – s'alignaient le long des trottoirs, mais personne n'y mangeait. Les citadins rentraient chez eux comme des somnambules, se frayant un passage au milieu du vacarme, de la poussière et de la chaleur.

Ils abandonnèrent l'autopont et quittèrent les quartiers les plus denses de la ville aussi vite qu'ils y étaient entrés. Soudain, la camionnette se mit à cahoter sur une piste de terre, parsemée de flaques et jonchée de gravats. Il n'y avait ni réverbères, ni panneaux, et des nuages obscurcissaient la lune. On ne distinguait que ce que captait le faisceau des phares. Ils traversèrent une sorte de banlieue, un quartier insalubre avec des rues étroites, des masures aux toits en fer blanc rapiécés de plaques de tôle ondulée, aux murs soutenus par des échafaudages en bois. D'étranges buissons épineux et des palmiers rabougris bordaient la rue sans trottoir. Quelque part, un chien aboya. Il n'y avait aucun signe de vie.

Ils arrivèrent devant un portail bricolé avec des planches de bois flotté. Deux mots en indonésien étaient écrits en travers à la peinture rouge. En approchant, le chauffeur pianota sur une télécommande rangée dans la boîte à gants et le portail s'ouvrit sur une vaste cour carrée, encadrée d'entrepôts et de bureaux, éclairée par des lampes à arc. La camionnette s'immobilisa. Ils étaient arrivés.

Apparemment, ils étaient seuls. Les portières furent

ouvertes brutalement et les deux Indonésiens conduisirent Alex et Ash dans l'un des entrepôts. Alex vit de hautes piles de caisses, dont certaines, éventrées, laissaient entrevoir de la paille et des jouets en plastique. Il vit un tas de scooters enchevêtrés et une maison pliante pour enfants renversée sur le côté. Un singe en peluche était affalé, les pattes écartées, de la mousse jaillissant de l'ouverture béante de son ventre. Alex espéra que ce n'était pas un présage. Jamais il n'avait vu une collection de jouets aussi peu réjouissante. Vu leur état, ils devaient moisir là depuis des années.

Les deux matelas minces posés sur le sol ne présageaient rien de bon. C'était là qu'ils étaient supposés dormir. Apparemment, il n'y avait ni toilettes ni lavabo dans les parages. Ash se tourna vers les deux Indonésiens et mit les mains en coupe sous sa bouche pour signifier qu'il avait soif. Les deux Indonésiens haussèrent les épaules et s'en allèrent.

Les prochaines heures s'annonçaient longues et inconfortables. Il n'y avait ni drap ni couverture, et la minceur du matelas ne protégeait guère du sol en ciment. Alex transpirait. Ses vêtements lui collaient à la peau. Djakarta était dans l'étau d'un orage qui ne voulait pas éclater, et l'air gorgé d'humidité était suffocant. Le pire, c'était les moustiques. Ils repérèrent immédiatement Alex et ne le lâchèrent plus. Il n'essayait même plus de se donner des claques. Les moustiques s'en fichaient. La seule échappatoire était le sommeil, mais le sommeil le fuyait.

Ash ne pouvait pas lui parler, de crainte que quelqu'un ne les surprenne. Mais Alex était habitué à son silence. Le plus agaçant pour lui fut de voir Ash s'endormir presque aussitôt et le laisser affronter seul, et éveillé, toutes les heures de la nuit.

Enfin le jour se leva. Alex avait dû finir par s'assoupir car il sentit la main de Ash le secouer. Une lumière grisâtre filtrait par les fenêtres et la porte ouverte. Quelqu'un leur avait apporté deux verres de thé sucré et une corbeille de petits pains. Alex aurait préféré des œufs au bacon mais les réclamations auraient été malvenues. Il mangea le pain accroupi sur le matelas.

Et maintenant, qu'allait-il se passer ? Les faux passeports qu'on leur avait fournis à Bangkok leur avaient ouvert sans problème les frontières de l'Indonésie. Mais les règlements douaniers australiens étaient nettement plus stricts. L'île de Java, où ils se trouvaient, était l'endroit le plus proche possible de l'Australie. Selon les estimations de Ash, il leur restait une dernière étape d'environ quarante-huit heures par la mer. Ils allaient donc probablement attendre dans cet entrepôt de jouets que le bateau soit prêt. Mais quel genre de bateau ?

Peu avant neuf heures, l'un des deux Indonésiens qui les avaient accueillis à l'aéroport vint les chercher. La lumière matinale, bien que terne et maussade, permit à Alex d'avoir une idée des lieux. L'entrepôt de Unwin Toys faisait penser à un ancien baraquement de prisonniers de la Seconde Guerre mondiale. Les bâtiments en bois semblaient avoir été assemblés à la va-vite, avec les matériaux qui se trouvaient sur place. Des escaliers branlants menaient au premier étage. Le ciment de la cour centrale était lézardé et les mauvaises herbes poussaient dans les fissures. On imaginait difficilement qu'un joli jouet multicolore empaqueté sous un sapin de Noël en Angleterre ait pu commencer sa vie ici.

Avec le jour, une douzaine d'hommes et de femmes s'affairaient sur le site. Les employés de bureau, assis derrière les fenêtres, tapotaient sur des ordinateurs. Des manutentionnaires déchargeaient les cartons d'un camion qui venait d'arriver. Deux gardes surveillaient l'entrée. Ils ne semblaient pas armés mais, au vu des barbelés de la clôture, des lampes à arc et des caméras de surveillance, Alex les soupçonna de porter des revolvers. Unwin Toys était un monde secret, qui gardait ses distances avec l'extérieur.

Dans le ciel, d'épais nuages gris filtraient la lumière. Le soleil brillait, pourtant on ne sentait pas sa chaleur. L'orage menaçait. L'atmosphère évoquait un ballon rempli prêt à éclater.

Il était l'heure de partir. La camionnette grise attendait, moteur allumé. Les portes arrière s'ouvrirent et une voix les appela. Ash avança.

Alex se souviendrait plus tard de cet instant. Comme une photo prise au moment où tout est normal et dont les figurants ignorent encore le danger imminent. Il entendit un véhicule approcher du portail à vive allure et pensa qu'il devrait ralentir pour laisser le temps au portail de s'ouvrir. Puis il prit conscience que le véhicule n'allait pas ralentir et que son conducteur n'avait pas besoin que le portail s'ouvre.

Sans autre avertissement, les portes de l'entrepôt volèrent en éclats. Sous la poussée brutale d'une énorme Jeep Cherokee, suivie d'une seconde, un battant explosa littéralement, l'autre chancela lamentablement sur ses gonds comme un ivrogne. Il y avait cinq hommes dans chaque Jeep, qui sautèrent à terre avant même qu'elles s'immobilisent. Tous étaient armés de mitraillettes CZ-Scorpion ou de fusils d'assaut AK-47. Certains avaient également des couteaux. Ils étaient en tenue de combat et la plupart portaient des bérets rouges, mais ils ne ressemblaient pas à des soldats. Ils avaient les cheveux trop longs et n'étaient pas rasés. Ils se déployèrent dans la cour en brandissant leurs armes et en braillant. Alex eut l'impression de se trouver pris au milieu d'un règlement de comptes entre deux bandes rivales.

Ash s'était arrêté net. Il se tourna vers Alex et murmura un seul mot : « Kopassus ». Ce qui ne signifiait rien pour Alex. Alors, après s'être assuré que personne ne l'entendait, Ash ajouta à mi-voix : « GIGN indonésien ».

Il avait raison.

KOPASSUS était l'abréviation de Komando Pasukan Khusus, l'une des plus impitoyables forces armées du monde. Elle se composait de cinq groupes différents, spécialisés dans le sabotage, l'infiltration, l'action directe, le renseignement et l'antiterrorisme. Les hommes qui venaient de faire irruption appartenaient au Groupe 4, une unité de contre-espionnage basée dans le sud de Djakarta ayant pour mission spéciale les opérations de contrebande transitant par Djakarta. C'était peut-être la chance qui les avait conduits ici, ou bien un informateur. Mais le résultat était le même. Ash et Alex étaient en état d'arrestation, et même s'ils arrivaient à convaincre les autorités de les laisser sortir de prison – il suffirait à Ash de prouver qu'il travaillait pour l'ASIS –, leur travail se terminerait là. Leur couverture démolie, jamais ils ne sauraient comment le Snakehead avait prévu de les faire entrer en Australie. Et Alex ne retrouverait jamais la bombe volée que Mme Jones l'avait chargé de rechercher. Ce serait donc un double échec.

Il n'y pouvait rien. Les soldats du Kopassus avaient pris position dans la cour de façon à couvrir tous les angles : personne ne pouvait sortir sans être vu. Ils continuaient de beugler. Peu importait ce qu'ils disaient. Leur but était de désorienter et d'intimider l'opposition, et apparemment ils avaient réussi. Les civils présents sur le site attendaient, déboussolés. Certains levaient les mains en l'air. Le Kopassus contrôlait la situation.

On les fit mettre en rang. Alex se retrouva entre Ash et l'un des hommes de l'aéroport. Une bonne demi-douzaine d'armes étaient braquées sur eux. Pendant ce temps, trois soldats fouillèrent les bureaux et les entrepôts pour s'assurer que personne ne s'y cachait. Ce qu'avait choisi de faire un des employés. Un cri retentit, suivi d'un fracas de verre brisé quand le malheureux fut projeté, tête la première, à travers une fenêtre. Il s'écrasa dans la cour, le visage en sang. Un autre soldat lui décocha un coup de pied dans les côtes et l'homme hurla. Mais il parvint à se relever en titubant et rejoignit la file en boitant.

Un dernier soldat était descendu d'une Jeep. Probablement le commandant. Pour un Indonésien, il était inhabituellement grand, avec un cou long et mince, des cheveux noirs qui lui tombaient sur les épaules. Alex entendit un des soldats l'appeler « *colonel* ». Lentement, celui-ci passa la rangée de prisonniers en revue, tout en criant ses instructions. Alex supposa qu'il réclamait les cartes d'identité.

L'un après l'autre, les employés montrèrent des papiers : permis de conduire ou permis de travail. Celui qui avait fait un vol plané par la fenêtre tendit le sien d'une main tremblante. Mais le colonel leur jeta un regard indifférent. Enfin il se planta devant Ash, qui sortit de sa poche le faux passeport. Craignant de se trahir, Alex garda la tête baissée et observa du coin de l'œil le colonel examiner le document à la lumière. Ce dernier eut une hésitation, puis, brusquement, il gifla Ash avec le passeport falsifié en hurlant. Deux soldats jaillirent de nulle part, tordirent les bras de Ash derrière son dos et le forcèrent à s'agenouiller en lui braquant le canon d'une mitraillette dans la nuque. Le colonel passa le passeport à l'un de ses subordonnés, puis il sonda longuement le regard de Ash comme s'il pouvait y lire sa véritable identité. Après quoi, il passa au suivant de la file.

C'était Alex.

Il leva les yeux. Il avait peur et tant pis si ça se voyait. Qui sait ? le colonel épargnerait peut-être un adolescent. Mais l'homme se moquait de son âge. Il reniflait l'odeur du sang. Quelque chose comme un sourire traversa son visage. Il tendit la main et lâcha quelques mots en indonésien. Alex se figea. Il n'avait pas son passeport. Ash avait gardé les deux et ce n'était pas le moment pour le récupérer. Mais même s'il avait été en mesure de le montrer, le colonel aurait détecté qu'il était faux. Devait-il lui avouer la vérité ?

Quelques mots en anglais suffiraient à écarter le danger.

Et à mettre un terme à leur mission.

C'est alors qu'il commença à pleuvoir.

Enfin… pas exactement. À Londres, par exemple, la pluie avait un commencement, quelques gouttes qui envoyaient précipitamment les piétons à couvert et leur donnaient le temps d'ouvrir un parapluie. À Djakarta, il n'y avait pas d'avertissement. La pluie s'abattait d'un coup, comme un barrage qui cède. En un instant, elle tombait en un flot tiède et massif, un océan qui jaillissait des canalisations, martelait les toits et transformait la terre en boue.

Avec le déluge vint un bref moment de confusion. Jusqu'alors, le Kopassus avait parfaitement contrôlé le site, selon une tactique éprouvée qui permettait aux soldats de couvrir chaque pouce du terrain. La pluie soudaine changea la donne. Alex ne vit même pas d'où partit le coup de feu. Certains avaient sans doute jugé la situation désespérée et décidé de tenter leur chance en profitant de la diversion qu'offrait l'averse. Une demi-douzaine de coups de feu éclatèrent du côté de l'entrepôt où Alex et Ash avaient dormi. Ils provenaient d'une seule arme. Quelqu'un tirait avec précision et à intervalles réguliers.

Les hommes du Kopassus réagirent instantanément. Ils plongèrent à couvert tout en ouvrant le feu. Le crépitement de leurs mitraillettes était assourdissant. Apparemment, ils tiraient à l'aveuglette. Un pan entier de mur fut déchiqueté, les planches de bois réduites en lambeaux. Un homme qui se trouvait près de l'entrepôt fut fauché par la première rafale. Un peu plus tôt, Alex avait aperçu cet homme balayer la cour.

Mais les soldats du Kopassus, eux aussi, tombaient. À présent, trois armes au moins les arrosaient. Alex chercha un abri des yeux et vit le soldat qui avait menacé Ash de son arme s'affaisser en arrière, un champignon de sang jaillissant de son épaule. Aussitôt, un de ses camarades prit sa place pour répliquer. Le museau de sa mitraillette cracha des éclairs blancs sous la pluie.

Le colonel avait sorti un pistolet SIG-Sauer P226, l'un des plus redoutables 9 mm du marché, qu'il pointa sur Ash. Ses intentions étaient claires. L'arrestation de cet homme avait déclenché une fusillade – du moins c'était la conclusion à laquelle il avait abouti – et, quel qu'il soit, le colonel ne voulait pas le laisser filer. Justice immédiate. Il allait l'exécuter sur-le-champ et mettre un terme à la bataille.

Alex ne pouvait pas rester sans réagir. Avec un cri, il se propulsa de côté, l'épaule en avant, et percuta violemment l'estomac du colonel. Un coup de feu partit, la balle se perdit en l'air. Emportés par l'élan, ils roulèrent ensemble dans une flaque. L'homme tenta de pointer son arme sur lui, mais Alex saisit son poignet et cogna brutalement le dos de sa main contre le ciment. Le colonel grogna. Aveuglé par la pluie battante, Alex recommença. Cette fois, les doigts s'ouvrirent et le pistolet glissa.

Alex avait conscience de l'absurdité de la situation : le Kopassus et lui étaient dans le même camp, l'un et l'autre combattaient le Snakehead, le véritable ennemi. Mais l'heure n'était pas aux explications. Alex vit un soldat lancer un objet rond et noir de la taille d'une balle de cricket à travers le déluge. Une grenade ! L'explosion éventra le côté d'un entrepôt, réduisit en miettes trois fenêtres et perça un trou dans le toit. Une langue de feu jaillit en l'air, aussitôt étouffée par la pluie.

La fusillade continua. Le soldat qui avait lancé la grenade poussa un cri et tomba en arrière en se tenant l'épaule. Au même moment, la camionnette blanche démarra. Alex entendit le moteur rugir en marche arrière, et il vit le véhicule entamer une manœuvre. Ash lui saisit le bras. Il avait les cheveux collés par la boue, le visage ruisselant.

— Fonce ! cria Ash.

Avec le vacarme de la pluie et de la fusillade, personne ne risquait de les entendre parler anglais.

Le colonel roula sur le côté pour essayer de récupérer son arme. Ash l'expédia au loin avec le pied, puis assomma le chef du Kopassus d'un coup de poing sur la tête.

— Ash..., dit Alex.

— Plus tard !

La camionnette avait presque terminé sa manœuvre pour se tourner face au portail détruit. Ash et Alex s'élancèrent. Ils atteignirent la camionnette juste au moment où celle-ci prenait de la vitesse. Le chauffeur n'allait pas les attendre. Ash parvint à ouvrir la portière arrière. Une rafale de mitraillette traça une ligne de pointillés dans le côté, juste devant Alex.

— Saute ! hurla Ash.

Alex se propulsa à l'intérieur de la camionnette. Une seconde plus tard, Ash atterrit sur lui. Le chauffeur ne semblait même pas les avoir remarqués. Il ne pensait qu'à fuir. Un des rétroviseurs latéraux explosa. Le conducteur écrasa la pédale d'accélérateur. Le moteur hurla et le véhicule bondit en avant. Il y eut une explosion, si proche qu'Alex sentit la chaleur lui brûler la joue. Mais ils franchirent le portail et filèrent sur la route.

La camionnette tanguait d'un côté à l'autre. Elle accrocha un mur. Le contact brutal de la brique contre de la tôle provoqua des étincelles. Alex regarda en arrière. L'une des portières avait été arrachée et il vit deux soldats – qui avaient l'air de fantômes sous la pluie torrentielle – s'agenouiller entre les montants du portail pour les mettre en joue. Mais ils étaient déjà hors d'atteinte. La camionnette cahotait follement sur la piste qui s'était transformée en une rivière de boue et de détritus. Alex était certain que le Kopassus allait se lancer à leur poursuite, mais la pluie tombait avec une force telle que l'entrepôt avait disparu, et il était impossible de dire si les deux Jeep les avaient pris en chasse.

Le chauffeur était le même que la veille. Il serrait le volant comme si sa vie en dépendait. Il jeta un coup d'œil dans son rétroviseur et aperçut ses deux passagers clandestins. Il lâcha un flot d'injures en indonésien mais ne ralentit pas. Alex poussa un soupir de soulagement. Peu importait où la camionnette les conduisait. L'essentiel était de fuir.

— Qu'est-ce que c'était ? demanda-t-il à l'oreille de Ash.

De toute façon, le chauffeur ne risquait pas de l'entendre.

— Je n'en sais rien.

Pour la première fois, Ash avait perdu son calme. Allongé sur le côté, il essayait de reprendre sa respiration.

— Une descente de routine… la déveine. Ou alors quelqu'un qui n'a pas payé. Ça se produit tout le temps à Djakarta.

— Où allons-nous ?

Ash jeta un coup d'œil vers l'arrière. Il était difficile de distinguer quelque chose dans les tourbillons d'eau, mais il dut entrevoir un repère familier car il dit :

— On est à Kota. La vieille ville. On se dirige vers le nord.

— Et c'est bien ?

— Le port est au nord.

Ils se fondirent dans le flot de la circulation matinale et furent contraints de ralentir. Toutes les gargotes avaient disparu sous un océan de bâches en plastique. Les piétons s'entassaient sous les portes ou s'accroupissaient sous des parapluies en attendant la fin de la tempête.

Le chauffeur cria quelque chose par-dessus son épaule. Même s'il avait parlé anglais, Alex n'était pas certain qu'il l'aurait compris.

— Il nous conduit au bateau, expliqua Ash.

— Vous parlez l'indonésien ?

— Un peu.

La camionnette émergea d'une rue et coupa l'artère principale. Un taxi les évita de justesse en klaxonnant furieusement. Alex aperçut la silhouette d'une maison ancienne qui lui rappela Amsterdam. Cela n'avait rien d'étonnant puisque la ville avait autrefois appartenu aux Hollandais : c'était un comptoir de la Compagnie des Indes orientales. Ils traversèrent une place. Les pavés irréguliers les secouaient si fort qu'Alex aurait pu les compter un à un. Un groupe de cyclistes fit une embardée pour éviter la camionnette. Résultat : une collision générale et un enchevêtrement de bicyclettes d'où jaillit un chapelet d'obscénités. Plus loin, un homme avec une charrette à légumes eut tout juste le temps de s'écarter de leur chemin.

Enfin, ils débouchèrent sur une autre grande avenue. La circulation y était plus dense : une procession infinie de semi-remorques débordant de marchandises protégées par des bâches aux couleurs criardes. Les camions étaient tellement surchargés qu'ils semblaient près de s'effondrer sous leur poids.

Tout à coup, l'angle de vue s'élargit. Il n'y avait plus d'immeubles mais des barrières, des grues, des navires immenses. Le long des quais se dressaient des entrepôts, des postes de contrôle et des bureaux en tôle ondulée, de gigantesques portiques et de vastes terre-pleins en ciment où allaient et venaient des camions et toutes sortes de véhicules. Il était presque impossible de discerner quoi que soit sous les torrents de pluie, mais c'était bien le port. Une barrière de sécurité leur fermait la route. Plus loin, derrière une clôture de barbelés, s'élevait une pile de conteneurs. La camionnette ralentit et s'arrêta. Le chauffeur se tourna vers eux et leur lança quelques mots incompréhensibles. Puis il sortit.

— Ash..., commença Alex.
— Ce sont les docks Tanjung Priok, le coupa Ash.

Ils nous emmènent sûrement sur un porte-conteneurs. Tu vois ce secteur délimité par une clôture ? C'est la zone franche industrielle. Les marchandises transitent ici. C'est notre porte de sortie. Une fois dans la zone franche, nous serons en sécurité.

— Mais comment va-t-on y entrer ?

Alex avait vu les barrières et les gardiens de faction malgré la pluie.

— En payant, dit Ash. Nous sommes en Indonésie ! Les docks sont contrôlés par les militaires. Mais les militaires sont à la solde de la mafia indonésienne. Du menu fretin en comparaison du Snakehead, mais ici ils sont les maîtres. Tu peux obtenir ce que tu veux du moment que tu as de l'argent.

Ash se mit sur un genou pour jeter un coup d'œil par la vitre avant. Il n'y avait personne en vue. Puis il se tourna de nouveau vers Alex et ajouta :

— Merci pour tout à l'heure.

— De rien.

— Mais si. Le colonel allait m'abattre. Tu l'en as empêché. C'est typique des Kopassus ! Ils liquident la mauvaise personne et envoient des fleurs aux obsèques. Charmant, non ?

— Que va-t-il se passer, une fois que nous serons en Australie ?

— Ce sera terminé pour nous. J'aurai droit à une tape dans le dos de la part de Brooke, et toi tu rentreras chez toi.

— On se reverra ?

Ash détourna les yeux. Comme Alex, il était trempé jusqu'aux os. Ses vêtements formaient une petite flaque sous lui. Ils avaient l'air d'épaves.

— Qui sait ? grommela Ash. Je n'ai pas été un parrain très présent, n'est-ce pas ? J'aurais peut-être dû t'envoyer une bible ou un truc de ce genre.

Le chauffeur revint avant qu'Alex ait eu le temps de répondre. Il n'était pas seul. Trois hommes l'accompagnaient, la tête cachée sous la capuche de leurs cirés. Ils parlaient tous en même temps, avec force gesticulations, en pointant l'index sur Alex et sur Ash. Peu à peu, leurs gestes prirent une signification évidente et Alex eut l'impression que le sol se dérobait sous lui. Ces hommes voulaient l'emmener tout seul, sans Ash.

Ils allaient être séparés.

Alex eut envie de protester, de crier, mais un seul mot aurait été fatal et il se força au silence. Il tenta de résister, de repousser les mains qui l'empoignaient. En vain. Il fut arraché à la camionnette et tourna la tête vers Ash. Son parrain l'enveloppait d'un regard triste et résigné.

Les hommes traînèrent Alex sur la route. Devant eux, un portail s'était ouvert. Il le franchit, encadré par deux hommes. Le troisième ouvrait la marche. Un garde apparut brièvement mais ils lui crièrent quelques mots et il battit aussitôt en retraite.

Alex aperçut un quai et un navire long comme trois terrains de football. L'équipage était cantonné dans la partie centrale. La passerelle de commandement avait quatre ou cinq immenses fenêtres, et des essuie-glaces géants qui s'efforçaient de balayer les torrents de pluie. *L'Étoile du Libéria*. Les dockers s'affairaient au chargement des conteneurs. Les caisses rectangulaires étaient hissées du quai puis transbordées par un palonnier qui ressemblait à un monstre de science-fiction. Perché dans une cabine qui contrôlait câbles et poulies, un grutier manipulait les caisses avec une incroyable précision.

Ils pénétrèrent dans la zone franche industrielle où les prochains camions de conteneurs attendaient leur tour, chacun peint d'une couleur différente, certains affichant le nom de la société à laquelle ils appartenaient. Alex remarqua une caisse jaune posée sur un des semi-remorques et comprit que ce serait son moyen de transport. Le nom était peint en noir : « UNWIN TOYS ». Il jeta un regard en arrière, espérant contre tout espoir que Ash le suivait. Mais il était seul avec les trois hommes. Pourquoi les avait-on séparés ? Ça n'avait aucun sens. Après tout, ils étaient supposés être père et fils. À moins que Ash ne soit dirigé vers un autre conteneur. Dans ce cas, ils se retrouveraient à l'arrivée à Darwin. Alex baissa machinalement les yeux sur sa main. Le numéro de téléphone était presque effacé, réduit à une tache d'encre sous la pluie. Par chance, il avait enregistré les chiffres dans sa mémoire… du moins il l'espérait. Il le vérifierait bientôt… si jamais il trouvait un téléphone.

En arrivant devant le conteneur jaune, Alex vit tout de suite qu'il était cadenassé. Mieux encore, il y avait une cheville d'acier fixée à la porte. Il en devina l'usage. Tous les conteneurs devaient être vérifiés par les douaniers, au chargement puis déchargement du navire. De cette manière, les portes ne pouvaient être ouvertes pendant la traversée et rien – armes, drogues ou hommes – ne pouvait y être introduit. La cheville d'acier portait un numéro de code qui avait été vérifié, et qui serait vérifié une seconde fois à l'arrivée en Australie. S'il y avait des marques d'effraction, le conteneur entier serait confisqué et fouillé.

Dans ces conditions, comment allait-on le faire entrer à l'intérieur ? Car il était évident que cette caisse allait lui servir de cabine. Pas question d'espérer une vraie cabine à bord. D'ailleurs, pour le Snakehead, il n'était rien de plus qu'une marchandise. L'homme qui ouvrait la marche se retourna et lui posa une main sur l'épaule pour l'obliger à se baisser. Visiblement, il lui ordonnait de ramper sous le camion, entre les roues.

Alex comprit vite pourquoi. Le conteneur disposait d'une entrée secrète, une trappe dont la porte pendait à terre. On pouvait ainsi se faufiler à l'intérieur sans toucher à la fermeture de sécurité. Une fois le conteneur en place sur le navire, avec des dizaines d'autres dessous et dessus, personne ne pourrait l'examiner. La méthode était simple et efficace. Alex ne put s'empêcher d'admirer l'ingéniosité du Snakehead. C'était un trafic humain de grande ampleur, opérant dans trois pays au moins. Ethan Brooke avait raison. Ces gens étaient bien plus que de simples criminels.

Aussitôt, il se sentit oppressé. Mais ce n'était pas seulement à cause de la masse du conteneur. Il vit que la trappe se fermait de l'extérieur, par une solide targette coulissante. Une fois à l'intérieur, il serait pris au piège. Si le navire sombrait où si on lâchait simplement le conteneur par-dessus bord, il périrait noyé dans son gigantesque cercueil en acier. Il marqua une hésitation. Aussitôt, l'homme le poussa d'un coup brusque entre les épaules pour l'obliger à avancer.

Alex se retourna, feignant la peur, l'implorant du

regard de rejoindre Ash. Mais comment se faire comprendre sans prononcer un mot ? Un deuxième homme lui fourra dans les mains un sachet en plastique contenant deux bouteilles d'eau et un morceau de pain. Ses provisions pour le voyage. Puis le premier le poussa de nouveau en l'invectivant.

Résigné, Alex commença à ramper sous le camion, jusqu'à la trappe. Ils lui firent signe de se hisser par l'ouverture. Il trébucha et se rattrapa à la targette en fer.

Sa dernière image de l'Indonésie fut la boue, la pluie qui tombait à verse, et le train de roues d'un semi-remorque. Il se hissa dans le conteneur et, quelques secondes après, la trappe se ferma. Il entendit la targette se mettre en place avec un claquement sinistre. Cette fois, il n'y avait plus d'issue.

Ce fut seulement au moment de se redresser qu'Alex réalisa qu'il y avait de la lumière à l'intérieur du conteneur. Il regarda autour de lui. Des visages anxieux le scrutaient.

Au moins, pour cette partie du voyage, il ne serait pas seul.

14

L'Étoile du Libéria

Vingt personnes occupaient le conteneur, entassées dans la faible clarté de l'ampoule alimentée par une batterie. Au premier coup d'œil, il était évident qu'il s'agissait de réfugiés. Cela se lisait sur leurs visages : non seulement ils étaient étrangers mais effrayés, cruellement arrachés à leur monde. Des hommes pour la plupart, mais aussi des femmes et des enfants, dont les plus jeunes avaient sept ou huit ans. Alex se souvint d'une remarque d'Ethan Brooke sur les immigrés clandestins. « La moitié d'entre eux n'ont pas dix-huit ans. » C'en était la preuve. Des familles entières, du plus jeune au plus âgé, enfermées dans cette boîte d'acier, qui espéraient et priaient d'arriver saines et sauves en Australie. Mais ces pauvres gens étaient démunis, livrés au bon vouloir du Snakehead, et ils le savaient. Leur anxiété s'expliquait.

Un homme émacié aux cheveux gris, âgé d'une

soixantaine d'années, vêtu d'une ample chemise colorée et d'un pantalon large, s'approcha d'Alex. À ses mains calleuses et son visage desséché par le soleil, on devinait un paysan. Il marmonna quelques mots. Dari, hazâragi, kurde ou arabe, pour Alex c'était tout aussi incompréhensible. Sans Ash, il se sentait vulnérable. Il n'avait aucun moyen de communication et personne derrière qui se cacher. Comment réagiraient ces gens s'ils découvraient qu'il était un imposteur ? Mieux valait ne pas avoir à l'apprendre.

Le vieil homme décharné s'aperçut qu'Alex ne l'avait pas compris. Il se tapa le torse et prononça un seul mot : « *Salem* ». Probablement son nom.

Il attendit. Comme Alex ne réagissait toujours pas, il fit signe à une femme, qui s'approcha et essaya une autre langue. Alex leur tourna le dos et alla s'asseoir dans un coin. Qu'ils le croient timide ou inamical, peu importait. Il n'était pas là pour se faire des amis.

Il remonta ses jambes contre son torse et enfouit son visage entre ses genoux. Il avait besoin de réfléchir. Pourquoi l'avait-on séparé de Ash ? Le Snakehead avait-il découvert qu'ils travaillaient tous les deux pour l'ASIS ? Peu probable. Si les Snakeheads les avaient soupçonnés, ils les auraient exécutés immédiatement. Non, il y avait sûrement une autre raison à ce revirement de dernière minute dans le port, mais il avait beau se creuser la tête, Alex ne voyait pas laquelle.

Soudain, il y eut un soubresaut. Le conteneur entier fut secoué et l'un des enfants se mit à pleurer. Les autres réfugiés se recroquevillèrent les uns contre les autres, en jetant des regards affolés autour d'eux comme s'ils pouvaient voir au travers des cloisons d'acier. Alex savait ce qui s'était produit. Un palonnier avait crocheté le conteneur pour le soulever du semi-remorque et le charger sur *L'Étoile du Libéria*. En ce moment, ils devaient se balancer à une cinquantaine de mètres au-dessus du quai au bout de quatre câbles. Personne n'osait bouger de peur de provoquer un déséquilibre. Alex crut entendre un bourdonnement mécanique quelque part au-dessus. Il y eut une seconde secousse et l'ampoule clignota. Une pensée horrible l'assaillit. Et si la lampe s'éteignait ! Seraient-ils capables de supporter tout le voyage dans le noir ? Le conteneur oscilla légèrement. Très loin, une voix cria. Et la descente commença.

Alex n'avait pas vu grand-chose de *L'Étoile du Libéria*, dans la pluie et la confusion de leur arrivée, mais il avait aperçu les grandes boîtes empilées les unes sur les autres, avec très peu d'espace entre elles. Où allaient-ils échouer ? En haut de la pile, au milieu, ou dans les tréfonds de la cale ? À cette idée, il fut de nouveau saisi par un sentiment de claustrophobie. Il n'y avait aucun trou dans les parois. La seule aération venait des interstices de la porte et de la trappe secrète. Les conteneurs lui avaient déjà fait penser à des cercueils. À présent, Alex se disait qu'il allait être enterré vivant avec les vingt autres personnes.

Le mouvement s'arrêta. Il y eut un choc contre une paroi. Deux enfants gémirent et Salem s'approcha d'eux pour les prendre dans ses bras. Alex respira profondément. Il n'y avait pas de retour en arrière possible. Cette fois, ils étaient à bord.

Et ensuite ? Ash avait évalué à quarante-huit heures

la durée de la traversée jusqu'à la côte nord-australienne. En comptant l'attente du déchargement, cela ferait trois ou quatre jours. Alex n'était pas certain de pouvoir tenir si longtemps, enfermé dans cette cage aveugle avec vingt étrangers. Il n'avait en tout et pour tout que les deux bouteilles d'eau et la miche de pain qu'on lui avait données. Les autres réfugiés avaient très certainement apporté leurs propres provisions. Il y avait des toilettes chimiques dans le fond du conteneur, mais Alex devinait que les conditions d'hygiène deviendraient très vite insupportables. Pour la première fois, il comprit à quel point ces gens devaient être désespérés pour entreprendre un tel voyage.

Il savait qu'il ne pourrait pas se résigner à attendre sans bouger. Il s'inquiétait pour Ash, et ce n'était pas en restant enfermé dans le noir qu'il apprendrait quelque chose. Bien sûr, la montre de Smithers était toujours là. Mais il n'avait pas de raison réelle d'envoyer un signal de détresse. Il restait une chance que Ash soit à bord de *L'Étoile du Libéria*. Mais comment le trouver ?

Alex prit sa décision. Il ne pourrait rien faire tant qu'ils n'auraient pas quitté Djakarta. Une fois en mer, les conteneurs n'étaient probablement plus surveillés. Pourquoi se donner cette peine puisque les réfugiés n'avaient aucun moyen d'évasion ? Alex ferma les yeux et s'efforça de dormir. Il avait besoin de reprendre des forces. Il n'utiliserait pas la montre mais un autre des gadgets de Smithers. Il l'avait déjà mis en place. Le moment venu, il s'en servirait pour sortir.

Alex attendit d'être à la moitié du parcours – selon ses estimations – pour passer à l'action.

Plus de vingt-quatre heures s'étaient écoulées, la nuit succédant au jour sans que rien ne marque la différence entre les deux à l'intérieur de la boîte scellée. L'odeur, en revanche, devenait de plus en plus pestilentielle. Par chance, aucun des réfugiés n'avait le mal de mer, mais les toilettes chimiques n'étaient pas faites pour un si grand nombre. Personne ne parlait. Qu'y avait-il à dire ? La traversée était devenue une lente agonie.

Alex avait rattrapé son manque de sommeil, mais il avait fait des cauchemars. Ash, la boxe thaïlandaise, des sardines ! Maintenant, il en avait assez.

Il sortit de sa poche le paquet de chewing-gums et fit glisser le petit panneau latéral. Il dut l'orienter vers l'ampoule pour distinguer les chiffres : 1, 5 et 10, chacun avec son curseur.

La pièce de cinq bahts était déjà en place. Au moment de grimper dans le conteneur, Alex avait fait semblant de trébucher et, en se rattrapant, il avait collé la pièce juste derrière la targette en fer coulissante. Si personne ne l'avait remarquée, la pièce était toujours là, fixée par son aimant. Le moment était venu de l'activer pour sortir. Alex espérait que le bruit des turbines et de la mer couvrirait celui de l'explosion.

Il alla s'agenouiller à côté de la trappe, sous le regard curieux des autres réfugiés. Il n'avait plus aucune raison d'attendre davantage. Il actionna le bouton numéro 5.

Une détonation sèche retentit sous la trappe, et un filet de fumée âcre filtra à l'intérieur du conteneur.

L'une des femmes se mit à baragouiner à l'adresse d'Alex mais il l'ignora. D'une main, il fit pression sur la trappe, qui s'ouvrit, formant un petit toboggan dans l'obscurité. La targette avait été sectionnée en deux. Alex avait juste assez de place pour se glisser à l'extérieur. Mais après ? Allait-il déboucher dans le fond de la cale, cerné par les conteneurs et sans échappatoire ?

Il avait causé une petite panique parmi ses compagnons de voyage. Tout le monde parlait en même temps, dans une demi-douzaine de langues différentes. Salem s'approcha et tira Alex par la chemise, comme pour le supplier de suivre les instructions. Il semblait désorienté. Qui était ce garçon qui voyageait seul et osait défier le Snakehead en tentant de partir sans permission ? Et comment avait-il fait ? Ils avaient juste entendu la targette céder. Un vrai tour de magie.

Alex regarda Salem dans les yeux et posa l'index sur ses lèvres. Il implorait le vieil homme de se taire et d'empêcher les autres de le trahir. Il ne pouvait rien espérer de plus. Ces gens étaient là pour faire un voyage. Sa place n'était pas avec eux. Avec un peu de chance, aucun ne chercherait à le suivre ou, pire, n'alerterait l'équipage. Mais s'il tardait plus longtemps, l'un d'eux tenterait peut-être de le retenir.

Sans savoir ce qui l'attendait, Alex se laissa glisser par la trappe tête la première et s'enfonça dans le carré noir qui s'ouvrait dans le sol. À l'extérieur, il faisait beaucoup plus froid. Après vingt-quatre heures passées en compagnie de vingt personnes dans un endroit confiné à respirer le même air, il n'avait pas réalisé à quel point c'était suffocant. À l'extérieur, il y avait également plus de bruits. On entendait le bourdonnement des machines, le grincement des rouages en mouvement constant.

L'essentiel maintenant était de trouver une issue. Alex déboucha dans une sorte de long tunnel plat. Les conteneurs s'empilaient au-dessus de lui et il avait conscience de leur masse. Mais un espace d'environ cinquante centimètres entre le plafond du conteneur du bas et le fond de celui du dessus permettait de ramper. Et il apercevait la lumière du jour qui filtrait, comme à travers une fissure dans un mur. Se servant de ses genoux et de ses coudes, il parvint à avancer. La progression était douloureuse car il s'écorchait et se cognait aux parois métalliques.

Enfin il atteignit le bout du tunnel et émergea loin au-dessus du pont, l'équivalent de trois étages de conteneurs, sans possibilité de descendre. L'océan défilait le long des flancs du navire. Aucune terre en vue. Alex fut un instant tenté de rebrousser chemin. S'il ne pouvait aller nulle part, autant rejoindre Salem et ses compagnons.

D'ailleurs, avait-il vraiment une chance de retrouver Ash ? *L'Étoile du Libéria* était gigantesque. Le navire transportait probablement plus d'un millier de conteneurs. Ash était peut-être enfermé dans l'un d'eux, avec un autre groupe de clandestins. Alex se sentait impuissant. Mais rebrousser chemin revenait à admettre sa défaite. Depuis sa première rencontre avec le Snakehead à Bangkok, il se laissait manœuvrer. Il en avait assez. Le moment de la rébellion était venu.

Alex avait émergé à l'extrémité du long côté d'un conteneur. La distance jusqu'au pont, tout en bas, était vertigineuse. Comme il n'y avait aucun moyen de descendre, il rampa pour sortir sur l'autre face. Là, les choses se présentaient mieux. Les portes des caissons étaient scellées par de longues tringles en fer qui formaient une sorte de quadrillage, et les cadenas et les chevilles d'acier offraient des prises idéales. Alex savait qu'il devait agir vite. À en juger par la position du Soleil, c'était la fin de l'après-midi et n'importe qui risquait de l'apercevoir. Il lui fallait être prudent. S'il dérapait, la chute serait mortelle.

S'agrippant à une tringle, il entama la descente et essaya d'oublier les embruns qui lui giflaient le dos et rendaient toutes les surfaces glissantes. Sa plus grande crainte était qu'un membre d'équipage sorte sur le pont. Malgré le danger, il s'obligea à aller très vite. Pour finir, il sauta d'un bond les derniers mètres et atterrit brutalement. Personne ne l'avait vu. Il jeta un coup d'œil pour vérifier la position du conteneur pour le cas où il lui faudrait y revenir. Le nom « UNWIN TOYS » était écrit en grosses lettres noires. En songeant aux « marchandises » secrètes qu'il renfermait, Alex se dit que jamais il n'avait eu affaire à une organisation criminelle – ni à un crime – de ce genre.

Accroupi dans un recoin du pont, il put vraiment évaluer le gigantisme de *L'Étoile du Libéria*. Le porte-conteneurs mesurait au moins trois cents mètres de long sur quarante de large. Les caissons s'empilaient comme les étages de bureaux d'un immeuble, entourés de ponts, de portiques et d'échelles qui permettaient à l'équipage de circuler dans le peu d'espace restant. Alex était à la poupe, où les ancres monstrueuses se logeaient dans une cavité. Devant lui se dressait la passerelle de commandement, les yeux et le cerveau du navire. Derrière, l'eau bouillonnait, malaxée par les hélices. *L'Étoile du Libéria* avançait à une vitesse approximative de trente-cinq nœuds, soit environ soixante-cinq kilomètres à l'heure.

Alex avait déjà abandonné l'espoir de retrouver Ash. Mais maintenant qu'il était sur le pont, autant l'explorer. Ils devaient être à vingt-quatre heures de Darwin. S'il survivait tout ce temps sans se faire repérer, il pourrait descendre du navire et dénicher un téléphone. Le numéro que Ash lui avait fait noter sur le dos de sa main était maintenant effacé, mais inscrit dans sa mémoire. Tout ce que voulait Alex, c'était reprendre contact. À supposer bien sûr que Ash fût en mesure de répondre à son appel.

Au cours des deux heures suivantes, Alex explora une grande partie du navire. Il s'aperçut rapidement qu'il était presque exclusivement constitué de conteneurs, et que la disposition était finalement très simple, avec deux ponts courant de la proue à la poupe, et une zone centrale pour l'équipage. Celui-ci était étonnamment réduit. Alex aperçut deux ou trois matelots – des Philippins en combinaison bleue, qui fumaient une cigarette accoudés au bastingage. Il se dissimula derrière un puits de ventilation en attendant qu'ils s'en aillent. Alex avait un autre avantage : dans cet étrange univers entièrement métallique, il y avait mille cachettes possibles.

C'était plus dangereux à l'intérieur, où les couloirs impeccables et brillamment éclairés desservaient des dizaines de portes, dont chacune risquait de s'ouvrir à tout moment. Affamé, Alex recherchait la réserve des cuisines. Mais juste à l'instant où il venait de la localiser, un autre matelot apparut, et il dut plonger dans l'escalier le plus proche. Celui-ci menait à une cale. Et tandis qu'il attendait que le matelot s'éloigne, des voix lui parvinrent. Des voix qui parlaient anglais. Intrigué, Alex descendit les marches.

Il arriva à une plate-forme perchée en surplomb d'une cale : une sorte de cube immense, avec des parois métalliques qui s'élevaient vers le pont situé au-dessus. Un unique conteneur y était entreposé. Lui aussi portait le nom « UNWIN TOYS » et le même verrouillage de sécurité que les autres. Quatre hommes étaient debout à côté, en demi-cercle, et conversaient avec animation. L'un d'eux, visiblement, était le chef. Il tournait le dos à Alex qui, de sa position surélevée, vit une silhouette mince et frêle, surmontée d'une chevelure blanche. L'homme s'appuyait sur une canne. Il portait des gants.

Alex supposa qu'ils s'apprêtaient à ouvrir le conteneur, mais ce qui suivit le prit totalement au dépourvu. L'un des hommes pressa un bouton sur ce qui ressemblait à une télécommande de téléviseur. Aussitôt, tout un côté du caisson s'ouvrit en coulissant à la manière d'une porte d'ascenseur. Il y eut un déclic, puis le plancher avança, comme pour présenter son contenu à leur examen.

Alex comprit immédiatement de quoi il s'agissait. Il n'y avait aucune erreur possible.
Royal Blue.
La bombe non atomique la plus puissante au monde dont avait parlé Mme Jones. La première impression

d'Alex fut que Royal Blue avait tellement l'air d'une bombe qu'on l'aurait crue sortie d'une bande dessinée. Dans l'immense cale vide, elle paraissait petite et pourtant elle avait la taille d'une grosse voiture familiale. Que faisait-elle sur ce bateau, et où l'emmenaient-ils ? Le Major Yu avait-il l'intention de la faire exploser en Australie ?

Pour l'instant, Royal Blue était entourée d'une rangée d'instruments. Dès que le socle s'immobilisa avec un déclic, deux hommes se mirent au travail pour tout connecter. Il y avait une sorte de scanner – du moins ce qui ressemblait à une photocopieuse de bureau – et un ordinateur portable. Le troisième homme donnait des explications. Noir, le visage grêlé, des dents très blanches et des lunettes bon marché qui semblaient trop lourdes pour son visage. Une demi-douzaine de stylos dépassaient de la poche de sa chemisette. Alex se rapprocha pour essayer d'entendre ce qu'il disait.

— ... nous avons dû modifier la bombe pour changer son mode de détonation. (Il avait un accent difficile à définir – français peut-être.) Normalement, elle explose à un mètre au-dessus du sol. Mais il fallait que celle-ci explose un kilomètre au-dessous. Nous avons donc été obligés de procéder aux adaptations nécessaires.

— Un signal radio ? s'enquit l'homme aux cheveux blancs.

— Oui, monsieur. (Le Noir indiqua un élément du matériel.) Voici comment vous communiquez avec la bombe. Le minutage est crucial. Selon mes calculs, Royal Blue ne pourra fonctionner à cette profondeur que pendant vingt minutes. Il faudra envoyer le signal pendant ce laps de temps.

— C'est moi qui l'enverrai, dit le plus âgé.

Il parlait l'anglais à la perfection, un peu comme un journaliste de l'ancien temps.

— Bien sûr, monsieur. J'ai reçu votre courriel de Londres. Comme vous le constatez, j'ai mis au point un mécanisme très simple. Il permet d'enregistrer vos empreintes digitales dans le système. Dès cet instant, vous seul aurez le contrôle.

— C'est absolument parfait. Merci, M. Varga.

L'homme aux cheveux blancs retira un de ses gants, découvrant une main petite et flétrie, qui aurait pu être celle d'un mort. Il la plaça sur le scanner. Varga pianota sur le clavier de l'ordinateur. Une barre lumineuse verte apparut sous la main et parcourut toute la paume. L'opération ne dura que deux ou trois secondes.

Un des deux autres individus était un type corpulent d'environ cinquante ans, avec des cheveux filasse et roux. Il avait un pantalon foncé, et une chemise blanche avec des rubans bleus et or sur les épaules.

L'homme aux cheveux blancs se tourna vers lui.

— Vous pouvez remettre Royal Blue dans le conteneur, capitaine de Wynter. Nous la déchargerons aussitôt arrivés à East Arm.

— Bien, Major.

— Autre chose…

Le Major n'acheva jamais sa phrase. Un hurlement de sirène retentit, si assourdissant qu'Alex faillit tomber de la plate-forme et dut se boucher les oreilles. C'était un signal d'alarme. Le quatrième homme, qui n'avait encore rien dit, se retourna brusquement. Il tenait une mitraillette – une arme légère M249 de fabrication belge. Le capitaine de Wynter sortit de sa poche un téléphone cellulaire et composa rapidement un numéro.

La sirène se tut. Le capitaine écouta quelques secondes son correspondant, puis rapporta à voix basse au Major les informations qu'il venait de recevoir. Encore assourdi, Alex ne réussit pas à entendre un seul mot.

L'homme aux cheveux blancs secouait la tête d'un air furieux.

— Qui est-ce ? D'où vient-il ?

— Ils le retiennent sur le pont, répondit de Wynter.

— Je tiens à l'interroger moi-même. Suivez-moi.

Les quatre hommes se dirigèrent vers une porte située sur le côté de la soute. À sa grande surprise, Alex se retrouva soudain seul avec Royal Blue. Une chance quasiment miraculeuse. Sans hésiter, il dévala l'escalier quatre à quatre et courut vers le caisson. La bombe était là, juste devant lui. Le MI6 l'avait recherchée dans toute la Thaïlande, et elle surgissait sous son nez, au milieu de l'océan Indien. Par la même occasion, Alex avait identifié le Major Yu, car il était certain que c'était l'homme aux cheveux blancs. Le capitaine ne l'avait-il pas appelé Major ? Mais pourquoi étaient-ils tous les deux ici ? Et pourquoi le Major voulait-il la bombe ? Alex regretta de n'avoir pu en entendre davantage.

Il examina Royal Blue. De près, c'était la chose la plus laide qu'il eût jamais vue – arrondie et lourde, créée pour tuer et détruire. Pendant un bref instant, il se demanda s'il pourrait la faire exploser. Au moins, cela mettrait un terme aux projets du Major Yu, quels qu'ils soient. Mais Alex n'avait pas envie de mourir. Et puis il y avait au moins une vingtaine de réfugiés innocents, dont des femmes et des enfants, cachés dans le navire.

La désarmer alors ? À supposer que ce soit possible, ça ne servirait à rien. Le Major Yu et Varga s'en apercevraient très vite et remettraient tout en état. Utiliser une autre des pièces explosives de Smithers ? Ridicule. Même s'il parvenait à entamer l'épaisse carapace de Royal Blue, Varga la réparerait aisément.

Pourtant il fallait faire quelque chose. Les quatre hommes allaient revenir d'un instant à l'autre. Alex regarda l'ordinateur. C'est alors qu'il remarqua l'instruction écrite en lettres majuscules sur l'écran :

PLACEZ VOTRE MAIN SUR L'ÉCRAN

L'ordinateur était encore connecté au scanner. Alex vit le dessin d'une main humaine, positionnée exactement pour lire les empreintes de doigts de l'utilisateur. Saisi d'une impulsion, il plaça sa paume sur la surface vitrée. Il y eut un déclic et la bande lumineuse verte se déplaça sous sa paume. Sur l'ordinateur, le dessin se modifia.

PROFIL D'EMPREINTE ACCEPTÉ
DONNEZ AUTORISATION OUI / NON

Alex cocha oui. Le premier message réapparut sur l'écran.

PLACEZ VOTRE MAIN SUR L'ÉCRAN

Très intéressant. Il venait de se donner le pouvoir d'entrer dans le système si jamais l'occasion s'en représentait. Avec un peu de chance, ni Yu ni Varga ne s'en apercevrait.

Il ne pouvait rien faire d'autre. Alex revint sur ses pas et monta l'escalier. Il lui fallait maintenant trouver un endroit où se cacher jusqu'à l'arrivée de *L'Étoile du Libéria* à Darwin. Là-bas, il s'arrangerait pour contacter Mme Jones et lui apprendre tout ce qu'il savait sur sa précieuse bombe. Et si elle le lui demandait gentiment, il pourrait même la désamorcer.

Alex rejoignit le pont. Le Major Yu l'avait devancé : sa voix lui parvint mais il ne put saisir ses paroles. Il gravit rapidement une échelle menant à un passage étroit entre deux tours de conteneurs. Il n'y avait aucun risque qu'on le surprenne ici. S'enhardissant, il alla jusqu'au bout de la travée, d'où il avait une vue plongeante sur le pont avant : un mât de communication se dressait au milieu d'un enchevêtrement de câbles et de treuils.

La scène qu'il découvrit alors le glaça.

La sirène d'alarme lui était apparue comme une diversion utile, annonçant probablement un problème dans la salle des machines. L'incident avait écarté le Major Yu et ses hommes au bon moment. Mais ce qu'Alex avait considéré comme une aubaine était en réalité un malheur. Ça n'aurait pu être pire.

Le vieil homme du conteneur, Salem, avait eu la mauvaise idée de le suivre. Il était passé par la trappe et avait emprunté le même chemin jusqu'au pont, mais il avait joué de malchance. Deux matelots l'avaient surpris. À présent ils le maintenaient, les bras tordus derrière le dos, tandis que le Major Yu l'interrogeait, en présence du capitaine de Wynter et de

Varga. Salem avait des difficultés à se faire comprendre. On l'avait frappé. L'un de ses yeux était enflé et à moitié fermé, du sang coulait d'une entaille sur sa joue.

Le vent emporta ses bafouillis. Il ne faisait pas froid, pourtant Alex frissonna. Le Major Yu lui tournait le dos. Il le vit ôter soigneusement un de ses gants et plonger la main dans sa poche intérieure de veste, d'où il sortit un petit pistolet. Sans une hésitation, sans même prendre le temps de viser, il tua le vieil homme d'une balle entre les deux yeux. L'impact fit un bruit de craquement de bois sec. Salem mourut debout, toujours soutenu par les deux matelots. Sur un signe de Yu, ils emportèrent le corps jusqu'au bastingage et le firent basculer par-dessus bord. Alex le vit heurter la surface de l'eau et disparaître.

Ensuite, le Major Yu donna ses instructions. Sa voix monta, comme amplifiée.

— Il y a un enfant sur ce navire, cria-t-il. Il s'est échappé du conteneur. J'ignore comment. Retrouvez-le immédiatement et amenez-le-moi. Ne le tuez qu'en cas de nécessité absolue.

Alex était seul, désarmé, sur un navire qui voguait à des milles de la terre ferme, pourchassé par une trentaine d'hommes qui, eux, étaient armés. Il leur suffirait de commencer les recherches par un bout du bateau et de le passer au peigne fin sur toute la longueur. Une fois découvert, Alex savait à quoi s'attendre.

Il recula et se mit aussitôt en quête d'une cachette.

15

Cache-cache

Le capitaine de *L'Étoile du Libéria* n'était pas d'un naturel nerveux, pourtant, en cet instant, il transpirait abondamment. Debout devant la porte de la cabine de luxe, il s'efforça de reprendre son sang-froid, s'essuya le front, et cala sa casquette sous son bras. Il avait conscience de n'avoir plus, peut-être, que quelques minutes à vivre.

Hermann de Wynter était hollandais, célibataire, obèse, et il mettait de l'argent de côté pour prendre sa retraite quelque part au soleil. Il convoyait des conteneurs à travers le monde pour le Snakehead depuis onze ans. Pas une fois il n'avait demandé ce qu'il y avait à l'intérieur. Il savait que, dans ce jeu, une mauvaise question pouvait s'avérer fatale. Un échec également. Or, justement, il était de son devoir d'apprendre au Major Yu qu'il avait échoué.

Il prit une profonde inspiration et toqua à la porte

de la cabine de luxe que Yu occupait sur le pont principal.

— Entrez !

Le ton de la voix était relativement cordial, mais de Wynter avait assisté à la scène de la veille. Il avait vu Yu sourire en tuant le vieux réfugié afghan.

Il ouvrit la porte. La pièce était richement aménagée, avec une moquette épaisse, un mobilier moderne et un éclairage tamisé. Yu se tenait assis à son bureau. Il buvait une tasse de thé. On lui avait aussi servi un plateau de biscuits sablés bio fabriqués à Highgrove, propriété du prince de Galles.

— Bonjour, capitaine, dit Yu en l'invitant d'un geste à s'asseoir. Quelles nouvelles m'apportez-vous ?

De Wynter fit un immense effort pour répondre.

— Je suis au regret de vous avouer, Major Yu, que nous n'avons pas réussi à trouver le garçon.

Yu sembla surpris.

— Comment ! Vous le cherchez depuis près de dix-huit heures.

— Oui, monsieur. Aucun de mes hommes n'a fermé l'œil. Nous avons passé la nuit entière à fouiller le navire. Aucune trace de lui. Franchement, je n'arrive pas à comprendre. Nous avons utilisé les détecteurs de mouvements et les intensifieurs sonores. Rien ! Certains de mes hommes pensent que le gamin a pu passer par-dessus bord. Bien entendu, nous n'avons pas abandonné les recherches...

Sa voix s'éteignit. Il n'y avait rien à ajouter et il savait que trop d'excuses ennuieraient le Major bien davantage. De Wynter attendit le verdict sans bouger. Il avait vu un jour Yu tuer un homme simplement parce qu'il avait tardé à lui apporter son thé. Le capitaine espérait que sa mort serait aussi rapide.

Pourtant, à sa grande stupéfaction, le Major Yu sourit aimablement.

— Ce garçon est un poison, j'en conviens. Et je ne suis pas surpris qu'il vous ait filé entre les doigts. Il a un sacré caractère.

— Vous le connaissez ? tressaillit de Wynter.

— Oh oui. Nos chemins se sont déjà croisés une fois.

— Mais je croyais... C'est un réfugié, non ? Un va-nu-pieds afghan.

— Pas du tout, capitaine. C'est ce qu'il aimerait nous faire croire. En vérité, ce garçon est exceptionnel. Il s'appelle Alex Rider. Il travaille pour les services secrets britanniques. Il est ce qu'on pourrait appeler un espion junior.

De Wynter s'assit. En soi, c'était un geste remarquable puisque le Major Yu ne l'y avait pas invité.

— Pardonnez-moi, monsieur, commença de Wynter. Vous dites que les Anglais ont introduit un de leurs agents à bord ? Un enfant... ?

— Exactement.

— Et vous le saviez ?

— Je sais tout, capitaine.

— Mais... pourquoi ?

De Wynter avait totalement oublié sa peur. Quelque part dans un coin de son esprit, il nota que jamais il ne s'était adressé au Major Yu de façon aussi familière, ni pendant aussi longtemps.

— Cela m'amusait, répliqua Yu. Rider est assez vaniteux. Il s'est rendu à Djakarta déguisé en réfugié.

Sa mission était d'infiltrer mon Snakehead. Mais je suis au courant depuis le début, et je voulais simplement choisir le moment de mettre fin à sa jeune vie.

Yu se resservit une tasse de thé. Il prit un sablé entre ses doigts gantés et le trempa dans le thé.

— J'avais l'intention de prolonger son voyage jusqu'à Darwin. Et de m'occuper de lui ensuite. Malheureusement, le vieil homme n'a pas pu m'expliquer comment Rider a réussi à s'échapper du conteneur, et c'est une surprise fort déplaisante. Mais vous finirez par le retrouver, je vous fais confiance. Après tout, nous avons largement le temps.

Le capitaine hollandais eut de nouveau la bouche sèche.

— J'ai peur que non, monsieur, répondit-il d'une voix faible. En fait, il est peut-être déjà trop tard.

— Pourquoi ? s'étonna le Major Yu en haussant les sourcils derrière les montures rondes de ses lunettes.

— Regardez dehors, monsieur. Nous sommes arrivés à Darwin. Ils ont déjà envoyé deux remorqueurs pour nous tirer dans le port.

— On peut sûrement retarder l'amarrage de quelques heures.

— Non, monsieur. Car nous risquerions de rester coincés ici une semaine. (De Wynter se passa une main sur sa mâchoire.) Les ports australiens sont réglés comme des horloges. Tout est d'une extrême précision. On nous a attribué une heure d'arrivée et le créneau est très serré. Si on le rate, un autre navire prendra notre place.

Le Major Yu réfléchit. Une expression très proche de l'anxiété apparut sur son visage enfantin et rétréci.

Il se trouvait confronté au problème contre lequel Zeljan Kurst l'avait prévenu à Londres. Que ça lui plaise ou non, Alex Rider s'était déjà attaqué une fois à Scorpia et il avait gagné. Yu avait jugé impossible que la chose se reproduise une seconde fois. Pourtant le garçon semblait avoir une chance du diable. Comment avait-il réussi à s'évader d'un conteneur ? Dommage que personne n'ait pu comprendre le charabia du vieil homme.

— Même si nous accostons, le garçon ne pourra pas descendre à quai, reprit de Wynter. Il n'existe qu'une seule issue : la passerelle principale. Et elle sera gardée en permanence. Il peut sauter à l'eau, mais mes hommes seront sur le qui-vive. Ils couvriront tous les angles du navire. Nous l'abattrons dans l'eau. Une balle suffira. Personne n'entendra rien. Nous resterons à Darwin quelques heures. Notre prochaine escale est Rio de Janeiro. Nous aurons alors trois semaines pour le forcer à sortir de sa cachette.

Le Major Yu hocha lentement la tête. Il avait déjà pris sa décision. En fait, le choix était limité. Il fallait débarquer immédiatement Royal Blue pour que la bombe poursuive son voyage. Il ne pouvait donc pas prendre de retard. Cependant, il y avait une chose qu'Alex Rider ignorait. Quoi qu'il arrive, c'était lui, Yu, qui avait toutes les cartes en main.

— Très bien, capitaine, grommela le Major. Nous allons accoster à Darwin. Mais si le garçon vous échappe à nouveau, je vous suggère de vous tuer vous-même.

Il brisa un biscuit en deux.

— Cela m'évitera cette corvée et cela vous causera, croyez-moi, beaucoup moins de souffrances.

Alex Rider n'avait rien perdu de cette conversation.

L'homme qui siégeait au directoire de Scorpia et dirigeait le plus puissant Snakehead du Sud-Est asiatique aurait été horrifié d'apprendre que le fugitif se terrait dans la cachette la plus évidente qui soit. Sous son propre lit.

Dès l'instant où il avait vu le vieux réfugié se faire tuer sur le pont, et entendu le Major Yu donner l'ordre à l'équipage de le pourchasser, Alex avait compris qu'il était dans de sales draps et devait trouver un endroit où personne n'aurait l'idée de vérifier. Bien sûr, il y avait des centaines de cachettes possibles – conduits d'aération, espaces entre les conteneurs, cabines, placards, coffres de câblage. Mais aucune ne serait assez sûre si l'équipage au grand complet était à ses trousses.

Non. Il fallait un lieu auquel personne, absolument personne ne songerait. Et l'idée avait surgi presque aussitôt. Quel était le dernier endroit où se cacher ? Dans la gueule du loup. La cabine du capitaine. Ou, mieux encore, les quartiers personnels du Major Yu. L'équipage n'avait sûrement pas le droit d'y pénétrer. Il ne leur viendrait même pas à l'idée d'y jeter un coup d'œil.

Alex ne disposait que de quelques minutes d'avance. Tandis que les matelots s'organisaient et se munissaient des divers instruments d'écoute, Alex courait. L'agencement du navire était assez simple à comprendre. Il en avait déjà visité une bonne part. La salle des machines et les quartiers de l'équipage se trouvaient quelque part au-dessous de la ligne de flottaison. Yu, le capitaine et les officiers supérieurs, autrement dit tous les gens importants, logeaient au-dessus du niveau de la mer, dans la partie centrale.

Essoufflé, obsédé par l'image des hommes de Yu lancés à sa poursuite, Alex tomba sur une porte menant à l'un des couloirs les plus immaculés et les plus éclairés qu'il ait vus jusque-là. Il était sur la bonne voie. La porte suivante ouvrait sur une salle de conférences, remplie d'ordinateurs et de tableaux. Venait ensuite un salon de détente, avec un bar et un téléviseur. Alex entendit un cliquetis d'assiettes et recula dans un renfoncement au moment où un cuisinier avec une coiffe blanche traversait le couloir et disparaissait dans une pièce située en face. L'homme réapparut un instant plus tard pour faire le chemin inverse avec une caisse d'aliments en boîte.

Alex s'élança. Visiblement, le cuistot était entré dans une réserve et Alex prit quelques secondes pour y subtiliser une bouteille d'eau. Il allait en avoir besoin. Poursuivant dans le couloir, il passa devant une blanchisserie, une salle de jeu, un hôpital miniature, et, enfin, un ascenseur. *L'Étoile du Libéria* comportait six étages. Les numéros figuraient sur le tableau au-dessus de la porte.

Il trouva la suite de Yu à l'extrémité du couloir. La porte n'était pas fermée à clé, et pour cause : pas un homme sur *L'Étoile du Libéria* n'aurait osé en franchir le seuil même si elle avait été grande ouverte et Yu à des kilomètres. Alex se faufila à l'intérieur. Il vit un bureau, encombré de dossiers et de documents, et regretta de ne pouvoir les examiner. Pas question d'y toucher. Déplacer une feuille d'un centimètre risquait de le trahir.

D'un coup d'œil circulaire, il remarqua les tableaux qui ornaient les murs : des scènes de la campagne anglaise, dont une traditionnelle chasse à courre. Une chaîne stéréo sophistiquée, un téléviseur à écran plasma, un canapé en cuir. C'était la pièce où Yu travaillait et se relaxait lorsqu'il était à bord.

La chambre à coucher était contiguë. Là aussi, il y avait un élément de décor surprenant : un ancien lit à baldaquin de style anglais. La cachette idéale. Alex souleva le tour de lit en soie qui affleurait le plancher et vit un espace d'un demi-mètre de haut qui le dissimulerait parfaitement. Cela lui rappela une partie de cache-cache avec Jack, un jour de Noël, quand il avait sept ans. Mais, cette fois, le cadre n'était plus le même. Il était sur un porte-conteneurs au milieu de l'océan Indien, cerné par des gens qui n'hésiteraient pas une seconde à le tuer.

Même jeu, règles différentes.

Alex but une gorgée de l'eau volée dans la réserve et se glissa sous le lit en prenant soin de rabattre le tour de lit en soie. Très peu de lumière filtrait. Il se mit en condition, chercha la position la plus confortable. Il savait qu'il ne pourrait plus bouger un muscle en présence de Yu.

Soudain, la folie de son plan le pétrifia. Pourrait-il tenir toute la nuit ? Il aurait l'air malin si Yu le découvrait ! Il fut brièvement tenté de sortir chercher un autre endroit, mais il était déjà trop tard. Les recherches avaient certainement commencé.

En fait, il s'écoula plusieurs heures avant le retour de Yu dans sa cabine. Alex entendit la porte s'ouvrir puis se fermer. Des pas. De la musique sur la chaîne stéréo. Les goûts musicaux du Major Yu étaient classiques : *Pump and Circumstances* de Elgar, l'œuvre jouée au théâtre Albert Hall de Londres chaque été. Yu l'écouta tout en dînant. Alex entendit un steward lui apporter son repas, et un fumet de viande rôtie lui parvint. L'odeur réveilla sa faim. Il but un peu d'eau, en songeant amèrement qu'il n'aurait rien d'autre à avaler de toute la nuit.

Après dîner, Yu alluma la télévision et capta la BBC. C'était l'heure des infos du soir.

« Le chanteur rock Rob Goldman s'est produit en Australie cette semaine, avant la conférence de Reef Island, rebaptisée la Rencontre du Récif, qui se tiendra exactement en même temps que le sommet du G8 à Rome. Rob Goldman a chanté à l'Opéra de Sydney devant une salle comble, et clamé à un public enthousiaste que la paix et la fin de la pauvreté dans le monde étaient possibles, mais cela grâce aux peuples et non aux politiciens. S'exprimant depuis sa résidence du 10 Downing Street, le Premier ministre a dit qu'il adressait ses vœux de réussite à Sir Rob, mais que le vrai travail se ferait à Rome. Un point de vue que peu de gens semblent partager... »

Beaucoup plus tard, Yu vint se coucher. Alex osa à peine respirer quand il entra dans la chambre. Allongé dans la semi-obscurité, les muscles déjà engourdis, il entendit le Major se dévêtir et se laver dans la salle de bains voisine. Puis vint l'inévitable moment : le craquement du bois et la flexion des ressorts métalliques quand Yu grimpa dans le lit, juste quelques centimètres au-dessus du fuyard qu'il avait donné l'ordre de capturer. Par chance, il ne lut pas avant de s'endormir. Alex entendit le déclic de la lampe et le dernier filet de lumière s'éteignit. Puis tout devint silencieux.

Une nouvelle nuit interminable et morne attendait Alex. Un vrai supplice. Le Major Yu dormait probablement mais il n'en avait pas la certitude, et il n'osait pas s'assoupir de crainte que sa respiration ou un mouvement inconscient ne le trahisse. Il en était réduit à prendre son mal en patience, à écouter le bourdonnement des machines, à guetter le tangage du navire qui faisait route vers les côtes australiennes. Sa seule consolation était que chaque seconde le rapprochait du salut.

Mais comment descendrait-il de *L'Étoile du Libéria* ? Il n'existait qu'une seule issue, et sous bonne garde. Les ponts seraient surveillés. L'idée de sauter par-dessus bord et de nager ne le tentait guère. Même s'il parvenait à ne pas s'écraser contre un obstacle quelconque et à se noyer, plus d'une douzaine d'hommes seraient là pour le tirer comme un canard sur une mare. Mais chaque chose en son temps. Il n'en était pas encore là.

Le navire fendait les flots dans l'obscurité. Les minutes se traînaient. Enfin, les premières lueurs de l'aube rampèrent sur le plancher, chassant les ombres de la nuit.

Yu se réveilla, prit une douche, s'habilla et passa dans le salon pour prendre son petit déjeuner. Pour Alex, ce fut le moment le plus pénible. Il n'avait quasiment pas bougé depuis plus de dix heures et son corps entier était endolori. Mais Yu ne quittait toujours pas sa cabine. Il s'installa à son bureau pour travailler. Alex entendit le bruit des pages qu'on tournait, puis, brièvement, le cliquetis des touches d'un ordinateur. Ensuite le steward apporta du thé et des biscuits et, peu après, de Wynter vint lui annoncer son échec.

Ainsi donc, le Major Yu savait qui il était, et ce depuis le début ! Alex se promit de tirer cette information au clair plus tard. Pour l'instant, l'essentiel était que son plan avait marché et que les longues heures d'inconfort passées sous le lit n'avaient pas été vaines. Ils allaient accoster à Darwin. D'une minute à l'autre, Yu monterait sur le pont pour assister à la manœuvre.

En réalité, il s'écoula encore deux heures avant que le Major Yu ne se décide à quitter sa cabine. Alex attendit d'être certain qu'il était seul pour ramper hors de sa cachette. Il jeta un coup d'œil dans le salon. Le Major avait laissé quelques biscuits. Il les engloutit. Après quoi il remit tous ses muscles en fonction. Il devait se préparer. Il savait qu'il n'avait qu'une seule chance de fuir. Le navire repartirait dans quelques heures et s'il était encore à bord, ce serait la fin.

Il s'approcha de la fenêtre. *L'Étoile du Libéria* avait déjà accosté dans la section du port de Darwin connue sous le nom de Quai du Bras Droit. Alex s'aperçut avec dépit que la terre ferme était loin. Le Bras Droit était une chaussée en ciment artificielle qui avançait dans l'océan, avec l'équipement habituel de portiques, de grues et de palonniers qui attendaient de recevoir les navires. C'était très différent du port de Djakarta. Sous l'aveuglant soleil australien, tout était impeccable et ordonné. Derrière deux longues rangées de voitures se dressaient un entrepôt moderne et quelques réservoirs à essence, tous peints en blanc.

Une camionnette remonta le long du quai. Deux hommes passèrent en gilet fluo et casque. Même s'il réussissait à descendre du bateau, Alex ne serait pas en sécurité. Il était encore à plus d'un kilomètre de la terre ferme, et des barrières de sécurité fermaient certainement l'extrémité du quai. Yu n'oserait pas l'abattre à découvert. C'était une consolation. Mais il se rendait compte que la tâche serait beaucoup moins facile qu'il l'avait espéré.

Pourtant il ne pouvait attendre plus longtemps.

Alex approcha de la porte à pas de loup et l'entrebâilla. Centimètre par centimètre. Le couloir était désert, éclairé par la même lumière crue. Il avait élaboré une stratégie sur la base de ce qu'il avait entendu dans la cabine de Yu. Tout le monde s'attendait à le voir s'évader. Donc, tout le monde aurait l'attention fixée sur le pont et la passerelle principale. Le reste du navire lui appartenait. Ce qu'il lui fallait, c'était une diversion. Il allait en créer une.

Il dépassa l'ascenseur au pas de course et trouva un escalier qui descendait. Le battement sourd et grave qui lui parvenait indiquait qu'il était sur la bonne voie. La salle des machines. Il déboucha dedans subitement. Un enchevêtrement étrangement démodé de valves en cuivre, de tuyaux et de pistons argentés, reliés l'un à l'autre dans une structure métallique digne d'un musée industriel. La machinerie semblait s'étirer sur des kilomètres.

La salle de contrôle était légèrement surélevée, séparée par trois épaisses vitres d'observation. On y accédait par un étroit escalier métallique. Alex y monta à quatre pattes, et découvrit une salle beaucoup plus moderne, équipée de rangées de jauges, de cadrans, de moniteurs, d'ordinateurs et de tableaux de commande. Une seul homme trônait sur un fauteuil à haut dossier devant un clavier. Il avait l'air un peu endormi. Sans doute ne s'attendait-il pas à de la visite.

Alex aperçut ce qu'il cherchait : une colonne métallique de quinze mètres de hauteur environ, où convergeaient d'épais tuyaux, et sur laquelle une pancarte annonçait :

ALIMENTATION D'AIR
DANGER : NE PAS SECTIONNER

Il ignorait ce qui avait besoin d'air et ce qui se produirait s'il venait à en manquer, mais les lettres rouges étaient irrésistibles. Il n'allait pas tarder à connaître la réponse.

Il sortit de sa poche la pièce d'un bath de Smithers. Après celle-ci, il ne lui resterait plus que celle de dix baths, et il espérait ne pas en avoir besoin. Il observa l'homme avachi dans son fauteuil pendant une minute, puis il se glissa silencieusement dans la salle de contrôle et plaça la pièce de monnaie contre un tuyau, à l'endroit où celui-ci pénétrait dans la colonne. Le mécanicien ne dressa même pas la tête. La pièce se colla avec un déclic, activant la charge, et Alex ressortit sur la pointe des pieds.

Une fois hors de vue, il prit le paquet de chewing-gums dans sa poche, fit glisser le petit panneau latéral et pressa le bouton marqué 1. La détonation fut très bruyante et, à son heureuse surprise, très destructrice. Non seulement l'explosion éventra le tuyau, mais elle endommagea les circuits électriques situés dans la colonne. Des étincelles crépitèrent et une sorte de vapeur blanche s'échappa dans la salle de contrôle. Le mécanicien fit un bond. Une sirène d'alarme se déclencha et des lumières rouges se mirent à clignoter de tous côtés. Alex n'attendit pas la suite. Il avait déjà filé.

Il rebroussa chemin mais, cette fois, il prit l'ascenseur pour monter, supposant que, en cas d'alerte, l'équipage emprunterait plutôt les escaliers. Il pressa le bouton du sixième étage et la cabine s'éleva souplement.

Alex savait où il allait. Il avait vu la passerelle de commandement, à Djakarta, avant d'être poussé dans le conteneur, et il avait remarqué qu'elle disposait de son propre pont : une sorte de balcon avec un garde-corps et une vue sur tout le navire. Ce serait son issue de secours de *L'Étoile du Libéria*, car les matelots pointeraient leurs armes partout ailleurs mais sûrement pas sur la passerelle de commandement.

L'ascenseur atteignit le sixième étage et la porte s'ouvrit silencieusement. Consterné, Alex se retrouva nez à nez avec un Chinois. Celui-ci fut encore plus choqué et réagit avec maladresse. Il tâtonna pour sortir le revolver coincé dans sa ceinture. Ce fut son erreur. Alex ne lui laissa pas le temps de s'en servir. Il lui décocha un violent coup de pied entre les jambes. Ce n'était pas vraiment une attaque de karaté, plutôt un bon vieux coup dans le bas-ventre, mais l'efficacité était garantie. L'homme émit un gargouillis étranglé et s'effondra en lâchant son revolver. Qu'Alex récupéra aussitôt. Cette fois, il était armé.

Des sirènes hurlaient dans tous les coins et Alex se demanda quels dégâts il avait causés avec sa pièce d'un bath. Brave vieux Smithers ! Il était la seule personne du MI6 à ne l'avoir jamais laissé tomber.

Le couloir menait directement à la passerelle de commandement. Alex passa sous une voûte, gravit trois marches, et déboucha dans une pièce étroite et courbe, étonnamment vide, avec de larges fenêtres donnant sur les ponts, les conteneurs et le port.

Deux hommes étaient assis dans ce qui ressemblait à des sièges de dentiste devant un comptoir d'écrans de télévision. L'un, inconnu d'Alex, était l'officier en second. L'autre était le capitaine de Wynter. Ce dernier parlait au téléphone d'une voix rauque et crispée.

— Ce sont les frigos, disait-il. Il va falloir tous les arrêter. Sinon le navire pourrait prendre feu…

Il parlait des conteneurs frigorifiques. Il y en avait trois cents à bord de *L'Étoile du Libéria*, transportant de la viande, des légumes, des produits chimiques, qui tous exigeaient de basses températures. Les conteneurs avaient donc besoin d'un refroidissement constant et Alex avait endommagé les conduites qui, précisément, les alimentaient en froid. Au moins, il aurait causé au Major Yu des pertes financières considérables. Incendier le navire entier ne lui aurait pas déplu.

L'officier en second aperçut Alex. Il marmonna

quelques mots à de Wynter qui se retourna d'un bond, le téléphone toujours dans la main.

Alex braqua le revolver sur lui et ordonna :

— Posez ce téléphone.

De Wynter devint livide et obéit.

Et maintenant ? Alex réalisa qu'il était venu jusqu'ici sans plan précis.

— Je veux que vous me fassiez sortir de ce bateau, dit-il.

De Wynter secoua la tête.

— C'est impossible.

Il avait peur du revolver, mais plus encore du Major Yu.

Alex regarda le téléphone.

— Appelez la police. Faites-les venir.

— Ça non plus ce n'est pas possible, répondit de Wynter, l'air un peu triste. Je n'ai aucun moyen de t'aider, petit. Et tu n'as aucun endroit où aller. Tu ferais mieux de te rendre.

Alex jeta un coup d'œil par une fenêtre. On commençait déjà à décharger l'un des conteneurs destinés à l'Australie. Il était suspendu à des câbles sous un palan métallique tellement gigantesque qu'il semblait à peine plus grand qu'une boîte d'allumettes. Le treuil était manœuvré par un machiniste perché très haut dans une cabine vitrée. Le conteneur prit de la hauteur. Dans quelques secondes, il oscillerait dans les airs avant de glisser de travers pour aller se poser sur une des piles déjà amoncelées sur le quai.

Alex évalua la distance et le minutage. Oui, il pouvait réussir. Il était arrivé sur la passerelle de commandement au bon moment.

— Sortez ! ordonna-t-il à de Wynter en le menaçant de son arme.

Le capitaine ne fit pas un geste. Il n'imaginait pas qu'Alex appuierait sur la détente.

— J'ai dit : sortez !

Alex dévia légèrement son arme sur un écran radar placé juste à côté du siège de De Wynter.

Dans l'espace confiné, le bruit de la détonation fut assourdissant. L'écran vola en éclats sur le tableau de commandes. Alex réprima un sourire. Encore un instrument coûteux que *L'Étoile du Libéria* allait devoir remplacer.

De Wynter n'attendit pas un second avertissement. Il se leva et sortit lentement de la passerelle de commandement, derrière l'officier en second qui descendait déjà l'escalier. Alex savait qu'ils allaient appeler à l'aide et revenir avec une demi-douzaine d'hommes armés, mais il s'en moquait. Il avait trouvé son mode de transport pour descendre du bateau. Avec un peu de chance, il aurait filé longtemps avant leur retour.

Une porte vitrée menait à la galerie extérieure. Alex l'ouvrit et se trouva à une vingtaine de mètres au-dessus du conteneur le plus proche. Assez haut pour se briser le cou s'il tombait. La mer, à côté, était à une trentaine de mètres en contrebas. Plonger était hors de question. Les hommes de Yu postés sur le pont principal n'attendaient que ça. De toute façon, c'était bien trop haut. Ils n'auraient même pas besoin de tirer sur lui. L'impact de l'eau suffirait à le tuer.

Le conteneur qui avait entamé son débarquement se trouvait maintenant à son niveau. Alex se prépara. Le conteneur glissa au-dessus de lui. Alex sauta. Non pas en bas, mais en haut. Les bras tendus. Pendant un instant, il resta suspendu dans le vide. Il préféra ne pas imaginer la douleur atroce de ses jambes fracassées sur le pont s'il tombait. Mais ses mains saisirent les cordes qui pendaient sous le conteneur et il fut emporté avec lui, les jambes ballantes, les muscles des épaules et du cou au supplice. Le machiniste du palonnier ne pouvait l'apercevoir puisqu'il se balançait sous le ventre du caisson. Et l'équipage ne l'avait pas remarqué. Les matelots obéissaient aux ordres : ils avaient le regard fixé sur les ponts et sur la mer.

Le conteneur avait donné l'impression de se déplacer très vite, mais maintenant qu'Alex s'y agrippait désespérément, il lui semblait d'une lenteur insupportable. D'une seconde à l'autre, les hommes de Yu risquaient de lever la tête et de l'apercevoir. Un autre danger lui apparut : s'il lâchait prise trop tôt, il risquait de se casser une jambe. S'il lâchait trop tard, il risquait d'être écrasé par le conteneur.

C'est alors qu'un cri retentit.

Sur le quai, un docker l'avait vu. Même s'il ne travaillait pas pour Yu, le résultat était le même. Alex ne pouvait plus attendre. Il lâcha la corde et fit une chute qui lui parut interminable. Il venait de repérer, juste au-dessous de lui, une benne couverte d'une bâche. Celle-ci lui ménagea un atterrissage en douceur, mais il tomba sur le dos et eut le souffle coupé. Il roula aussitôt jusqu'au bord et se laissa glisser le long de la benne.

Tout en courant le long du quai à l'abri des conteneurs, Alex s'efforça d'échafauder un plan. Les prochaines minutes allaient être décisives. S'il était capturé par les autorités portuaires, celles-ci le remettraient probablement entre les mains du Major Yu. Et s'il était jeté en prison, Yu saurait où le retrouver. Dans les deux cas, son sort serait le même. Il devait donc rester hors de vue jusqu'à ce qu'il soit sorti du port. Tant qu'il serait sur le Quai du Bras Droit, il était en danger.

La chance était de son côté. Au moment où il tournait l'angle de la dernière pile de conteneurs, un camion s'arrêta devant lui. La benne découverte était remplie de vieux cartons et de bidons à essence vides. Le conducteur abaissa sa vitre et lança une plaisanterie à un autre docker. Celui-ci répondit et les deux hommes éclatèrent de rire. Lorsque le camion redémarra, Alex était à plat ventre dans la benne, au milieu des cartons.

Le camion suivit une voie ferrée qui épousait la courbe du quai, et s'arrêta à une barrière de contrôle. Mais les vigiles connaissaient le chauffeur et lui firent signe de passer. Le camion prit de la vitesse et Alex s'abandonna avec délice à la chaude brise australienne.

Il avait réussi ! Il avait accompli la mission que lui avait assignée Ethan Brooke. Il était entré illégalement en Australie et avait découvert la filière de trafic humain du Major Yu : la Chada Trading Company à Bangkok, Unwin Toys, *L'Étoile du Libéria*. Par la même occasion, il avait aussi localisé Royal Blue pour Mme Jones. S'il parvenait à atteindre Darwin sain et sauf, et à joindre Ash, son travail serait terminé et il pourrait rentrer chez lui. Tout ce qu'il lui restait à faire c'était de trouver un téléphone.

Le camion s'arrêta vingt minutes plus tard. Le moteur se tut, la portière du chauffeur s'ouvrit puis se ferma. Alex jeta un coup d'œil prudent par-dessus les cartons. On n'apercevait plus le port. Ils étaient garés devant un café : un cabanon en bois bariolé, planté au bord d'une route déserte. Une pancarte peinte à la main annonçait qu'on trouvait *Chez Jake,* LES MEILLEURES TARTES DE DARWIN.

Alex avait une faim de loup. Il n'avait pratiquement rien mangé depuis deux jours. Pourtant, ce qu'il vit à côté du café l'allécha plus encore : un téléphone public.

Il attendit que le chauffeur fût entré dans le café pour sauter du camion et courir vers la cabine. Hormis le bath trafiqué de Smithers, il n'avait pas d'argent. Mais, d'après Ash, il n'en aurait pas besoin pour appeler ce numéro. Au fait, quel était le numéro ? Pendant un moment atroce, les chiffres dansèrent dans sa tête, refusant de s'assembler. Il dut faire un gros effort de concentration. 795... non 759... Enfin le numéro entier prit forme. Il le composa sur le cadran et attendit.

Sa mémoire ne l'avait pas trahi. Comme Ash le lui avait dit, le numéro viola le réseau téléphonique et la connexion fut établie. Après trois sonneries, une voix répondit :

— Oui ?

Un immense soulagement envahit Alex quand il reconnut la voix de Ash.

— C'est moi, Alex.
— Alex... Dieu soit loué ! Où es-tu ?
— À Darwin, je crois. Du moins pas très loin. Il y

a un café sur la route. *Chez Jake.* À une vingtaine de minutes du port.

— Reste où tu es. Je viens te chercher.

— Vous aussi, vous êtes à Darwin ? Comment êtes-vous arrivé ?

Une pause, puis Ash répondit :

— Je te raconterai plus tard. En attendant, fais attention à toi. J'arrive aussi vite que possible.

Ash raccrocha. Dans le silence qui suivit, Alex prit conscience que quelque chose clochait. Ash n'était pas comme d'habitude. Sa voix lui avait paru tendue, et cette pause, avant de répondre à sa question, lui laissait une sensation bizarre. Comme si Ash avait attendu qu'on lui souffle la réponse.

Alex prit une décision. Il avait tenu sa promesse de contacter Ash en premier. Mais cela risquait de ne pas suffire. Il leva son poignet et saisit la molette de la montre pour régler les aiguilles sur onze heures. Normalement, avait dit Smithers, la montre émettrait un signal toutes les dix minutes. Tant pis si cela contrariait Ash. Alex préférait limiter les risques. Il voulait pouvoir compter sur l'intervention du MI6.

Ensuite, il attendit l'arrivée de Ash. Que faire d'autre ? Trois nuits d'insomnie et le manque de nourriture l'avaient épuisé et affaibli. Il se faufila derrière le café et s'assit à l'ombre, hors de vue. Les hommes du Major le recherchaient sans doute encore et, hormis le couteau dissimulé dans sa ceinture, il n'avait rien pour se défendre. Il regrettait d'avoir laissé le revolver du matelot sur la passerelle de commandement.

Dix minutes plus tard, la porte du café s'ouvrit et

le chauffeur du camion sortit avec un sac de papier brun. Il remonta dans son véhicule et démarra, laissant dans son sillage un nuage de poussière.

Le temps passa. Interminable. Des mouches tournicotaient autour de la tête d'Alex. Le café se trouvait au milieu de nulle part, dans un paysage de brousse, au bord d'une route très peu fréquentée. Le soleil commençait à décliner et Alex luttait contre le sommeil. Enfin, il aperçut une voiture approcher, un 4 × 4 noir aux vitres teintées. La voiture s'arrêta devant le café et Ash en descendit.

Mais il n'était pas seul. Ce n'était pas lui qui avait conduit et il avait les mains menottées. Ses cheveux étaient ébouriffés, sa chemise déchirée. Un filet de sang coulait sur le côté de son visage. Il semblait hébété.

Le Major Yu descendit par la porte arrière. Il était vêtu d'un costume blanc avec une chemise lavande au col boutonné. Il marchait à pas lents en s'aidant de sa canne. Le chauffeur et un autre homme sortirent en même temps. Ils ne prenaient aucun risque. Tous les trois encadrèrent Ash. Yu sortit le pistolet avec lequel il avait abattu le vieux réfugié et le pointa sur la tête de Ash.

— Alex Rider ! cria-t-il d'une voix haineuse. Tu as trois secondes pour te montrer. Sinon, tu verras la cervelle de ton parrain répandue sur la route. Je commence à compter !

Alex s'aperçut qu'il ne respirait plus. Ils tenaient Ash ! S'il se rendait, Yu les tuerait tous les deux. Mais, s'il fuyait, arriverait-il à se pardonner ?

— Un...

Il regrettait de ne pas avoir utilisé le téléphone pour appeler l'ASIS, la police, n'importe qui. Il avait senti une anomalie. Comment avait-il pu être aussi stupide ?

— Deux...

Il n'avait pas le choix. Même s'il s'enfuyait, ils le rattraperaient. Ils étaient trois. Ils avaient une voiture. Il était en pleine brousse.

Alex se montra.

Le Major Yu abaissa son arme et Alex marcha vers lui, épuisé et vaincu. Ash avait lui aussi dû voyager sur *L'Étoile du Libéria*, enfermé dans un conteneur. Il semblait souffrir. Son regard était vide.

— Je suis désolé, Alex, grommela-t-il d'une voix rauque.

— Enfin te voilà, Alex Rider ! dit le Major Yu. Je dois reconnaître que tu m'as causé beaucoup de désagréments et du temps perdu.

— Allez au diable, jeta Alex.

— C'est très exactement là que je te conduis, mon cher petit.

Yu leva sa main qui tenait la canne et l'abattit de toutes ses forces. Ce fut la dernière vision d'Alex : le scorpion argent sur le pommeau de la canne qui brillait sous les derniers rayons du soleil australien.

— Ramassez-le ! commanda Yu.

Le Major tourna le dos au garçon inconscient et remonta dans la voiture.

16

Made in England

Il y avait des roses sur la table. Ce fut leur parfum qui parvint d'abord à Alex. Douceâtre, légèrement écœurant. Puis il ouvrit les yeux et il vit le bouquet. Une douzaine de fleurs, rose vif, arrangées dans un vase en porcelaine posé sur un napperon de dentelle. Il se sentait nauséeux. Il avait un martèlement dans le côté de la tête et une entaille à l'endroit où le pommeau de la canne l'avait frappé. Et un goût aigre dans la bouche. Il faisait nuit et il se demanda depuis combien de temps il était là.

Et où.

En jetant un regard circulaire dans la pièce, sur le mobilier ancien, l'horloge de grand-mère, les doubles rideaux épais et la cheminée en pierre ornée de deux lions sculptés, il se serait cru en Angleterre, dans une auberge de campagne. Une porte donnait sur la salle de bains adjacente.

Alex descendit péniblement du lit et se dirigea d'un pas chancelant vers la salle de bains. Il y avait des flacons de shampoing et de bain moussant Molton Brown sur le rebord de la baignoire. Il s'aspergea le visage d'eau froide et s'examina dans le miroir. Il avait une tête épouvantable. Outre ses cheveux teints en noir, sa peau artificiellement brunie et les deux fausses dents, il avait les yeux injectés de sang, un énorme hématome sur la tête, et l'allure de quelqu'un qu'on a ramassé dans un camion d'ordures. Saisi d'une impulsion, il ôta les deux capuchons en plastique de ses dents. Puisque le Major Yu connaissait son identité, inutile de ruser plus longtemps.

Il se fit couler un bain et, pendant que la baignoire se remplissait, il revint dans la chambre. La porte était fermée à clé, bien sûr. La fenêtre donnait sur une pelouse immaculée, sur laquelle, bizarrement, étaient installés avec un soin méticuleux les arceaux d'un jeu de croquet. Plus loin, sous le clair de lune, Alex discerna un monticule rocheux, une jetée, et la mer. Dans la chambre, sur une table, on avait déposé un plateau repas : sandwiches au saumon fumé, verre de lait, cakes McVittie's Jaffa. Il dévora le tout gloutonnement. Puis il se déshabilla et se plongea dans le bain. Il ignorait ce qui l'attendait – et il n'aimait pas y songer –, mais autant être propre.

Il se sentit nettement mieux après une demi-heure dans l'eau chaude et parfumée. Même s'il n'avait pas réussi à se débarrasser de toute la teinture de Mme Webber, au moins avait-il à peu près recouvré sa couleur de peau habituelle. Il y avait des vêtements propres dans l'armoire : une chemise Westwood, un jean et des sous-vêtements Paul Smith – marques londoniennes bien connues. Ses haillons étaient toujours là, mais la ceinture de Smithers avait disparu. Ce qui laissa Alex perplexe. Le Major Yu avait-il découvert le couteau dissimulé dans la boucle et la trousse de survie à l'intérieur du cuir ? Il regretta de n'avoir pas eu l'occasion de l'utiliser. Peut-être contenait-elle quelque chose qui lui aurait servi maintenant.

Par chance, personne n'avait fouillé les poches de son jean – ou bien l'on avait dédaigné la pièce de dix baths et le paquet de chewing-gums. La montre aussi était intacte, et ses aiguilles toujours réglées sur onze heures. Alex y puisa un certain réconfort. Le Major Yu croyait détenir toutes les cartes, mais la montre continuait d'émettre des signaux à destination du MI6. Les renforts étaient probablement en route.

Alex enfila les vêtements propres et s'assit dans un confortable fauteuil. On lui avait même apporté de la lecture. Des romans un peu démodés qui n'étaient pas spécialement à son goût, mais il apprécia l'attention.

Quelques minutes plus tard, une clé tourna dans la serrure et la porte s'ouvrit devant une femme de chambre indonésienne en robe noire et tablier blanc.

— Le Major Yu vous invite à le rejoindre pour dîner, annonça-t-elle.

— C'est très aimable à lui, répondit Alex en refermant *Les Enquêtes de Biggles*. Mais il y a peu de chances, j'imagine, qu'on aille dîner dehors ?

— Le Major vous attend dans la salle à manger.

Alex la suivit dans un couloir entièrement lambrissé, avec des tableaux aux murs. Tous représentaient des scènes de la campagne anglaise. Alex envisagea brièvement d'assommer la domestique pour tenter de s'évader, mais il y renonça. Quelque chose en lui s'insurgeait contre l'idée d'attaquer une jeune femme. D'ailleurs, après les péripéties de *L'Étoile du Libéria*, le Major Yu avait sans doute renforcé la sécurité au maximum pour ne prendre aucun risque.

Ils atteignirent un vaste escalier qui descendait dans un grand hall, où une armure intégrale montait la garde à côté d'une cheminée monumentale. D'autres peintures typiquement anglaises ornaient les murs. Alex dut faire un effort pour se convaincre qu'il était en Australie. La maison paraissait incongrue dans ce pays. Elle donnait l'impression d'avoir été importée brique par brique de Grande-Bretagne, et Alex se souvint de Nikolei Drevin, qui avait déplacé son château du XIVe siècle depuis l'Écosse jusque dans l'Oxfordshire. Il était étrange de voir combien les hommes profondément malfaisants éprouvaient le besoin de vivre dans des décors non seulement spectaculaires mais un peu fous.

La domestique s'écarta et fit signe à Alex d'entrer dans une longue salle à manger, dont les portes-fenêtres, sur tout un côté, surplombaient la mer. Il y avait des tapis au sol, une table rectangulaire et une douzaine de chaises parfaitement adaptées pour un banquet médiéval. Dans cette pièce, en revanche, les tableaux étaient modernes : un portrait de David Hockney et une roue de couleurs de Damien Hirst. Alex, qui avait vu des œuvres similaires dans des galeries à Londres, savait qu'elles valaient des millions. Seule une extrémité de la table avait été dressée.

Le Major Yu y était assis, sa canne posée contre sa chaise.

— Ah, te voilà, Alex, lança-t-il d'une voix aimable comme s'il accueillait un vieil ami pour le week-end. Je t'en prie, prends un siège.

En approchant, Alex examina le patron du Snakehead avec attention. Le visage aux traits asiatiques, rond et ratatiné, les lunettes à monture d'acier, les cheveux blancs. Yu portait un blazer rayé avec une chemise blanche à col ouvert. Un mouchoir de soie dépassait de sa pochette. Ses mains gantées étaient croisées devant lui.

— Comment te sens-tu, Alex ?

— J'ai mal à la tête.

— Ça ne m'étonne pas. À ce propos, j'ai des excuses à te faire. Je ne sais pas ce qui m'a pris de te frapper ainsi. En vérité, j'étais très en colère. Tu as causé beaucoup de dégâts sur *L'Étoile du Libéria*, et je me suis trouvé dans l'obligation de tuer le capitaine de Wynter, ce que je ne voulais pas.

Alex classa l'information. Ainsi, de Wynter était mort. Il avait payé le prix de son second échec.

— Néanmoins c'est impardonnable de ma part. Ma mère disait toujours que l'on peut perdre de l'argent, perdre aux cartes, mais qu'il ne faut jamais perdre son sang-froid. Puis-je t'offrir un jus d'orange ? Il vient directement de House Fruit Farm, dans le Suffolk. Il est délicieux.

— Merci, dit Alex.

Il avait encore du mal à saisir ce qui se passait, mais il jugea plus utile de jouer le jeu avec ce Major fou. Il tendit son verre et Yu le servit. La domestique indonésienne revint avec les plats : roastbeef et son accompagnement traditionnel de Yorkshire Pudding. Alex se servit. Il remarqua que Yu mangeait très peu et tenait ses couverts comme s'il s'agissait d'instruments chirurgicaux.

— Je suis très heureux de l'occasion qui m'est donnée de discuter avec toi, commença le Major. Depuis que tu as anéanti notre opération *Épée invisible* et causé la mort de cette pauvre Mme Rothman, je me demandais quel genre de garçon tu étais...

Ainsi, Mme Jones avait raison. Ce Yu était un membre de Scorpia. Il avait donc une double raison d'en vouloir à Alex Rider, et un vieux compte à régler avec lui.

— Dommage que nous ayons si peu de temps à passer ensemble, poursuivit le Major.

Cette remarque glaça Alex.

— J'ai une question à vous poser.
— Je t'écoute.
— Où est Ash ? Qu'avez-vous fait de lui ?
— Ne parlons pas de Ash, répondit Yu avec un mince sourire. Inutile de t'inquiéter pour lui. Tu ne le reverras plus. Au fait, comment est le roastbeef ?
— Un peu trop saignant à mon goût.
— C'est de l'élevage bio du Yorkshire, précisa Yu.
— J'aurais dû m'en douter.

Alex commençait à en avoir assez de toute cette mise en scène. Il jouait machinalement avec son couteau, se demandant s'il aurait la force et la détermination de le planter dans le cœur de ce monstre. Il disposait de cinq ou dix minutes avant le retour de la domestique. Suffisamment pour trouver un moyen de sortir d'ici...

Yu dut deviner ses pensées car il dit :

— Je t'en prie, Alex, pas de folie. J'ai un automatique dans ma poche droite et, comme disent les Américains, je dégaine très vite. Tu serais mort avant même d'avoir quitté ta chaise et cela gâterait un agréable repas. Parle-moi plutôt de toi. Où es-tu né, Alex ?

— À Londres.

— Tes parents étaient anglais l'un et l'autre ?

— Je ne veux pas parler d'eux.

Soudain, les tableaux, le mobilier, les vêtements, et même la nourriture, prenaient tout leur sens.

— Vous semblez aimer beaucoup l'Angleterre, Major.

— C'est un pays que j'admire énormément. Je dirais même que j'ai apprécié de t'avoir pour adversaire parce que tu es britannique. C'est aussi une des raisons pour lesquelles je t'ai invité à partager mon repas.

— Pourtant, avec *Épée invisible*, vous comptiez tuer tous les écoliers de Londres.

— La loi des affaires, Alex. Mais cela m'attristait. Sache aussi que j'ai voté contre la proposition d'envoyer un sniper te tuer. Je trouvais cette méthode vraiment grossière. Encore un peu de jus de pomme ?

— Non, merci.

— Dans quel collège es-tu ?

Alex secoua la tête. Il en avait assez de ce petit jeu.

— Je ne tiens pas à parler de moi. Et encore moins avec vous. Je veux voir Ash. Et je veux rentrer chez moi.

— L'un et l'autre sont impossibles, je le crains.

Yu buvait du vin. Même le vin était anglais. Alex se souvint de ce que son oncle Ian disait du vin anglais : sans intérêt, sans bouquet, sans attrait. Ce qui n'empêchait pas Yu de le siroter avec un enthousiasme manifeste.

— En vérité, j'adore l'Angleterre. Puisque tu refuses de parler de toi, peut-être me permettras-tu de te parler de moi. Ma vie est tout à fait remarquable. Un jour, peut-être, on écrira un livre sur moi…

— Je n'aime pas les histoires d'horreur, dit Alex.

Yu sourit, mais son regard était glacial.

— Je me plais à me considérer comme un génie, poursuivit-il sans se laisser démonter. Bien sûr, tu objecteras que je n'ai rien inventé, ni écrit de roman, ni peint un chef-d'œuvre, et malgré ce que je viens de dire, il est peu probable que mon nom devienne célèbre. Mais les talents s'exercent dans des domaines différents et je crois avoir atteint un niveau d'excellence dans le crime. Le fait que ma vie soit remarquable n'a rien de surprenant. Il ne pouvait en être autrement.

Yu toussota et se tamponna délicatement les lèvres avant de reprendre :

— Je suis né à Hong Kong. On ne le croirait pas en me voyant aujourd'hui mais j'ai démarré avec rien. À ma naissance, je dormais dans un carton rempli de paille. Ma mère était chinoise. Elle habitait dans un taudis et travaillait comme femme de chambre au célèbre hôtel Victoria. Parfois elle volait quelques savonnettes. C'est le seul luxe que je connaissais.

» Mon père était un client de l'hôtel. Un homme

d'affaires de Turnbridge Wells, dans le Kent. Elle ne m'a jamais dit son nom. Ils ont eu une liaison et elle est tombée follement amoureuse de lui. Il lui parlait de l'endroit où il habitait, de son pays, la Grande-Bretagne. Il lui a promis, sitôt qu'il aurait assez d'argent, de l'emmener avec lui et de faire d'elle une véritable lady, avec un cottage à toit de chaume, un jardin fleuri et un Bulldog. Pour ma mère, qui ne possédait rien, c'était un rêve inaccessible.

» À ton âge, tu n'as sans doute aucun attachement pour ta patrie, pourtant c'est un pays remarquable. À une certaine époque, cette petite île régnait sur un empire qui s'étendait à tous les continents. Pense que, à ma naissance, les Anglais possédaient même Hong Kong ! Songe à tous les inventeurs, explorateurs, artistes, écrivains, soldats, hommes d'État qui sont nés au Royaume-Uni. William Shakespeare ! Charles Dickens ! L'ordinateur est une invention britannique, de même que l'Internet. Il est bien triste que tant de grandeur ait été dilapidée par vos politiciens ces dernières années. Mais je garde la foi. Un jour, la Grande-Bretagne régnera à nouveau sur le monde.

» Quoi qu'il en soit, l'histoire d'amour de ma mère avec son Anglais a connu une fin malheureuse. C'était inévitable, je suppose. Dès qu'il a appris qu'elle était enceinte, l'homme d'affaires l'a abandonnée et elle ne l'a plus jamais revu. Il n'a évidemment jamais versé un penny pour mon éducation. Il a tout bonnement disparu.

» Mais ma mère n'a jamais oublié son rêve. Au contraire, il a pris de la force. Elle était bien décidée à ce que je grandisse en ayant pleine conscience de mon sang anglais. Elle m'a prénommé Winston, comme le grand Premier ministre Churchill. Mes premiers vêtements furent de fabrication anglaise. Avec les années, ma mère devint de plus en plus fanatique. Un jour, elle décida de m'envoyer étudier dans un collège anglais – chose insensée pour une femme de chambre qui ne gagnait que quelques livres de l'heure pour faire les lits et changer les serviettes de toilette. Néanmoins lorsque j'eus six ans, elle quitta son emploi et chercha d'autres moyens de gagner de l'argent.

» Il lui fallut juste deux ans – grâce, j'imagine, à son courage et à son obstination. C'est ainsi que je me suis retrouvé dans une école primaire privée à Turnbridge Wells, puis au collège de Harrow, vêtu d'une élégante veste bleue et d'un canotier. Tous les garçons en portaient. Le dimanche, nous revêtions un queue-de-pie raccourci. Harrow est l'ancienne école de Winston Churchill. Je n'en revenais pas d'y faire moi aussi mes études. J'imaginais que je m'asseyais au pupitre du grand homme, ou que je lisais un livre de la bibliothèque qui lui avait appartenu. C'était terriblement émouvant, et ma mère était tellement fière de moi ! Il m'arrivait de me demander comment elle parvenait à payer mes études dans un endroit aussi chic, mais c'est seulement à la fin du deuxième trimestre que je l'ai appris. J'avoue que cela m'a causé un choc.

» Voici comment c'est arrivé...

Yu se resservit du vin, le fit tourner dans son verre, et but une gorgée.

— On pourrait croire que les autres élèves me malmenaient, à Harrow. Après tout, c'était dans les années cinquante et il n'y avait pas beaucoup d'enfants chinois, surtout avec une mère célibataire. Mais, dans l'ensemble, tout le monde était assez gentil avec moi. À l'exception d'un garçon. Un dénommé Max Odey. Il avait un frère appelé Félix. Je les aimais bien tous les deux. Max était un garçon assez sympathique, très doué quand il s'agissait d'argent. Bref, j'ignore ce que j'ai fait qui lui a déplu, mais il s'est mis à me lancer des remarques extrêmement blessantes et, pendant plusieurs mois, à cause de lui, ma vie est devenue un enfer. Ma mère l'a appris et elle a puni Max avec une extrême sévérité, je l'avoue. Il a été renversé par un chauffard qui n'a jamais été retrouvé. Moi, je savais qui était le chauffard et j'étais horrifié. C'était une facette de ma mère que je ne connaissais pas. C'est à ce moment que j'ai découvert la vérité.

» Alors que j'avais tout juste six ans, ma mère s'était débrouillée pour identifier un des principaux Snakeheads opérant à Hong Kong, et elle était allée lui proposer ses services comme tueuse à gages. Ça paraît inouï, je sais, mais je pense que le fait d'avoir été séduite et abandonnée par mon père l'avait cruellement changée. Elle n'avait plus aucun respect pour la vie. Et il s'est avéré qu'elle était très douée pour ce travail. Personne ne soupçonnait une petite Chinoise menue et discrète. Et elle était impitoyable – avec de la pitié, jamais elle n'aurait pu payer mes frais de scolarité. Voilà de quelle manière elle finançait mes études à Harrow ! Chaque fois qu'une facture arrivait, au début d'un trimestre, elle assassinait quelqu'un. Il est étrange de penser que quinze hommes ont payé de leur vie mon éducation. Seize, en réalité : quand j'ai voulu monter à cheval...

» Après l'histoire de Max, je n'ai plus jamais eu le moindre ennui. Même les professeurs se mettaient en quatre pour me faire plaisir. Au dernier trimestre, j'ai été élu chef de classe alors que, soyons francs, je n'étais que le second choix.

— Qu'est-il arrivé au premier choix ?

— Il est tombé du toit. Après Harrow, je suis allé à l'université de Londres, où j'ai étudié les sciences politiques. Ensuite, je suis entré dans l'armée. On m'a envoyé à Sandhurst. Jamais je n'oublierai le jour de mon défilé de promotion, où j'ai reçu une médaille des mains de la Reine. Je crois que, pour ma mère, l'émotion a été trop forte. Quelques semaines plus tard, elle est morte subitement. Une crise cardiaque, m'a-t-on dit. Sa mort m'a terriblement ébranlé. Je l'aimais énormément. Je vais te faire un aveu. J'ai graissé la patte d'un des jardiniers de Buckingham Palace pour qu'il disperse ses cendres... dans la roseraie. Je savais que cela lui aurait plu.

Le Major Yu avait fini de manger et la domestique reparut aussitôt pour débarrasser les assiettes. Alex se demanda comment elle avait su à quel moment revenir. Le fromage était exclusivement anglais : Cheddar, Stilton et Red Leicester. Le dessert était un crumble à la rhubarbe avec de la crème.

— Il n'y a pas grand-chose à ajouter, poursuivit Yu. J'ai servi en Irlande du Nord, où j'ai reçu une médaille. J'étais aussi heureux dans l'armée que je l'avais été à Harrow. Plus heureux, même, puisque j'ai découvert que j'aimais tuer. Et l'on m'a promu Major. C'est alors qu'est survenue la grande tragédie de ma vie. Les médecins m'ont diagnostiqué une grave maladie, une forme rare d'ostéoporose, qui rend les os très fragiles. Ces dernières années, mon état a considérablement empiré. Comme tu vois, il me faut une canne pour marcher. Je suis obligé de porter des gants pour protéger mes mains. C'est comme si mon squelette entier était en verre. Le moindre choc peut lui causer des dommages terribles.

— Ça doit vous casser le moral, remarqua Alex.

— Je préfère ignorer ce minable trait d'humour, rétorqua Yu. Bientôt tu le regretteras.

Yu se servit un nouveau verre de vin.

— J'ai dû quitter le service actif de l'armée mais ça n'a pas mis fin à ma carrière militaire. Mon esprit était intact et mes supérieurs m'ont recommandé pour un poste à l'Intelligence Service. Le MI6. Amusante coïncidence, n'est-ce pas ? En d'autres circonstances, toi et moi aurions pu travailler ensemble. Malheureusement, le destin en a voulu autrement.

» J'ai d'abord cru que ce travail serait très excitant. Je me voyais très bien en James Bond. Mais on ne m'a pas proposé d'entrer aux Opérations Spéciales, contrairement à toi, Alex. Je n'ai jamais rencontré Alan Blunt ni Mme Jones. On m'a affecté au centre de communications de Cheltenham. Un emploi de bureau ! Tu imagines un homme comme moi, réduit en esclavage huit heures par jour et crevant d'ennui dans un petit bureau, au milieu de secrétaires et de machines à café ? C'était lamentable. En même temps, je savais que ma maladie s'aggravait et qu'on ne tarderait pas à me jeter comme un vulgaire déchet.

» J'ai donc décidé de prendre ma vie en main. Malgré tout, un grand nombre des renseignements qui passaient entre mes mains au centre de Cheltenham étaient très sensibles et confidentiels. Et, bien entendu, il existait un marché pour ce genre d'informations. Voilà comment, très discrètement, j'ai commencé à voler des secrets aux services secrets britanniques. Et devine à qui je les vendais ? Au même Snakehead qui avait employé ma mère à Hong Kong. Ils étaient ravis de m'avoir. Telle mère, tel fils.

» Finalement j'ai démissionné du MI6. Le Snakehead me payait une fortune et m'offrait une carrière en or. Très vite, j'ai gravi les échelons, jusqu'à ce que, au début des années quatre-vingt, je devienne le numéro deux de ce qui est aujourd'hui la plus puissante organisation criminelle d'Asie du Sud-Est.

— Je suppose que le numéro un est tombé du toit ? ironisa Alex.

— En réalité, il s'est noyé. Mais tu as saisi l'idée générale, sourit Yu. Bref, c'est à peu près à cette époque que j'ai appris l'existence d'une nouvelle organisation, formée par des gens qui avaient plus ou moins le même profil que moi. J'ai alors décidé de diversifier mes activités et d'entrer en relation avec eux, en me servant de mes contacts. Nous avons fini par nous rencontrer à Paris pour concrétiser notre collaboration. C'est ainsi que Scorpia est née. Je suis l'un des membres fondateurs.

— Et aujourd'hui, que préparez-vous ? Pourquoi avez-vous besoin de Royal Blue ?

Le Major Yu était en train de se servir du fromage. Il se figea, un morceau de Cheddar piqué au bout de son couteau.

— Tu as vu la bombe ?

Alex ne répondit pas. Nier ne servait à rien.

— Tu es décidément un garçon plein de ressources, Alex. Je vois combien nous avons été mal avisés de te sous-estimer, la dernière fois. (Le Major laissa tomber le morceau de fromage sur son assiette et prit un biscuit salé.) Je vais répondre à ta question et t'expliquer à quoi est destinée la bombe parce que ça m'amuse. Mais nous avons peu de temps. Tu vas bientôt devoir partir.

Il regarda sa montre.

— Nous avons bavardé longtemps.

— Où m'envoyez-vous, Major ?

— Nous en reparlerons. Un peu de fromage ?

— Vous avez du Brie ?

— Personnellement, je trouve le fromage français écœurant.

Il dégusta son Cheddar un instant en silence avant de poursuivre :

— Il y a une île, dans la mer de Timor, pas très éloignée de la côte nord-ouest de l'Australie. Elle s'appelle Reef Island. Tu en as peut-être entendu parler.

Alex se souvint du bulletin d'informations qu'il avait entendu à bord de *L'Étoile du Libéria*. Une conférence allait se tenir sur cette île dans quelques jours. Une réunion alternative au sommet du G8, à laquelle devaient participer des personnalités connues qui souhaitaient faire de la planète un endroit plus heureux.

— Scorpia a reçu pour tâche d'éliminer les huit célébrités qui vont s'y retrouver, reprit Yu, visiblement content de lui.

Alex s'aperçut qu'une des grandes frustrations des criminels devait être de ne pouvoir parler à personne de leurs exploits.

— Ce qui rend ce contrat particulièrement intéressant est qu'il faut simuler un accident.

— Donc, vous allez faire sauter l'île.

— Non, non, non, Alex. Ça ne marcherait pas. Il faut être beaucoup plus subtil. Laisse-moi t'expliquer. (Yu avala une bouchée de fromage puis se tapota les lèvres avec sa serviette.) Reef Island se trouve dans une zone de subduction. Tu as peut-être étudié cela en géographie. Une zone de subduction se forme quand, sous l'océan, une plaque tectonique rencontre une autre plaque le long d'une ligne de faille et plonge sous elle.

» Entre autres activités multiples, la compagnie Chada investit dans la recherche pétrolière en eaux profondes et exploite une plate-forme dans la mer de Timor. Au cours des deux derniers mois, j'ai fait en sorte qu'un puits soit foré dans le fond de la mer précisément sur cette ligne de faille. C'est un réel exploit technologique, Alex. Nous avons utilisé le même système de circulation inversée qui a servi à construire les conduits d'aération dans le métro souterrain de Hong Kong. Et je suis fier de pouvoir dire que la conception a été réalisée par Seacore, une entreprise britannique – une fois encore, la Grande-Bretagne est à la pointe de l'innovation.

» Normalement, le puits qui descend de la plate-forme ne mesure pas plus de treize centimètres de diamètre lorsqu'il atteint le champ de pétrole. Mais le nôtre sera assez large pour loger Royal Blue. Nous déposerons la bombe un kilomètre sous le fond de la mer. Ensuite, j'irai sur la plate-forme pour activer moi-même la mise à feu.

Pourquoi tant de complications ? Soudain, Alex comprit. Il imagina très bien le résultat. Pas seulement une explosion. Une catastrophe beaucoup plus dramatique.

— Vous allez provoquer une lame de fond, dit-il d'une voix horrifiée. Un énorme raz-de-marée...

— Continue, Alex, dit Yu sans cacher sa jubilation.

— Un tsunami...

Il se remémora les images du 26 décembre 2004. Un tremblement de terre sous la mer. Suivi d'un tsunami qui avait d'abord frappé Sumatra avant de gagner toute la région, jusqu'à la côte de Somalie. Plus de deux cent mille morts.

— Exactement, Alex. La bombe aura pour effet de lubrifier la ligne de faille, reprit Yu en plaçant ses mains à plat l'une sur l'autre. L'explosion poussera l'une des plaques à se dresser. Ce qui générera une lame de fond. Une vague d'un mètre de haut. On n'image pas quels dégâts cela peut causer. En approchant des côtes, là où le lit de la mer commence à s'élever, l'avant de la masse d'eau ralentira et le reste s'amassera derrière. Le temps qu'elle arrive sur Reef Island, la vague formera un mur de trente mètres, qui foncera à environ huit cents kilomètres à l'heure. La vitesse d'un avion. Un mètre cube d'eau pèse environ une tonne, alors imagine des centaines de mètres cubes lancés à cette vitesse ! Il n'y aura pas d'avertissement. L'île sera détruite. Comme elle est plate, il n'y aura aucun refuge possible. Toutes les personnes présentes sur Reef Island périront.

— Mais le raz-de-marée ne s'arrêtera pas là ! s'écria Alex. Que se passera-t-il après ?

— Très bonne observation, Alex. En effet, le tsunami déchaînera la même puissance que plusieurs milliers d'armes atomiques. Il continuera sa course vers l'Australie. Ici, à Darwin, nous ne risquerons rien, mais je crains qu'une grande partie de la côte ouest ne disparaisse, de Derby jusqu'à Carnarvon. Par chance, il n'y a rien de très important ni de très beau dans ce secteur. Broome, Port Hedland... Peu de gens connaissent ces villes. Et la région n'est pas très peuplée. Il n'y aura pas plus de dix ou vingt mille victimes.

— Je ne comprends pas, dit Alex, qui avait l'impression qu'un étau lui serrait la poitrine. Vous allez provoquer ce désastre juste pour tuer huit personnes ?

— Tu ne m'as pas bien écouté. Je t'ai dit que leur mort doit paraître accidentelle. Notre travail consiste à ce que le monde oublie, purement et simplement, que cette stupide conférence a jamais été organisée. En provoquant une catastrophe naturelle à large échelle, qui se souciera de la disparition de huit individus quand le nombre de victimes atteindra plusieurs milliers ? Qui se souviendra d'une île quand un continent entier aura été touché ?

— Mais on saura que c'est vous ! On saura qu'une bombe a déclenché le tsunami.

— Ce serait vrai si nous utilisions une bombe nucléaire. Car il existe un réseau international de sismographes : le satellite Poséidon dans l'espace, le Centre d'Alerte des Tsunamis du Pacifique, et d'autres. Mais ils n'enregistreront pas le souffle provoqué par Royal Blue. Cela se fondra dans le mouvement des plaques tectoniques.

Alex s'efforça de trouver un sens à tout ce qu'il entendait. Il avait été envoyé ici pour mettre à jour un opération de trafic humain et il tombait sur ce cauchemar épouvantable. Une nouvelle tentative de Scorpia pour transformer le monde. Il devait cesser de regarder sa montre. Près de vingt heures s'étaient écoulées depuis qu'il avait réglé les aiguilles sur onze heures. Pourquoi le MI6 tardait-il tant ?

— Tu dois te demander, je suppose, comment une bombe relativement petite peut causer un tel chaos, poursuivit Yu. Eh bien, je vais te l'apprendre. Le hasard a voulu que, d'ici trois heures et demie, un événement assez exceptionnel se déroule. Je ne connais pas le terme astronomique exact, mais il s'agit de l'alignement du Soleil, de la Lune et de la Terre. La Lune sera particulièrement proche. À minuit, en fait, elle sera aussi près qu'elle peut l'être.

» Il en résultera une force de gravitation exceptionnellement puissante à la surface de la Terre. Excuse-moi, Alex. Je commence à parler comme un professeur. Soyons plus simple. Le Soleil tirera d'un côté et la Lune tirera de l'autre. Pendant une heure, à partir de minuit, la plaque tectonique sera à son niveau le plus instable. Une simple explosion sera plus que suffisante pour déclencher le processus que je t'ai décrit. Royal Blue est l'arme parfaite. Indétectable, invisible et, surtout, britannique. Ce dont je suis très fier.

Yu se tut. À cet instant, leur parvint un bourdonnement d'avion. Alex regarda par la fenêtre et vit qu'une rangée de projecteurs avait été allumée. Un hydravion tournait en rond. Un minuscule biplace muni de flotteurs au lieu de roues. Il pouvait amerrir juste devant la maison et s'amarrer à la jetée qu'il avait remarquée de sa chambre. Alex savait que l'hydravion était là pour lui.

— Où m'emmenez-vous ? demanda-t-il.

— Ah, oui. Voilà le hic.

Le Major avait terminé son repas. Il se laissa aller contre son dossier et, soudain, le pistolet apparut dans sa main. Alex n'avait même pas vu Yu le tirer de sa poche.

— La chose la plus facile, et sans doute la plus raisonnable, serait de te tuer maintenant, Alex. Dans une demi-heure, ton corps serait au fond de l'océan et ni Mme Jones ni M. Ethan Brooke ne sauraient jamais ce qui t'est arrivé.

» Mais je vais procéder autrement. Pourquoi ? Pour deux raisons. La première est que je ne veux pas avoir du sang sur mon tapis. Tu as peut-être remarqué qu'il s'agit d'un Axminster, fabriqué dans la ville du même nom, dans le Devon. La seconde raison est plus personnelle. Tu me dois beaucoup d'argent, Alex. Tu vas devoir payer pour les dommages que tu as causés sur *L'Étoile du Libéria*. Et tu as une dette encore plus considérable envers Scorpia, pour la destruction d'*Épée invisible*. Tu ne t'en rends peut-être pas compte, mais à l'heure actuelle tu vaux beaucoup plus cher vivant que mort.

» Que sais-tu de mon Snakehead ? Trafic humain, armes, drogue, mon organisation s'occupe de tout cela. Mais j'ai un autre secteur d'activité extrêmement rentable, basé à environ trois cents kilomètres d'ici, dans une usine nichée au cœur de la jungle australienne. Le trafic d'organes humains.

Alex resta silencieux. Il était sans voix.

— Sais-tu à quel point il est difficile de trouver un donneur de rein, même pour un riche Occidental ? (Yu pointa son arme sur la taille d'Alex.) Je pourrai vendre un de tes reins pour cent mille euros. Et l'opération ne te tuera même pas. Tu y survivras. Ensuite, nous recommencerons. Pour tes yeux, par exemple. (Le canon du pistolet remonta vers sa tête.) Vingt mille euros chacun. Tu seras aveugle, mais en bonne santé. On peut vivre sans pancréas. Cela me fera encore cinquante mille euros. Et pendant que tu te remettras de chacune de tes opérations, je te pomperai du sang et du plasma. Une fois réfrigérés, ils seront vendus cinq cents euros le demi-litre.

» Enfin, bien sûr, il restera ton cœur. Le cœur d'un adolescent en bonne santé devrait s'élever à un million. Tu vois, Alex ? Te tuer maintenant serait pour moi une immense perte. Te garder en vie, au contraire, est excellent pour mes affaires. Tu auras même la satisfaction de savoir que, lorsque tu finiras par mourir, tu auras sauvé plusieurs vies.

Alex lâcha un chapelet de jurons. Toutes les insultes

qu'il connaissait défilèrent. Mais le Major Yu n'écoutait plus. La porte de la salle à manger venait à nouveau de s'ouvrir. Cette fois, ce furent deux hommes qui apparurent. Indonésiens comme la domestique. Alex ne les avait encore jamais vus. L'un d'eux posa une main sur son épaule. Il se dégagea d'un geste brusque et se leva. Il ne voulait pas les laisser le traîner dehors. Il préférait marcher seul.

— Nous te conduirons là-bas demain en avion, reprit le Major Yu. (Il jeta un regard bref aux deux hommes.) Assurez-vous qu'il est bien enfermé. Ne le lâchez pas. Puis, s'adressant à Alex, il ajouta : Un chocolat à la menthe « After Eight », avant de partir ?

Alex ne répondit pas. Le Major Yu fit signe aux deux hommes de l'emmener.

17

Pièces détachées

L'avion était un biplace Piper PA-18-150 Super Cub, avec une vitesse de pointe de deux cents kilomètres à l'heure seulement – mais c'était suffisant puisque, d'après le Major Yu, ils n'allaient pas très loin. Alex était assis derrière le pilote, dans le cockpit étriqué, où le vacarme de l'hélice interdisait toute conversation. Ce qui n'était pas très grave, Alex ayant opté pour le silence. Il avait les poignets et les chevilles menottés, et la ceinture de sécurité attachée de telle façon qu'il ne pouvait atteindre la boucle.

Il s'interrogea un court instant sur l'homme chauve au cou rougeaud qui était payé pour conduire un adolescent vers une mort innommable. Était-il marié ? Avait-il des enfants ? Alex envisagea brièvement de le soudoyer – l'ASIS verserait bien vingt mille dollars pour le récupérer sain et sauf. Mais il n'en eut pas l'occasion : le pilote se tourna une seule fois pour lui jeter un coup d'œil avant le décollage, dévoilant ses lunettes noires et son visage impénétrable, puis il mit ses écouteurs. Sans doute avait-il été choisi avec soin. Le Major Yu ne voulait plus commettre la moindre erreur.

Cependant le Major en avait déjà commis une, et la pire, en laissant sa montre à Alex. Cette montre qui, en ce moment même, envoyait un signal de détresse au MI6. Du moins il l'espérait. Il était indispensable pour lui de le croire. Sinon, sans cet espoir de garder un léger avantage sur Yu en dépit de tout, il n'avait plus qu'à s'abandonner à la peur. Une peur paralysante. Car le sort que lui réservait le Major était le plus diabolique que l'on puisse imaginer : transformer un être humain en un tas de pièces détachées. Ash avait raison. Le Snakehead était redoutable.

Avec la montre, heureusement, Alex conservait encore un petit atout. Et pourtant...

Il était resté enfermé dans la maison de Yu pendant toute la nuit et une partie de la matinée. Il était près de midi. Seize heures s'étaient donc écoulées depuis le début du signal. Peut-être plus. Le MI6 l'avait reçu à Bangkok et ses agents avaient perdu un peu de temps pour gagner l'Australie. Mais, en ce moment, ils devaient être sur ses traces, et suivre son mouvement vers l'est.

Et pourtant Alex dut se forcer à ignorer la petite voix qui lui murmurait que, à cette heure, les renforts auraient déjà dû être intervenus. À moins qu'ils n'aient changé d'avis. Après tout, ce ne serait pas la première fois que le MI6 ne serait pas au rendez-vous. Quand il s'était trouvé prisonnier au pensionnat de

Pointe Blanche, il les avait appelés à l'aide. Le bouton d'alarme était alors dissimulé dans un lecteur CD. Il l'avait activé sans aucun résultat. Le même problème allait-il se reproduire ?

« Non, se dit-il. Chasse cette pensée. Ils vont venir. »

Il n'avait aucune idée de l'endroit où l'avion l'emmenait ; le corps massif du pilote lui masquait le compas et tous les autres instruments qui auraient pu lui fournir un indice. Il avait d'abord cru qu'ils longeraient la côte. L'hydravion n'ayant pas de roues, il devait forcément se poser sur l'eau. Or, depuis une heure, ils volaient vers l'intérieur des terres et seule la position du soleil le renseignait sur l'orientation. Par le hublot, derrière le flou de l'hélice, on apercevait un paysage plat et rocailleux, couvert de buissons. Une étincelante rivière bleue serpentait comme une immense fissure à la surface du monde. C'était une région vaste et déserte. Aucune route, aucune maison. Rien.

Alex se pencha pour essayer de mieux voir les traits du pilote, mais celui-ci gardait les yeux fixés sur les manettes comme s'il faisait un effort délibéré pour ignorer son passager. Il tira sur le manche et l'avion piqua du nez. Alex découvrit alors une canopée verte. Une bande de forêt tropicale. Yu avait parlé de la jungle australienne. Était-ce cela ?

Le Piper plongea. Alex avait déjà été dans une forêt tropicale et il reconnut l'extraordinaire chaos de feuillages et de lianes, de formes et de tailles différentes, qui luttaient pour se frayer une place au soleil. Où atterrir dans un tel enchevêtrement ? Mais en survolant la lisière de la forêt, Alex aperçut une clairière et une rivière, qui s'évasait soudain en un lac. Sur la rive, on apercevait des maisons et une jetée qui s'avançait pour les accueillir.

— On va se poser, annonça le pilote, sans raison apparente.

C'étaient les premières paroles qu'il prononçait.

Alex sentit son estomac se contracter. Ses oreilles se bouchèrent quand l'hydravion vira pour entamer la descente. Le moteur vrombit à l'approche de l'eau. Ils amerrirent, projetant une gerbe d'eau blanche de chaque côté. Un balbuzard pêcheur jaillit du sous-bois dans un battement d'ailes paniqué. Le pilote fit tourner l'avion et se dirigea en souplesse vers la jetée.

Deux aborigènes étaient apparus. Le corps musclé, le visage sévère, vêtus de jeans et de tricots de corps à grosses mailles. L'un d'eux portait un fusil en bandoulière sur son épaule nue. Le pilote coupa les gaz et ouvrit la porte. Il avait décroché une pagaie fixée dans la paroi du cockpit et s'en servit pour manœuvrer l'avion sur les derniers mètres. Les deux aborigènes l'aidèrent à l'amarrer au ponton. L'un d'eux détacha Alex de son siège. Pas un mot ne fut échangé. Ce silence têtu était peut-être encore plus perturbant que le reste.

Alex jeta un coup d'œil alentour. L'enclos était propre et bien entretenu, avec des massifs de fleurs et des pelouses récemment tondues. Toutes les constructions étaient en bois peint en blanc, avec des toits bas qui s'étiraient au-dessus de longues vérandas. Il y avait quatre maisons, carrées et compactes, avec un balcon à l'étage qui donnait sur le lac. Par les volets ouverts on apercevait des ventilateurs. L'une des bâtisses était occupée par l'administration ; elle était reliée à un pylône doté de deux antennes paraboliques. Alex remarqua un château d'eau et un générateur électrique entouré d'une clôture en barbelés acérés.

Le dernier bâtiment abritait l'hôpital, long et étroit, avec une rangée de fenêtres protégées par des écrans à moustiques, et une croix rouge peinte sur la porte principale. C'était là qu'on enverrait Alex le moment venu. Pas une fois mais plusieurs, jusqu'à ce qu'il ne reste plus rien de lui. Cette pensée le fit frissonner en dépit de la chaleur moite de l'après-midi.

À première vue, il n'y avait pas une sécurité exagérée, mais il repéra bientôt une seconde clôture, sur le pourtour du site, haute d'une dizaine de mètres. Peinte en vert, elle se fondait dans la végétation. Aucune embarcation n'était amarrée à la jetée et il n'y avait pas de hangar à bateaux, ce qui interdisait toute évasion par la rivière. Sauf à la nage. D'ailleurs, à quoi bon s'évader ? De l'avion, Alex avait pu constater que l'endroit se trouvait totalement isolé au milieu de nulle part.

Les deux gardes lui avaient chacun saisi un bras et l'entraînèrent vers le bâtiment administratif. Une jeune femme apparut à la porte, petite, ronde et blonde. Son rouge à lèvres écarlate tranchait bizarrement avec son uniforme blanc amidonné.

— Tu es Alex, sans doute. Je suis l'infirmière Hicks. Mais tu peux m'appeler Charleen.

Alex n'avait jamais entendu un accent australien aussi prononcé. Ni des paroles aussi incongrues. L'infirmière l'accueillait comme un invité ravi d'être là.

— Suis-moi, ajouta-t-elle. (C'est alors qu'elle remarqua les menottes.) Oh, pour l'amour du ciel ! s'exclama-t-elle avec indignation. Vous savez très bien que nous n'avons pas besoin de ça ici. Jacko, enlève-les-lui, s'il te plaît.

Le garde dénommé Jacko sortit une clé de sa poche et libéra les mains et les pieds d'Alex. L'infirmière leur fit les gros yeux, puis elle ouvrit une porte et guida Alex dans un couloir propre et simple : les murs étaient passés à la chaux et le sol tapissé de nattes de jonc. Des ventilateurs tournoyaient au plafond et de la musique jouait quelque part. Un opéra de Mozart, crut reconnaître Alex.

— Le docteur va te recevoir maintenant, annonça l'infirmière Hicks, comme si Alex avait prix rendez-vous depuis des semaines.

Ils franchirent une autre porte, au bout du couloir, qui donnait dans une pièce ensoleillée. Le mobilier était réduit au minimum : un bureau et deux chaises. Sur un côté, il y avait un paravent, un petit réfrigérateur, et un chariot avec quelques flacons, un stéthoscope et deux scalpels. La fenêtre ouvrait sur la jetée.

Un homme se tenait assis derrière le bureau, non pas vêtu d'une blouse blanche mais d'un jean et d'une chemise bariolée à col ouvert, les manches retroussées. Une quarantaine d'années, blond, un visage taillé à la serpe et buriné. Il n'avait pas du tout l'air d'un médecin. Il ne s'était pas rasé depuis au moins deux jours et il avait les mains sales. Sur le bureau, devant lui, il y avait un verre de bière et un cendrier rempli de mégots.

— Bonjour, Alex, lança-t-il avec un fort accent australien, lui aussi. Assieds-toi.

Ce n'était pas une invitation mais un ordre.

— Je m'appelle Bill Tanner. Nous allons nous voir beaucoup, tous les deux, au cours des semaines à venir. Je vais donc mettre certaines choses au point tout de suite. Une bière ?

— Non, répondit Alex.

— Tu dois boire quelque chose, dit l'infirmière. Il ne faut pas te déshydrater.

Elle ouvrit le réfrigérateur et en sortit une bouteille d'eau minérale. Alex n'y toucha pas. Il avait décidé de refuser de jouer le jeu de ces fous dangereux.

— Tu as fait bon vol ? demanda Tanner.

Alex ne répondit pas.

Le médecin haussa les épaules.

— Tu es fâché. C'est normal. Moi aussi je serais de mauvais poil, à ta place. Mais tu aurais dû songer aux conséquences avant de t'attaquer au Snakehead.

Il se pencha en avant et Alex réalisa, avec un sentiment de révolte et de répulsion, que Tanner avait dû avoir cette même conversation des dizaines de fois auparavant. Il n'était pas le premier à être conduit contre son gré dans cet hôpital secret. D'autres avant lui s'étaient assis sur cette chaise.

— Je vais t'expliquer le déroulement des opérations, poursuivit le médecin. Tu vas mourir. Je suis navré de t'annoncer cela aussi brutalement, mais autant que tu t'habitues à cette idée. Chacun de nous doit mourir un jour. Pour toi, ce sera simplement un peu plus tôt que prévu. Mais regarde le bon côté des choses. On va te cajoler. Nous avons une équipe vraiment très qualifiée ici, il est dans notre intérêt de te conserver en bon état aussi longtemps que possible. Tu vas subir de nombreuses interventions chirurgicales, Alex. Ce ne sera pas drôle. Mais tu sauras le supporter, j'en suis certain. Nous t'aiderons à tenir jusqu'à la ligne d'arrivée.

Alex jeta un coup d'œil au chariot et évalua la distance qui le séparait des scalpels. Il pouvait bondir et s'en saisir comme arme. Mais à quoi bon ? Mieux valait le dérober afin de l'utiliser plus tard. Il se rendit compte que Tanner attendait une réaction de sa part et il répondit d'un gros mot, unique et très vilain. Tanner sourit.

— Ton langage n'est pas très châtié, mon garçon. Mais ce n'est pas grave. J'en ai entendu d'autres. (Il esquissa un geste vers la fenêtre.) Tu te demandes probablement comment t'échapper d'ici. Tu as remarqué la clôture et tu penses pouvoir l'escalader. Ou fuir à la nage par la rivière. Tout cela peut te paraître facile, mais ça ne l'est pas. C'est vrai, il n'y a pas de caméras de surveillance et nous ne sommes que sept au centre. Moi, quatre infirmières, Jacko et Quombi. La sécurité est plutôt réduite, te dis-tu.

» Eh bien, j'ai le regret de t'annoncer, mon ami, que tu te trompes. Si tu sors la nuit, tu auras affaire au pit-bull de Jacko. Il s'appelle Grognard et c'est un méchant. Il te mettra en pièces. Quant à la clôture, elle est électrifiée. Si tu la touches, il te faudra une semaine pour te réveiller. Et je ne te conseille pas de t'approcher du générateur. À moins que tu ne veuilles te faufiler à travers des fils barbelés, renonce à tripoter le courant.

» Même en supposant que tu parviennes à sortir, ça ne t'avancera à rien. Nous sommes à la limite du Parc national de Kakadu, qui est aride comme le monde à son origine. Arhem Land commence à deux kilomètres d'ici, mais ce sont deux kilomètres de jungle, et tu ne trouverais jamais ton chemin. Si une vipère ou un cobra ne te tuent pas, il y a des araignées, des guêpes, des orties brûlantes, des fourmis piqueuses et, de l'autre côté, des crocodiles d'eau de mer. (Il leva le pouce.) Il y a cent façons de mourir là-bas, toutes plus douloureuses que celles qui t'attendent ici.

» Reste la rivière. Tentant, n'est-ce pas ? L'ennui, c'est qu'il n'y a pas de bateaux. Ni canoë, ni kayak, ni radeau. Rien. Nous enfermons même les cercueils sous clé depuis qu'un patient a tenté de filer avec l'un d'eux. Tu t'en souviens, Charleen ?

L'infirmière gloussa de rire.

— Il essayait d'utiliser le couvercle en guise de pagaie.

— Il n'est pas allé bien loin. Et tu ne ferais pas mieux, Alex. Parce que c'est l'avant-mousson. Une saison que les aborigènes appellent Gunumeleng. La rivière est haute et forte. À dix minutes d'ici en aval, tu trouves les premiers rapides. Et ensuite, ça empire. Si tu tentes l'aventure à la nage, tu te fracasseras sur les rochers. Mais tu seras probablement mort noyé avant. Plus loin, à environ un kilomètre et demi, il y a les chutes de Bora. Une cascade de cinquante mètres, qui déverse une tonne d'eau par minute. Tu vois ce que je veux dire, Alex ? Tu es coincé ici, un point c'est tout.

Alex ne disait rien, mais il engrangeait toutes les

informations que donnait Tanner. Celui-ci en laissait peut-être passer plus qu'il n'en avait conscience. Soudain retentit un vrombissement. Alex jeta un coup d'œil dehors et vit l'hydravion s'éloigner de la jetée pour décoller.

— On ne va pas t'enfermer à clé, Alex, poursuivit Tanner. La bouffe est bonne et si tu veux une bière, tu n'as qu'à te servir. Il n'y a pas la télévision, mais tu peux écouter la radio et je crois qu'on a quelques bouquins. En fait, ce que j'essaie de t'expliquer, c'est que, pour l'instant, tu es notre invité. Ensuite, tu seras notre patient. Et une fois que nous aurons commencé notre travail, tu ne pourras plus aller nulle part. En attendant, j'aimerais que tu te relaxes.

— Nous devrons surveiller ta tension, intervint l'infirmière à mi-voix.

— C'est exact. Pour l'instant, si ça ne t'ennuie pas, j'aimerais que tu relèves ta manche. Je vais te faire une prise de sang. Peu importe le bras. J'aimerais aussi un échantillon d'urine. Tu me sembles en pleine forme mais j'ai besoin d'entrer certaines données dans l'ordinateur.

Alex ne fit pas un geste.

— À toi de choisir, reprit Tanner. Tu acceptes de coopérer ou non. Si tu préfères la manière forte, j'appelle Jacko et Quombi. Ils vont te rudoyer un peu, ensuite ils t'attacheront et je finirai par obtenir ce que je veux. Tu n'y tiens pas, n'est-ce pas ? Essaie au moins de te faciliter la vie…

Il était inutile de résister. Bien que révulsé, Alex laissa Tanner et l'infirmière procéder à un examen attentif. Ils testèrent ses reflexes, observèrent ses yeux, ses oreilles, sa bouche, mesurèrent son poids, sa taille, et recueillirent divers échantillons. Enfin, ils le laissèrent tranquille.

— Tu as pris soin de ta santé, Alex. Pour un rosbif, tu es en pleine forme physique, le félicita Tanner, visiblement réjoui.

C'est en se rhabillant qu'Alex passa à l'action. Tanner était occupé à pianoter sur son ordinateur et l'infirmière regardait par-dessus son épaule. En remettant ses tennis, Alex s'appuya contre le chariot comme pour se tenir en équilibre et posa négligemment la main sur un des scalpels. Après quoi il le fit discrètement glisser jusqu'au bord, et tomber dans sa poche de pantalon. Maintenant, il devrait marcher prudemment s'il ne voulait pas s'entailler la cuisse. Et il fallait espérer que personne ne s'apercevrait de son larcin.

L'infirmière releva la tête et vit qu'il s'était rhabillé.

— Je vais te conduire à ta chambre, offrit-elle. Tu dois te reposer. Nous t'apporterons à dîner dans une heure.

Le soleil était presque couché. Le ciel était d'un gris intense avec, au-dessus de l'horizon, une traînée rouge comme une blessure fraîche. Il avait commencé à pleuvoir. De grosses gouttes tombaient une à une sur le sol.

— On peut s'attendre à un nouvel orage, dit l'infirmière. À ta place, je me coucherais de bonne heure. Et, surtout, ne sors pas. Le chien est dressé à ne pas entrer à l'intérieur du bâtiment. C'est tout de même un hôpital. Mais si tu mets le pied dehors, il n'hésitera pas à te sauter à la gorge. Et ce serait dommage que tu perdes trop de sang, n'est-ce pas ? À cinq cents dollars le demi-litre !

Elle laissa Alex dans une petite pièce du rez-de-chaussée. Il y avait un lit, une table, un ventilateur qui tournait au milieu du plafond et, dans un angle, un lourd classeur métallique. Alex l'ouvrit mais il était vide. Une seconde porte donnait sur un cabinet de toilette exigu, avec une douche, un lavabo et des W.C. Il sortit avec précaution le scalpel de sa poche et le cacha à l'intérieur du rouleau de papier toilette. Il ignorait s'il en aurait l'usage, mais l'avoir volé au nez et à la barbe de Tanner le rassurait. Finalement, ces gens n'étaient peut-être pas aussi intelligents qu'ils le pensaient.

Il revint dans la chambre. L'unique fenêtre donnait sur le lac. L'hydravion n'était plus là. Alex se sentit plus abandonné que jamais.

Il s'assit sur le lit et s'efforça de rassembler ses pensées. La veille encore, il était à Darwin, en train de se glorifier du succès de sa mission. Et voilà où il en était ! Comment avait-il pu être aussi stupide ? Et qu'était-il advenu de Ash ? Il n'expliquait toujours pas pourquoi on les avait séparés. Si Yu savait que Ash travaillait pour l'ASIS, pourquoi ne l'avait-il pas aussi conduit ici ? L'absence de son parrain lui pesait. La solitude rendait les choses plus pénibles encore.

Environ une heure plus tard, la porte s'ouvrit et une autre infirmière entra avec un plateau. Brune, mince, elle aurait été jolie sans la tache rouge qui lui couvrait tout le bas du visage. Elle était plus jeune que Charleen, mais tout aussi amicale.

— Je m'appelle Isabel. C'est moi qui vais veiller

sur toi. Ma chambre se trouve juste après l'escalier, à mi-chemin du couloir. Si tu as besoin de quoi que ce soit, dis-le-moi.

Elle posa le plateau. Au menu : steak frites, salade de fruits et verre de lait. La seule vue de la nourriture écœura Alex. Il savait qu'on cherchait à lui faire prendre des forces.

Il remarqua deux pilules dans une coupelle en plastique.

— Qu'est-ce que c'est ? demanda-t-il.

— Un somnifère léger pour t'aider à dormir. Certains de nos patients ont des troubles du sommeil. Surtout les premières nuits. Et il est important que tu te reposes. (Elle s'arrêta sur le seuil et ajouta :) Tu sais, tu es le plus jeune de nos patients. Quand tu auras fini, laisse le plateau devant ta porte. Je passerai le ramasser plus tard.

Alex grignota. Il n'avait pas faim mais il ne voulait pas s'affaiblir. Dehors, la pluie tombait avec plus de vigueur. C'était le même genre de pluie tropicale qu'à Djakarta. Elle martelait le toit de la véranda et clapotait dans les flaques qui s'élargissaient. Un éclair zébra le ciel et, pendant un bref instant, Alex vit la forêt, noire et impénétrable. On aurait dit qu'elle s'était rapprochée, comme si elle cherchait à l'engloutir.

Plus tard, il parvint à s'endormir. Il n'ôta pas ses vêtements. L'idée même lui était insupportable. Il se coucha tout habillé et ferma les yeux.

Lorsqu'il les rouvrit, les premières lueurs de l'aube filtraient déjà à l'oblique. Ses vêtements étaient humides. Ses muscles endoloris. Il leva son poignet pour regarder la montre. Les aiguilles marquaient toujours onze heures.

Près de trente-six heures avaient passé depuis le déclenchement du signal de détresse. Il tendit l'oreille au monde extérieur. Le cri rauque d'un oiseau. Le bruissement des sauterelles. Les dernières gouttes d'eau tombant des branches. Mais il n'y avait personne. Pas de MI6. Inutile de se leurrer plus longtemps.

Quelque chose d'anormal s'était produit. La montre ne fonctionnait pas.

Ils ne viendraient jamais à son secours.

18

Au cœur de la nuit

Le lendemain après-midi, un bourdonnement de moteur troubla le silence de la forêt tropicale. Le Piper Super Cub était revenu.

Alex avait sombré dans une humeur étrange, qu'il avait bien du mal à comprendre. C'était comme s'il avait accepté son sort et ne trouvait plus en lui la force ni le désir de lutter. Il avait fait la connaissance des deux autres employées de l'hôpital : l'infirmière Swaine et l'infirmière Wilcox, laquelle lui avait annoncé fièrement qu'elle serait son anesthésiste. Tout le monde lui témoignait une gentillesse extrême. En un sens, c'était ce qui rendait la situation si cauchemardesque. On s'assurait qu'il avait assez à manger et à boire. On lui proposait de la lecture, de la musique. Le son même de la voix des infirmières lui donnait la chair de poule. Il ne pouvait se défaire de l'impression qu'il était leur chose.

Toutefois, il n'avait pas complètement renoncé. Il continuait de réfléchir à un moyen de fuir ce piège atroce. La rivière : impossible. Il n'y avait pas de bateau ni rien qui pût servir d'embarcation. La clôture, qu'il avait longée entièrement, n'offrait aucune ouverture, et aucune branche propice ne passait par-dessus. Percer un trou dedans avec la pièce de monnaie qui lui restait ? La clôture était électrifiée et les gardes seraient alertés dans la seconde. De plus, sans une carte, une boussole ou une machette, jamais il ne parviendrait à trouver son chemin dans la jungle.

Il songea à envoyer un message radio. Il avait remarqué la salle des transmissions dans le bâtiment administratif, et celle-ci n'était ni fermée à clé ni gardée. Il ne tarda pas à comprendre pourquoi. L'émetteur radio était relié à un clavier numérique : il fallait taper un code pour l'activer. Décidément, le Major Yu avait pensé à tout.

Alex observa l'hydravion se poser sur le lac et amorcer un lent virage vers la jetée. Cette visite n'avait rien de surprenant. Le Dr Tanner la lui avait annoncée la veille au soir.

— C'est ton premier client, Alex, avait-il annoncé d'un air enjoué. Un certain R. V. Weinberg. Son nom ne t'est peut-être pas inconnu.

Fidèle à sa décision, Alex ne répondit rien.

— C'est un producteur de téléréalité très célèbre. Il vient de Miami. Il a contracté une sévère maladie oculaire et il a besoin d'une double transplantation. Nous allons donc commencer par tes yeux. J'opérerai demain matin à la première heure.

Alex examina de loin l'Américain que l'on aidait à descendre de l'hydravion. Le Dr Tanner lui avait expressément recommandé de ne pas s'approcher du « client » ni de chercher à lui parler. C'était l'une des règles de la maison. Alex ne risquait d'ailleurs pas de l'enfreindre car la seule vue du « client » suscita en lui une haine comme il n'en avait jamais éprouvée à l'égard de personne.

Weinberg était gros, dans le genre mou et flasque. Il avait des cheveux gris bouclés et un visage qui aurait pu être moulé dans du mastic, avec des joues et des mâchoires tombantes. Bien que milliardaire, il était piètrement vêtu. Son gros ventre étirait sa chemise Lacoste. Cependant, ce n'était pas tant son apparence qui dégoûtait Alex, mais son égoïsme, son absence totale de pitié. Demain, Alex serait aveugle. Et cet homme aurait ses yeux, sans que cela le dérange le moins du monde, simplement parce qu'il en avait l'envie et les moyens. Le Major Yu, le Dr Tanner et les infirmières étaient des êtres malfaisants. Mais Weinberg, le riche producteur de Miami, lui donnait envie de vomir.

Alex attendit que le client eût disparu dans la maison préparée à son intention, puis il alla sur la rive du lac. Les choses se précipitaient. Il n'avait qu'une nuit pour s'évader. Ensuite ce serait définitivement exclu.

La colère qui montait en lui avait balayé son sentiment d'impuissance. Cela lui fit l'effet d'une gifle. Soudain, Alex recouvrit toute sa combativité. Ils pensaient avoir veillé à tout, mais ils n'avaient pas remarqué la disparition du scalpel. Et il y avait une autre chose importante qu'ils avaient négligée, une chose qui était sous leur nez.

L'hydravion.

Le pilote était descendu et transportait un sac de

voyage à terre. Apparemment, il allait attendre sur place que Weinberg soit prêt à repartir. Il avait très probablement neutralisé le Piper : moteur coupé et clé ôtée, et le Dr Tanner n'imaginait sûrement pas qu'un adolescent pût piloter.

Erreur. Ils avaient laissé l'avion, avec tout son contenu, amarré à la jetée.

Alex l'examina sous tous les angles en réfléchissant.

Il avait trouvé son moyen d'évasion.

Ce soir-là, on l'envoya se coucher à huit et heures et demie. L'infirmière Isabel vint le voir dans sa chambre et lui remit deux comprimés de somnifère avec un gobelet d'eau.

— Je ne veux pas dormir, dit Alex.

— Je sais, répondit-elle avec douceur. Mais le Dr Tanner dit que tu dois te reposer. Avale. C'est un grand jour pour toi, demain. Tu as besoin de sommeil.

Alex hésita, puis il prit les comprimés, les jeta dans sa bouche et avala une gorgée d'eau.

L'infirmière lui sourit.

— Ce ne sera pas si terrible, dit-elle. Tu verras. Ou plutôt, non, tu ne verras pas...

Elle vint jeter un coup d'œil dans sa chambre une heure plus tard, puis à onze heures. Les deux fois, elle le vit profondément endormi dans son lit. Le Dr Tanner en fut un peu étonné. Il s'était attendu à une tentative d'évasion. Le Major Yu lui avait recommandé de surveiller Alex avec attention, et cette nuit serait sa dernière chance. Mais, malgré sa réputation, le garçon semblait avoir accepté son sort et préféré fuir dans le sommeil.

Le Dr Tanner était cependant un homme prudent.

Avant d'aller lui-même se coucher, il convoqua les deux gardes, Jacko et Quombi, dans son bureau.

— Vous monterez la garde devant la porte du jeune Rider toute la nuit, ordonna-t-il.

Les deux hommes échangèrent un regard maussade.

— C'est absurde, patron, dit Jacko. Le gamin dort. Il dort depuis des heures.

— Il peut se réveiller.

— Qu'il se réveille ! Où pourrait-il aller ?

Tanner se frotta les yeux. Il aimait avoir une bonne nuit de sommeil avant d'entreprendre une opération, et il n'était pas d'humeur à argumenter.

— J'ai reçu des ordres du Major Yu, lâcha-t-il sèchement. Vous voulez discuter avec *lui* ? (Il laissa passer un silence puis hocha la tête.) Très bien. Alors obéissez. Jacko, tu feras la première garde jusqu'à quatre heures. Quombi, tu prendras le relais. Et assurez-vous aussi que le chien est dehors. Je veux que personne ne bouge cette nuit. O.K. ?

Les deux hommes acquiescèrent.

— Parfait. Alors à demain…

À trois heures et demie, cette nuit-là, Jacko était assis sur la véranda. Il feuilletait un magazine qu'il avait déjà lu cent fois. Il était de méchante humeur. Il avait fait sa ronde devant la fenêtre d'Alex au moins douze fois, attentif au moindre bruit. Rien. Il se disait que tout le monde paniquait bien inutilement à cause de ce garçon. Qu'avait-il de si spécial ? Il n'était qu'un patient parmi tant d'autres. Certains hurlaient et pleuraient. D'autres essayaient de monnayer leur fuite. Tous finissaient de la même façon.

Les dernières trente minutes de son tour de garde s'égrenèrent. Il se leva et étira ses membres. À quelques mètres sur la pelouse, le chien dressa une oreille et gronda.

— Du calme, tout va bien, Grognard, dit Jacko. Je vais me pieuter. Quombi ne va pas tarder.

Il bâilla, s'étira encore, et s'éloigna dans l'obscurité.

Dix minutes plus tard, Quombi vint prendre sa place. C'était le plus jeune des deux. Il avait déjà passé près d'un tiers de sa vie en prison quand le Dr Tanner l'avait rencontré et amené ici. Quombi aimait son travail à l'hôpital, il adorait accabler les patients de railleries et les harceler à mesure qu'ils s'affaiblissaient. Mais, en ce moment, il était grognon. Il manquait de sommeil. Et on ne lui payait pas d'heures supplémentaires pour travailler la nuit.

En arrivant devant le bâtiment où dormait Alex, son attention fut attirée par un objet brillant dans l'herbe, juste devant la porte. Une pièce de monnaie, apparemment. Quombi ne se demanda pas comment elle avait atterri là. L'argent c'est de l'argent. Il s'approcha et se pencha pour la ramasser.

Quombi eut vaguement conscience que quelque chose tombait du ciel, mais il ne leva pas les yeux assez vite. Le classeur métallique aurait pu l'écraser mais il eut de la chance. Un angle lui frappa le côté de la tête. Ce fut suffisant pour l'assommer et il s'effondra comme un arbre scié. Heureusement, le cabinet fit peu de bruit en basculant dans l'herbe. Le chien se leva en couinant. Il savait qu'il se passait quelque chose d'anormal, mais on ne l'avait pas dressé pour ce genre de situation. Il alla renifler le corps inerte du garde, puis il s'assit sur son arrière-train et se gratta l'oreille.

Sur le balcon du premier étage, Alex contempla son œuvre avec satisfaction.

Il n'avait pas dormi une seconde. Pas plus qu'il n'avait avalé les somnifères. Il avait sagement attendu son heure. Il s'était levé à plusieurs reprises au cours de la nuit en attendant le départ de Jacko, et il avait entendu ce qu'il disait au chien. Aussitôt, il s'était habillé et mis au travail.

Transporter le lourd classeur au premier étage lui avait coûté un effort immense, mais le désespoir décuplait ses forces. Il était parvenu à le saisir à bras-le-corps et à le maintenir en équilibre avec un genou. Le plus difficile avait été de ne pas cogner les murs ni les marches de bois. L'infirmière Isabel occupait une chambre au rez-de-chaussée et le moindre bruit suspect risquait de la réveiller. Alex avait réussi à transporter le classeur dans la chambre située juste au-dessus de la porte d'entrée, et, dans un ultime effort, à le hisser en équilibre sur le garde-corps. Après quoi il avait fouillé dans sa poche.

Il avait eu tout juste le temps. Quombi était apparu quelques secondes seulement après qu'il eut jeté la pièce de dix baths sur la pelouse. Dès lors, le piège était tendu.

Et il avait parfaitement fonctionné. Jacko était allé se coucher et l'infirmière Isabel n'avait pas bougé. Quombi était inconscient. Avec un peu de chance, il avait même une fracture du crâne. Et le chien n'avait pas aboyé.

À présent, c'était à son tour.

Alex descendit l'escalier à pas de loup et se dirigea vers la porte. En le voyant, le chien se mit à grogner, les poils hérissés. Ses méchants yeux bruns luisaient. Mais, comme le Dr Tanner, l'infirmière Hicks avait livré plus de renseignements qu'elle n'aurait dû en précisant que le chien était dressé à ne pas entrer à l'intérieur des bâtiments. Grognard était un tueur, ça se voyait. Même pour un pit-bull, il avait l'air teigneux. Mais tant qu'Alex ne sortirait pas, il ne lui ferait aucun mal.

— Gentil, le chien, murmura Alex.

Il tendit la main. Du bout des doigts, il tenait le steak qu'on lui avait servi le premier soir. Il l'avait conservé après avoir appris l'existence du pit-bull par le Dr Tanner. À l'intérieur de la viande, se trouvaient, coupés en menus morceaux, les six comprimés de somnifère que les infirmières lui avaient donnés depuis son arrivée. La question était de savoir si le chien prendrait l'appât. Grognard ne bougeait pas. Alex lança le steak sur l'herbe, près du corps affalé du garde inconscient. L'animal s'en approcha en remuant la queue. Il renifla la viande et la saisit avidement. Il avala le tout sans même mâcher.

Exactement comme l'avait espéré Alex.

Il fallut dix minutes au somnifère pour produire son effet. Alex observa le chien s'amollir de plus en plus, jusqu'à ce qu'il s'affaisse sur le flanc et ne bouge plus. Seule sa respiration régulière soulevait légèrement son poitrail. Enfin les choses se présentaient sous un jour meilleur. Alex sortit néanmoins avec d'infinies précautions, redoutant le réveil inopiné de Quombi ou du chien. Mais il n'avait pas à s'inquiéter. Il récupéra sa pièce de dix baths, à quelques centimètres du classeur, et s'enfonça en courant dans la nuit.

Un léger écho de tonnerre grondait dans l'air comme un tambour dévalant une colline. Il ne pleuvait pas encore mais un nouvel orage approchait. Parfait. C'était ce qu'espérait Alex. Il jeta un coup d'œil circulaire. Le site était éclairé en permanence par des lampes à arc. Le reste du personnel de l'hôpital, le pilote et le producteur de télévision américain dormaient sans doute profondément. Alex hésita quelques secondes, rêvant que les agents du MI6 – Ben Daniels et une section de commandos – choisissent cet instant pour faire leur apparition. Mais il savait que ça n'arriverait pas. Il ne pouvait compter que sur lui-même.

Alex courut vers la jetée. Si seulement il avait appris à voler ! Il aurait pu faire démarrer le Piper et décoller en quelques minutes vers la liberté. Mais, à quatorze ans, et malgré les nombreuses techniques enseignées par son oncle Ian, il était trop jeune pour avoir pris des leçons de pilotage. Tant pis. L'avion lui serait tout de même utile. Le Dr Tanner avait commis là sa plus grave erreur. Bien sûr, il avait soigneusement renforcé les mesures de sécurité de l'hôpital. *Mais au moment où le Piper était absent.* Or l'hydravion était revenu. Et même si Alex ne pouvait pas s'envoler, l'avion lui permettrait malgré tout de s'évader.

Il atteignit le ponton et s'accroupit dans l'ombre de l'appareil, dont les deux flotteurs oscillaient doucement sur l'eau. Un nouveau coup de tonnerre retentit, plus violent, et quelques grosses gouttes de pluie tombèrent. L'orage allait bientôt éclater. Alex examina le Piper. De chaque côté, deux traverses métalliques soutenaient le poids du cockpit et du fuselage. Elles s'effilaient jusqu'à leur point de boulonnage avec les longs flotteurs en fibre de verre.

Alex sortit de sa poche la pièce de dix baths, la dernière des trois que lui avait données Smithers, et il songea que, si son plan fonctionnait, toutes les trois lui auraient sauvé la vie. Il la fixa contre la partie la plus large de la traverse métallique et leva les yeux vers le ciel. On ne distinguait presque aucune étoile. Les nuages tourbillonnaient. Des éclairs blancs et mauves dansaient derrière. Alex tenait le paquet de chewing-gums dans sa main. Il attendit le coup de tonnerre et pressa le bouton juste au bon moment.

Il y eut une petite explosion. Même sans l'orage, elle serait presque passée inaperçue. Mais la pièce de monnaie avait rempli sa tâche. L'une des traverses avait été arrachée, l'autre s'était libérée du flotteur. Le Piper s'affaissa dans l'eau. Alex s'allongea sur le ponton et, calant ses pieds sur le flotteur, il poussa de toutes ses forces. Lentement, le flotteur se détacha du corps de l'avion. Alex donna une nouvelle poussée pour le libérer totalement. L'avion clapotait inutilement sur l'eau. Alex saisit rapidement le flotteur et le tira sur le rivage.

L'objet avait presque la forme et la taille exactes d'un kayak ou d'un canoë. L'explosion avait même fait un trou sur le dessus, par lequel il pouvait glisser ses jambes à l'intérieur. D'accord, le flotteur n'avait pas de cale-pieds ni de dosseret pour les reins. Et la coque était trop plate. Il serait plus stable sur l'eau mais difficile à contrôler. Il était également beaucoup trop lourd. La plupart des kayaks modernes sont en Kevlar ou en graphite, collés et renforcés avec de la résine. Le flotteur du Piper serait aussi maniable qu'un autobus à impériale. Mais au moins il le porterait. Il le faudrait bien.

Alex avait fait du kayak trois fois dans sa vie. Deux fois avec son oncle Ian, en Norvège et au Canada, une fois au pays de Galles avec le collège. Il avait une petite expérience des rapides : les rouleaux et les contre-courants, les remous et les tourbillons qui faisaient de la descente une cavalcade terrifiante. Pour tout dire, il n'était pas un expert. Loin de là. Le seul souvenir qu'il gardait de son dernier stage, c'était la vitesse, des cris et des gerbes d'eau blanche. À l'époque, il avait treize ans, et il s'était trouvé chanceux d'atteindre son quatorzième anniversaire.

Le scalpel était toujours dans sa poche, enveloppé dans du papier toilette pour empêcher la lame de le blesser. Il le sortit et le déballa, ravi de l'avoir subtilisé dans le bureau du Dr Tanner. Prenant soin de ne pas déraper et de ne pas s'entailler la paume de la main, il élagua les bords déchiquetés du trou en essayant de faire une découpe nette. Il savait que le voyage serait dur et préférait éviter de se taillader le ventre et les cuisses. La lame du scalpel était petite mais très aiguisée. Le flotteur fut bientôt prêt et Alex le posa sur le rivage.

À présent, il lui fallait une pagaie.

C'était le plus facile. Avec ses plaisanteries ironiques sur les couvercles de cercueils, le Dr Tanner avait négligé l'essentiel. Le Piper possédait, dans son équipement de sécurité, une pagaie. Alex l'avait remarquée en arrivant, fixée contre la paroi du cockpit. Le pilote s'en était servi pour manœuvrer l'hydravion sur le lac.

Il revint au ponton. Le Piper s'était enfoncé un peu plus dans l'eau et finirait par sombrer complètement. Alex récupéra un morceau de la traverse cassée afin de s'en servir comme levier. Il attendit un nouveau roulement de tonnerre et défonça une vitre de l'hydravion. Ce qui lui permit d'ouvrir la portière de l'intérieur pour prendre la pagaie.

Il était tenté de partir tout de suite mais il se força à patienter. Si les rapides étaient aussi dangereux que Tanner les avait décrits, il ne pouvait courir le risque de les affronter en pleine nuit. Il attendrait les premières lueurs de l'aube. À présent, la pluie tombait à verse. Alex était trempé mais il s'en réjouissait. La pluie le protégerait. Tant qu'il serait sur la partie évasée du lac, il serait exposé, et il lui faudrait pagayer ferme pendant cinq bonnes minutes pour atteindre le couvert de la forêt.

Une diversion était indispensable. Soudain, il s'aperçut que le Piper lui en fournirait une parfaite. Là encore, il envisagea les différentes possibilités. Il lui restait une heure au moins avant que la clarté du jour soit suffisante pour qu'il puisse s'engager sur la rivière. Autant mettre ce temps à profit. Il avait très envie de laisser un souvenir au Dr Tanner, à Weinberg, et à toute cette entreprise diabolique.

Il esquissa un sourire amer. Ces gens étaient de dangereux criminels et ils sévissaient depuis trop longtemps.

Le moment était venu de leur rendre la monnaie de leur pièce.

19

Rapides

Alex retourna à l'avion et trouva vite ce qu'il cherchait dans la soute : deux jerrycans vides, qui avaient servi à transporter de l'eau ou du carburant. Il lui fallait également un tuyau en caoutchouc, qu'il arracha du moteur. Cela importait peu puisque l'hydravion n'irait nulle part. Ensuite il dévissa le bouchon situé sous l'aile, inséra un bout du tuyau dans le réservoir et prit l'autre dans sa bouche. Il aspira et eut un haut-le-cœur quand il sentit le goût âcre du kérosène lui envahir la gorge. Rien ne se produisit. Il se força à recommencer, cette fois avec succès. Il avait créé un vide et le liquide se mit à couler. Alex approcha les jerrycans et les remplit tous les deux.

Lorsqu'il eut terminé, les bidons étaient trop lourds pour qu'il les soulève. Serrant les dents, il les traîna sur la pelouse jusqu'à l'hôpital. Il savait qu'il prenait un risque mais il s'en moquait. Combien de malheureux réfugiés, partis dans l'espoir d'une nouvelle vie, avaient échoué ici ? Il voulait rayer cet endroit de la surface de la Terre. Ce qui aurait dû être fait depuis longtemps.

Le plus risqué était de pénétrer dans le bureau du Dr Tanner. Les premières lueurs du jour pointaient dans le ciel et l'une des infirmières pouvait se réveiller à tout moment. Il trouva son bonheur dans un tiroir du chirurgien. Un briquet. Tanner aurait pourtant dû savoir que fumer était dangereux pour la santé. Et horriblement cher.

Aussi vite qu'il le pouvait, mais en prenant soin de ne faire aucun bruit, Alex vida le kérosène tout autour de l'hôpital, le long de la véranda et du porche. Le pétrole ne se mélangeait pas avec l'eau de pluie et stagnait à la surface, en marbrures mauves et luisantes. À la moitié du second jerrycan, il revint vers l'avion en laissant derrière lui un sillage de carburant. Après quoi il jeta le bidon vide et monta dans son kayak improvisé, la pagaie en travers des jambes.

Il était presque prêt.

La pagaie était trop courte et le kayak déséquilibré. Il aurait fallu le rogner pour que la proue et la poupe aient la même position dans l'eau, mais le trou n'était malheureusement pas situé au centre. Alex essaya de déplacer un peu son poids. Aussitôt il se mit à osciller et crut qu'il allait chavirer. Il parvint à se redresser. Il essaya encore, plus prudemment, cette fois avec succès. Le flotteur reposait de façon homogène sur le lac. Il abaissa une épaule. La fibre de verre lui blessa le bas du dos mais le kayak s'inclina légèrement. Cette fois, il le contrôlait.

Alex prit une profonde inspiration et poussa pour se dégager de la rive. Au tout dernier moment, il alluma le briquet. La petite flamme bondit, résistant à la pluie. Alex tendit le bras et approcha le briquet du bord de la pelouse. Aussitôt, le feu s'empara de la traînée de kérosène et s'élança vers l'hôpital, maintenant nettement visible dans le jour naissant. Alex n'attendit pas de le voir se lever. Il pagayait déjà, penché en avant et jouant des épaules pour donner plus de puissance à chaque coup de pagaie. Il oscilla une ou deux fois avant de s'habituer au poids, mais le flotteur faisait ce pour quoi il était fait : il flottait.

Derrière Alex, la traînée de flammes atteignit l'hôpital.

Le résultat fut plus spectaculaire qu'il n'avait osé l'espérer. La pluie avait diffusé le kérosène un peu partout, et bien que le bois du bâtiment fût mouillé en surface, des années de soleil australien en avait cuit le cœur. Les flammes bondirent et Alex perçut leur chaleur dans son dos. Il jeta un coup d'œil en arrière et vit que le bâtiment entier s'était transformé en brasier. La pluie fumait en touchant le toit, une lutte épique s'engagea entre l'eau et le feu.

Personne n'était encore sorti, puis Jacko apparut, à moitié endormi et hébété, bientôt rejoint par le Dr Tanner et les infirmières.

Maintenant, ce n'était plus seulement l'hôpital qui brûlait. L'incendie avait gagné le bâtiment administratif et l'une des maisons. Le site entier allait être dévasté. Soudain, R. V. Weinberg surgit sur la pelouse, vêtu d'un ridicule pyjama rayé dont les manches de pantalon brûlaient. Il sautillait en hurlant sous la pluie. Ses yeux ne seraient pas les seuls à nécessiter un traitement médical.

Tanner aperçut Quombi gisant sur l'herbe, à côté de la masse anguleuse du classeur métallique. Cette fois, il comprit.

— Rider ! hurla-t-il. Retrouvez-le !

Weinberg s'était jeté dans une grosse flaque et se trémoussait en gémissant. Les autres l'ignorèrent. Ils fouillaient l'enclos à la recherche d'Alex. Même s'ils avaient songé à regarder du côté du lac, il était trop tard. Alex avait déjà disparu derrière le rideau de pluie.

Il y eut un craquement assourdissant et le générateur s'arrêta en hoquetant, dans une gerbe d'étincelles et un nuage de fumée noire. Incapable de résister à l'attaque conjointe de l'eau et du feu, l'électricité avait déposé les armes. Tanner poussa un hurlement de rage.

— Docteur ! L'avion !

Jacko venait d'apercevoir le Piper qui s'enfonçait dans le lac, de guingois, sur un seul flotteur.

Le visage ruisselant de pluie, Tanner observa l'hydravion et reconstitua mentalement ce qui s'était passé. À présent il savait qu'Alex s'était enfui. Il scruta la rivière, mais la fumée, la pluie et la faible clarté du jour rendaient le monde opaque. Pourtant le garçon ne pouvait être bien loin. Ce n'était pas encore terminé.

Le Dr Tanner sortit son téléphone mobile.

Alex entendit le rapide avant de le voir. Le lac n'était plus un lac, juste un évasement de la rivière. Cela portait sûrement un nom, mais il y avait longtemps qu'Alex n'avait pas suivi un cours de géographie. Au bout, cela se rétrécissait encore et les rives se fermaient en V. Alex sentit le courant l'emporter. Il n'avait presque plus besoin de pagayer. En même temps, la forêt se resserrait des deux côtés, immense, étouffante ; le feuillage dense semblait comprimer l'air lui-même. Et puis il y avait ce son dont Alex avait gardé le souvenir. Un son distant, brut, qui l'emplit aussitôt d'appréhension. Le tumulte des eaux vives, juste après le tournant, qui le défiaient d'approcher.

Alex plongea la pagaie dans l'eau pour tester son kayak de fortune. Il aurait besoin de le faire tourner, virer, de réagir au quart de seconde à tous les pièges subits que la rivière lui réservait. Déjà, il se rendait compte qu'il n'arriverait pas à gîter. Les troncs des arbres les plus proches s'enfonçaient dans l'eau, et leurs racines traînaient, s'enroulant autour de vilains rochers. Alex avait au moins la satisfaction de mettre de la distance entre lui et l'hôpital – du moins ce qui en restait. Il savait, par Tanner, qu'ils n'avaient pas de bateau. Et l'hydravion était détruit. Personne ne pourrait le suivre.

Après une courbe, il découvrit le premier passage de rapides. Un rappel brutal à la réalité : il n'était pas encore tiré d'affaire. Le pire était devant lui. Il avait peut-être simplement troqué une mort contre une autre.

La rivière prenait brusquement une inclinaison abrupte, cernée par des rochers massifs et des troncs d'arbres. Une série de hauts-fonds acérés avait formé une sorte d'escalier naturel. Si Alex atterrissait là où l'eau était trop peu profonde, le kayak se briserait en deux, et lui avec. Le rapide écumait. Des milliers de litres d'eau cascadaient d'une marche à l'autre dans un vacarme de tonnerre. Pour aggraver encore les choses, tout le passage était ponctué de bouillonnements : l'eau bondissait à la surface comme si elle avait été chauffée dans une casserole. S'il était pris dans l'un de ces bouillonnements, il perdrait tout contrôle et serait totalement à la merci de la rivière.

« Ne te leurre pas, Alex. Tu ne maîtrises jamais rien sur une rivière. Continue de pagayer et ne lutte pas contre le courant, car le courant gagne toujours. »

Les paroles de son oncle remontèrent de très loin. Il aurait aimé y puiser un peu de réconfort. Alex se faisait l'effet d'un bouton arraché dans une machine à laver. Il n'était plus maître de son sort. Il serra les dents, agrippa fermement sa pagaie, et partit à l'assaut de la rivière.

À partir de cet instant, tout lui échappa. Au sens propre comme au sens figuré. Il bataillait, ballotté de droite et de gauche, aveugle. L'eau défilait à une vitesse folle, le giflait, le martelait. Il enfonça sa pagaie, profita d'une trajectoire pour virer, évita de peu un rocher noir aux vilaines arêtes acérées. Les hautes cimes des arbres tournoyaient dans le ciel. Il ne voyait plus qu'une informe masse verte. Il n'entendait plus rien. Il avait de l'eau dans les oreilles et, quand il ouvrait la bouche pour respirer, l'eau s'y engouffrait. Deux autres coups de pagaie pour éviter les rochers, puis un craquement terrible : le kayak percuta une marche. Par chance, il resta en un seul morceau. Une immense couverture d'eau s'abattit sur Alex. Il fut submergé. Il allait se noyer.

Soudain, sans comprendre comment, il ressurgit à

l'air libre. Il avait franchi le rapide. Il se sentait vidé, meurtri, comme après un duel au corps à corps. Ce qui, en un sens, était vrai. Il avait le ventre et les reins en feu, cisaillés par la fibre de verre. En glissant une main sous le chiffon trempé qu'était devenu sa chemise pour palper les dommages, Alex s'aperçut que ses doigts étaient couverts de sang. Derrière lui, le rapide bondissait et se fracassait contre les roches, grondant sa colère d'avoir laissé échapper le kayak.

Alex savait qu'il ne pourrait pas en supporter davantage. Seule l'énergie du désespoir et une chance inouïe l'avaient conduit aussi loin. Dès l'instant où il était entré dans le rapide, il avait perdu toute notion de son centre de gravité. Ce qui signifiait qu'il avait tout perdu. Il n'était rien de plus qu'un bout de bois emporté par le courant. Le problème ne tenait pas seulement à la mauvaise forme du kayak, mais au fait que ce n'était pas un kayak du tout. Juste un flotteur arraché à un hydravion. Et si Alex avait choisi, finalement, de voler un cercueil comme moyen de transport pour sa fuite, ça n'aurait peut-être pas été pire.

Il tenta de se souvenir de ce que le Dr Tanner lui avait dit au sujet de la rivière. Après le premier rapide, venait un autre, plus sévère. Puis, un ou deux kilomètres plus loin, les Chutes de Bora. Ce nom n'annonçait rien de bon. Il lui faudrait trouver un endroit où aborder et s'aventurer dans la jungle. Il avait déjà parcouru une bonne partie du trajet et, avec un peu de chance, peut-être même atteint la limite de la zone inondable. Il devait sûrement exister une présence de civilisation quelque part dans la région. Un ranger, un médecin volant, n'importe qui !

Un seul ennui : il n'y avait aucun endroit où accoster. Les berges étaient abruptes, les rochers formant une barrière presque continue. En haut, la cime des arbres se perdait dans le ciel. Bien que trempé, Alex n'avait pas froid. La jungle fabriquait sa propre chaleur. Il avançait au fil du courant, l'oreille tendue, guettant le prochain passage de rapides. Mais ce n'est pas cela qu'il entendit. Ce fut même le dernier bruit auquel il s'attendait.

Un hélicoptère.

S'il avait été dans les rapides, il n'aurait pas distingué le claquement des pales. Mais il se trouvait sur une section plate, vive mais silencieuse. Il leva les yeux pour s'assurer qu'il ne rêvait pas. C'était une vision insolite à cette heure matinale, au milieu d'une forêt tropicale australienne, pourtant il était bien là. Petit point noir qui se rapprochait rapidement.

La première pensée d'Alex fut que le MI6 arrivait enfin, bien que presque trop tard. Mais ses espoirs s'envolèrent très vite. Il y avait quelque chose d'hostile et de sinistre dans la façon dont l'hélicoptère fondait sur lui comme un insecte prêt à piquer. Si le MI6 avait dû intervenir, il l'aurait fait depuis longtemps. Non. C'était autre chose. Et c'était un ennemi.

L'hélicoptère était un Bell UH-1D, un « Huey », l'une des plus célèbres machines volantes depuis que les Américains en avaient envoyé des centaines au Vietnam, dans les années soixante. Alex reconnut le fuselage long et effilé, prolongé par la queue. La porte latérale était ouverte et un homme se tenait assis au bord, jambes pendantes, une arme sur les genoux. La malchance, rien d'autre. Le Dr Tanner n'avait pas pu appeler des secours dans les minutes qui avaient suivi le départ d'Alex. L'hélicoptère devait déjà être en route, peut-être pour venir parachuter des provisions, et Tanner l'avait probablement dévié pour le lancer à sa recherche.

Alex n'avait nulle part où se cacher. Il descendait au milieu de la rivière, et pas assez vite pour pouvoir s'échapper. Faible consolation : l'hélicoptère n'était apparemment pas équipé de mitrailleuses, de lance-roquettes ni de missiles antichars. L'homme n'avait qu'un fusil. S'il avait eu une mitraillette, Alex n'aurait pas eu la moindre chance. Toutefois un tireur moyen pouvait le descendre facilement. Il eut soudain conscience de sa vulnérabilité. Il pouvait presque sentir la balle pénétrer entre ses épaules.

Il pencha la tête vers l'eau pour déplacer son centre de gravité et incliner le kayak sur le flanc, jusqu'à ce que son épaule gauche frôle la rivière. Et il pagaya énergiquement en direction de la berge la plus proche. Il espérait que ce mouvement, tout en le propulsant plus vite sur l'eau, lui permettrait d'offrir une cible moins facile au tireur.

Quelque chose frappa la surface de l'eau à quelques centimètres de sa tête. Une microseconde plus tard, il entendit la détonation. La balle était parvenue à destination plus vite que le son. Alex se redressa d'un coup de rein. Il avait atteint son objectif : un bouquet d'arbres suspendus au-dessus de la rivière qui formaient un tunnel de verdure et le cacheraient pendant cinquante mètres.

La section suivante de rapides démarrait un peu plus loin. La rivière tumultueuse, jusqu'alors son ennemie, devenait maintenant son amie. L'eau écumante, le courant tourbillonnant, les rouleaux qui le jetaient d'un côté et de l'autre compliquaient la tâche du tireur. Mais Alex les atteindrait-il à temps ? L'hélicoptère stationnait juste au-dessus de la voûte d'arbres. Le feuillage et les branches s'agitaient follement. Le souffle des pales ridait la rivière.

Alex émergea du tunnel de verdure et pagaya de toutes ses forces, le haut du corps et les épaules en avant pour aller plus vite. Deux autres coups de feu claquèrent. Une balle toucha le kayak et Alex regarda avec stupéfaction le trou rond percé juste devant lui. Tiré de biais, le projectile avait perforé la fibre de verre avant de ressortir juste au-dessus de la ligne de flottaison, manquant de peu sa jambe.

Deux autres coups de pagaie, et il s'engagea dans le rapide. Il n'avait pas eu le temps de prévoir une trajectoire – encore moins d'imaginer une stratégie pour survivre dans le nouveau tronçon. Celui-ci était pire que le précédent : courant plus violent, pente plus escarpée, et des rochers qui semblaient tout spécialement destinés à l'empaler ou le couper en deux.

Même le tireur marqua une hésitation. Il laisserait la rivière faire le travail pour lui.

« Dans le doute, continue de pagayer. » Un autre conseil de Ian Rider. Et Alex obéit, enfonçant sa pagaie d'un geste automatique. À gauche, à droite. L'hélicoptère avait disparu. Les embruns l'avaient effacé de sa vue. Ce qui signifiait que ses poursuivants ne le voyaient pas non plus. Il y eut un bang assourdissant, mais ce n'était pas un coup de feu. Le nez du kayak avait percuté un rocher. Alex se mit à tournoyer sur lui-même pendant plusieurs secondes, puis il fut emporté en arrière par le courant. Il planta sa pagaie dans l'eau pour pivoter dans le bon sens et eut l'impression que ses bras allaient être arrachés par la force des flots. Mais son embarcation fit demi-tour et bondit en avant. Toute l'eau du monde lui tomba dessus. Puis, soudain, le calme revint. Il était passé.

Devant lui, la rivière s'élargissait et la végétation s'éloignait des rives, n'offrant plus aucune protection. Le kayak gagna de la vitesse. Le courant semblait s'affoler. Pourquoi ? Alex n'eut pas le temps de chercher la réponse. Il leva les yeux et découvrit de nouveau le tireur de l'hélicoptère qui le mettait en joue. Il était si près qu'Alex entrevit son menton mal rasé, l'index qui se repliait sur la détente.

Il ne lui restait plus qu'une chose à faire. Une dernière ruse à tenter. Cela pouvait le tuer mais Alex avait décidé de lutter, de ne pas laisser le tireur anonyme l'abattre. Celui-ci tira. La balle lui entailla le cou, juste au-dessus de l'épaule. Alex réprima un cri. Il avait l'impression qu'on lui avait glissé la lame d'un couteau de cuisine sur la peau. À la même seconde, il prit sa respiration, se jeta sur le côté, leva un genou, et fit chavirer le kayak.

Il voulait faire croire au tireur qu'il avait fait mouche. De là-haut, ils verraient la coque du kayak retourné. Alex était dessous, la tête en bas, malmené par le courant, la pagaie fermement serrée entre ses mains. Il continuait d'avancer très vite. S'il heurtait un rocher, il était mort. C'était aussi simple que ça. Mais il fallait choisir entre un rocher et le fusil.

La minute suivante fut sans doute la plus longue

de sa vie. Alex fonçait sous l'eau sans rien voir. Lorsqu'il tenta d'apercevoir quelque chose, il ne discerna qu'un tourbillon gris sombre. En revanche, il entendait les échos étranges de la rivière et, dans le lointain, le bourdonnement de l'hélicoptère. Ses jambes étaient coincées, prisonnières de la coque du flotteur. Son cœur tambourinait. Ses poumons commençaient à réclamer de l'air frais.

Mais il devait rester sous l'eau. Combien de temps l'hélicoptère continuerait-il de le suivre avant que le tireur décide qu'il avait terminé son travail ? La poitrine d'Alex se serrait comme un étau. Des bulles s'échappaient de sa bouche, précieuses perles d'oxygène qui s'enfuyaient. Il était incapable d'évaluer depuis combien de temps il était immergé. Le kayak heurta un obstacle, le choc l'ébranla tout entier. C'était de la folie. Il allait se noyer. S'il attendait encore, il n'aurait plus la force de se redresser.

Enfin, à l'extrême limite de son endurance, au bord de l'évanouissement, Alex plia son corps sur le côté, appuya sur sa pagaie, et donna un violent coup de hanche pour forcer le kayak à se retourner.

Tout arriva en même temps. Sa tête et ses épaules jaillirent hors de l'eau. La lumière du jour explosa autour de lui. Le kayak oscilla, puis se stabilisa. Hoquetant, étourdi, Alex se retrouva au milieu de la rivière, porté par un courant plus rapide que jamais.

Il était seul. L'hélicoptère était parti. Il l'aperçut au loin, virant en direction de la colonne de fumée noire qui continuait de s'élever au-dessus de l'hôpital. Sa ruse avait réussi. Ils le croyaient mort.

Alex regarda devant lui et vit que, en effet, il l'était.

Il comprenait maintenant pourquoi l'hélicoptère avait abandonné sa traque. Qu'Alex fût ou non encore en vie sous le kayak retourné importait peu, car ce qui l'attendait allait le tuer de toute façon. Il arrivait aux chutes de Bora.

Une ligne droite délimitait la fin du monde. La rivière basculait de l'autre côté. Des centaines de milliers de litres d'eau. Un nuage blanc, une brume épaisse restait en suspension au-dessus de l'abîme. Au-delà, rien. Alex entendit la rivière cascader sans fin dans le gouffre avec un bruit de tonnerre, et il comprit qu'il n'en reviendrait pas. Aucune force sur Terre ne pouvait plus l'arrêter à présent.

Il ouvrit la bouche et poussa un hurlement.

20

Piles non incluses

Pendant une seconde interminable, Alex resta suspendu dans le vide, assourdi par le rugissement des chutes de Bora, aveuglé par les embruns, convaincu qu'il allait mourir. L'eau était devenue une créature vivante, gigantesque, qui se ruait en avant et explosait par-dessus le bord de la paroi rocheuse. Il ne fallait pas compter sur un atterrissage en douceur. Cinquante mètres plus bas, un chaudron bouillonnant l'attendait.

Alex n'avait pas le temps de réfléchir, ni de tenter quoi que ce soit. Juste réagir d'instinct, en suivant des conseils entendus longtemps auparavant. Il fallait réduire l'impact de la réception. « Sois agressif ! Ne laisse pas la cascade te prendre ! » Au tout dernier moment, juste avant de tomber, Alex banda ses muscles, inspira à fond, et donna un unique et puissant coup de pagaie.

Le monde bascula. Il était sourd. Aveugle. Assommé. Il avait juste conscience de ses mains crispées sur la pagaie, poignets bloqués, muscles ankylosés.

« Penche-toi en avant. Ne cherche pas à résister. Accompagne le mouvement. Plus la chute est haute, plus tu dois être incliné au moment de toucher l'eau. Et tourne la tête sur le côté, sinon tu auras tous les os du visage broyés. »

Il tombait. À moitié dans l'eau, à moitié dans le vide. De plus en plus vite.

« Cherche à viser les endroits qui écument. C'est là que l'eau est la plus aérée, et l'air amortira ta chute. Ne crie pas. Retiens ton souffle. »

Était-ce encore loin ? Quelle était la profondeur de la cuvette ? Bon sang, s'il heurtait un rocher, il serait réduit en bouillie. Trop tard pour y songer. Les projections d'eau lui brûlaient les yeux. Il les ferma. Pourquoi regarder sa mort ?

Le kayak heurta le chaudron le nez le premier, et s'y enfonça aussitôt. Les jambes et le bassin d'Alex reçurent le choc avant que l'eau l'engloutisse. La cascade le martelait, l'écrasait. Sa tête fut rejetée en arrière, il sentit le coup de fouet dans sa nuque. La pagaie gicla de ses mains. Alors il se débattit, pataugea désespérément, cherchant à se dégager du kayak qui l'entraînait dans les profondeurs. Son coude heurta douloureusement un rocher. La violence du coup lui fit relâcher l'air de ses poumons et il sut qu'il ne lui restait plus que quelques secondes pour remonter à la surface. Mais ses jambes étaient prisonnières. Il n'arrivait pas à les dégager. Le kayak sombrait, l'emportait avec lui. Usant de toutes ses forces, Alex se trémoussa, tordit le bas de son corps, et ses hanches finirent par s'extraire du trou du flotteur. Il tira. D'abord une jambe, puis l'autre. Il avala de l'eau. Il ne savait plus distinguer le haut du bas. Enfin ses cuisses furent libres. Il battit des pieds. Encore et encore. L'eau le faisait tournoyer, le rejetait d'un côté puis de l'autre. Il n'en pouvait plus. Un dernier battement de pieds...

... et sa tête jaillit hors de l'eau. Il était déjà loin en aval. La cascade de Bora se dressait derrière lui, incroyablement haute. Le flotteur avait disparu. Sans doute en miettes. En aspirant l'air frais, Alex se dit qu'il avait fait tout ce qu'il convenait de faire et que, par miracle, il avait survécu. Il était sorti vainqueur de son combat contre les chutes de Bora.

Le courant s'apaisa peu à peu. Les bras et les jambes complètement mous, Alex n'avait plus aucune force. Le mieux qu'il pouvait faire était de rester à flot, la tête en arrière pour respirer. Il avait l'impression d'avoir avalé dix litres d'eau et se demandait s'il ne risquait pas d'attraper le choléra, la fièvre jaune ou une de ces maladies spécifiques aux rivières tropicales. L'ASIS n'avait pas pris la peine de lui faire des vaccins avant de l'expédier à Bangkok. Mais il serait temps de déposer une réclamation plus tard !

Jamais il ne s'était senti aussi exténué. L'eau lui faisait maintenant l'effet d'un coussin sur lequel il avait envie de s'étendre pour dormir. Quelle distance avait-il parcourue ? Les chutes de Bora, selon le Dr Tanner, se trouvaient à un ou deux kilomètres du camp, mais il lui semblait en avoir fait le double.

Aucun signe de l'hélicoptère. C'était au moins ça. Ils le croyaient mort.

Peu après, Alex se retrouva échoué sur une berge de gravier et de sable. Il ne s'en était même pas aperçu. Et il avait dû s'endormir car le Soleil était maintenant haut dans le ciel. Sa chaleur était agréable. Il avait le cou et le dos sérieusement endoloris – son épine dorsale avait encaissé tout le choc –, et le torse, les hanches et les cuisses couverts de contusions et d'entailles. Les chances de survivre à une cascade étaient déjà infimes, mais survivre sans blessure grave relevait du miracle. Cela lui rappela une remarque de Ash à propos de son père : « John avait une chance du diable. » Alex avait au moins hérité de cela.

Ash.

Reef Island.

Il avait été tellement absorbé par son propre sort qu'il avait perdu de vue l'ensemble du problème. Combien de temps restait-il avant que le Major Yu déclenche la bombe qui allait provoquer un effet dévastateur sur les plaques tectoniques ? Était-il déjà trop tard ? Alex s'assit péniblement et tenta de ramener un peu de vie dans son corps meurtri, tout en s'efforçant de réfléchir. Yu avait parlé de trois jours. À minuit, le troisième jour, la Terre serait soumise à une force d'attraction exceptionnelle, et la ligne de faille, au fond de la mer, serait à son niveau le plus vulnérable.

Trois jours. Alex les avait passés emprisonné dans l'hôpital. Le désastre aurait donc lieu ce soir ! Pour l'instant, il ne devait pas être plus de dix heures du matin. Il avait douze heures devant lui pour empêcher une terrible catastrophe, le meurtre de huit personnes sur Reef Island et la mort de milliers d'autres en Australie.

Cette fois, la situation était vraiment, et totalement, désespérée. Il avait peut-être échappé à la mort atroce que lui réservait le Major Yu, mais qu'avait-il gagné ? Il se retrouvait échoué en bordure d'une plaine inondable, entre une forêt tropicale et des montagnes – très loin –, entouré de buissons et d'arbustes dont il ignorait le nom, de quelques rochers et de termitières. Une odeur douceâtre – qui rappelait le bois pourri – flottait dans l'air. C'était tout. Si nulle part avait un milieu, il s'y trouvait.

Et il ne pouvait rien faire. Il ne succomberait pas sous le scalpel du Dr Tanner mais il mourrait quand même, de faim ou de maladie. En supposant, bien sûr, qu'aucun crocodile ne le dévore avant. Alex se passa une main sur le visage. Depuis le début de cette mission, tout allait de travers. Jamais il n'avait été maître de la situation. Il se remémora son entrevue avec Ethan Brooke à Sydney. Normalement, il était seulement censé servir de couverture pour Ash. Un travail facile. Au lieu de cela, il avait vécu la pire semaine de sa vie. Il aurait mieux fait d'écouter Jack !

Alex regarda les montagnes, dans le lointain. Il lui faudrait au moins une journée de marche pour les atteindre. Trop long. D'ailleurs, qu'est-ce qui lui faisait croire qu'il y rencontrerait une quelconque présence humaine ? Il n'avait aperçu aucune route ni aucune maison de l'avion. Si seulement il avait pu contacter le MI6. Alex jeta machinalement un coup d'œil à son poignet. La montre de Smithers avait résisté à l'épreuve de la cascade. Un miracle. Mais pourquoi n'avait-elle pas fonctionné ? Smithers l'avait conçue tout spécialement pour lui. La montre *avait dû* émettre un signal de détresse. Alors quelle raison avait empêché le MI6 d'y répondre ? Alex songea à sa conversation avec Mme Jones et Ben Daniels. Il était incompréhensible que celui-ci ne l'ait pas déjà retrouvé. Alors qu'est-ce qui avait cloché ?

Il défit la montre de son poignet pour l'examiner. Bien que d'aspect vulgaire et bon marché, puisqu'elle était censée provenir d'un marché afghan, son mécanisme avait été conçu pour durer. D'ailleurs, le bracelet avait survécu aux rapides et aux chutes de Bora, et elle était sûrement étanche. Les aiguilles indiquaient toujours onze heures. Alex la retourna. Une rainure parcourait le boîtier : le fond devait donc être dévissé. Il posa son pouce dessus et tourna. Le boîtier s'ouvrit avec une aisance étonnante.

La montre contenait des microcircuits alambiqués, inventés et installés par Smithers. L'intérieur était parfaitement sec. Il n'y avait pas la moindre trace d'humidité. L'ensemble fonctionnait avec une pile logée dans un petit compartiment circulaire, juste au milieu.

Du moins normalement. Car il n'y avait pas de pile. Le compartiment était vide.

Tout s'expliquait. Personne n'avait répondu à son signal de détresse, et pour cause ! Il n'y avait pas eu de signal. Mais comment une telle chose avait-elle pu se produire ? Smithers avait toujours été de son côté. Et une étourderie aussi grave ne lui ressemblait pas. Alex s'efforça de contenir la vague de rage qui montait en lui. Toute sa vie fichue en l'air à cause d'une pile manquante !

Et comment en trouver une de rechange ? Inutile d'espérer croiser une quincaillerie au milieu de la brousse. Un instant, il fut tenté de jeter la montre dans la rivière. Il ne voulait plus la voir.

Il demeura immobile un long moment. Le soleil séchait ses vêtements. Quelques mouches tournicotaient autour de lui mais il les ignora. Il remontait mentalement le fil de ce qui s'était passé au cours des derniers jours. La cascade, la descente des rapides, l'incendie de l'hôpital. Avait-il vraiment fait tout ça pour rien ? Et, auparavant, le déjeuner avec le Major Yu, la poursuite sur *L'Étoile du Libéria*, la découverte de Royal Blue, la soudaine apparition de Kopassus, l'entrepôt de jouets à Djakarta.

Pas de pile !

Il repensa à Bangkok et à ce que lui avait appris Ash sur ses parents. C'était la seule raison qui l'avait poussé à accepter la mission. Mais cela en avait-il vraiment valu la peine ? Probablement pas. De plus, Ash l'avait déçu. Alex avait espéré que son parrain deviendrait un ami, mais, malgré le temps passé ensemble, il le connaissait toujours aussi peu. Ash demeurait une énigme.

Alex le revoyait tel qu'il lui était apparu la première fois : un soldat armé d'un fusil d'assaut dans l'obscurité, lui disant qu'il avait le pied sur une mine. Une fausse mine au milieu d'un faux tir de barrage. Comment avaient-ils pu lui jouer un si mauvais tour ?

« Tu ne courais aucun réel danger. Nous savions exactement quelle était ta position à chaque seconde. »

Et comment connaissaient-ils sa positon ?

« Il y avait un émetteur dans le talon d'une de tes chaussures. »

Alex baissa les yeux sur ses tennis. Délavées, déchirées, trouées. Délirait-il en pensant ce qu'il pensait ? On lui avait remis ces tennis sur le porte-avions qui l'avait repêché dans le Pacifique. L'émetteur y avait été ajouté ensuite par le colonel Abbott à la base de Swanbourne.

Depuis, il n'avait pas changé de chaussures.

Cloudy Webber l'avait déguisé en réfugié afghan mais elle lui avait laissé ses tennis car celles qu'elle lui proposait n'allaient pas. Et il ne s'était pas changé jusqu'à son repas avec le Major Yu. Là, on lui avait fourni un jean et une chemise de fabrication anglaise, qu'il avait gardés jusqu'à l'hôpital. Mais personne, ni Yu ni le Dr Tanner, ne lui avait donné de nouvelles chaussures. Donc, l'émetteur installé à Swanbourne dans ses tennis s'y trouvait toujours. Il ne fonctionnait pas car il était prévu pour une courte portée.

Mais la pile, elle, devait fonctionner.

Alex refoula la vague d'excitation qui s'emparait de lui, redoutant une nouvelle déception. Il ôta ses tennis pour les examiner. Ash avait précisé que l'émetteur était dans un des talons. Sur les semelles, il ne vit aucune ouverture, ni rien qui ressemblât à un compartiment secret. Alors il sortit les semelles intérieures. C'est là qu'il le trouva. Dans la chaussure gauche, juste au niveau du talon, un rabat avait été découpé, puis scellé.

Il lui fallut dix minutes pour l'ouvrir, en s'aidant

d'une pierre aiguisée. Tout en bataillant pour forcer le rabat, Alex se répétait que cela ne servirait à rien. La pile était là depuis deux semaines. Peut-être à plat. Ou alors elle n'irait pas dans la montre. Mais c'était mieux que rien puisque, au départ, ses chances de dénicher une pile dans la brousse australienne étaient nulles.

Enfin il souleva le rabat et découvrit le petit circuit intégré qui avait servi à lui sauver la vie sous les tirs d'artillerie à Swanbourne. La pile était là. Une pile au lithium, deux fois plus grosse que celle censée loger dans la montre. Alex la sortit et la tint dans le creux de sa main comme une précieuse pépite d'or. Il n'avait plus qu'à la connecter. Sans tournevis, sans conducteur, sans contact métallique. Facile !

Finalement, il cassa deux épines d'un buisson voisin et s'en servit comme de pinces miniatures pour extraire certains fils du talon. La tâche lui parut interminable. Le soleil avait grimpé au zénith et la sueur ruisselait sur son front, mais il ne s'arrêta pas pour se reposer. Minutieusement, il démonta l'émetteur jusqu'à ce qu'il obtienne deux longueurs de fil de métal, d'à peine un centimètre chacun. Puis il frotta les fils contre la batterie et, à son intense soulagement, il fut récompensé par une minuscule étincelle. La pile fonctionnait encore. Il n'avait plus qu'à la connecter à la montre, en utilisant deux petits cailloux pour les maintenir en place.

Il ne pouvait rien faire de plus. Il plaça la pile à côté de la montre, avec les deux fils qui couraient à l'intérieur et conduisaient le précieux courant électrique à l'émetteur, le tout en équilibre sur un rocher.

Ensuite, il alla s'allonger à l'ombre d'un arbuste. Il apprendrait bien assez tôt si la montre émettrice fonctionnait.

Quelques minutes plus tard, Alex dormait profondément.

21

Force d'attaque

Alex fut tiré du sommeil par un ronronnement d'hélicoptère. Pendant un instant abominable, il crut que le Bell UH-1D était de retour. Si c'était le cas, il se rendrait. Il n'avait plus la moindre réserve d'énergie. Plus rien en lui pour se battre. Mais, plissant les yeux contre le soleil, il vit que l'appareil était nettement plus gros, et doté de deux rotors : un Chinook. Une silhouette se penchait déjà par l'ouverture latérale.

Yeux bleus, cheveux noirs et courts, une main levée en signe amical. Ben Daniels.

Alex se remit péniblement debout alors que le Chinook allait se poser sur une aire de buissons ras, un peu plus loin. Il se dirigea vers lui en faisant attention où il mettait ses pieds nus. Ç'aurait été dommage de marcher sur une vipère maintenant ! Ben Daniels sauta de l'hélicoptère et le dévisagea. Puis, avant qu'Alex ait pu l'en empêcher, il le prit dans ses bras et le serra très fort.

— Enfin te voilà ! s'exclama-t-il en criant pour couvrir le vacarme des rotors. Je me suis fait un sang d'encre. (Il lâcha Alex.) Qu'est-ce que tu fabriques ici ? Où étais-tu passé ?

— C'est une longue histoire.

— Ça a un rapport avec la fumée, en amont de la rivière ? demanda Ben Daniels avec un mouvement du pouce. On l'a aperçue en passant.

— C'était un hôpital, répondit Alex, sans cacher son soulagement de voir enfin les choses tourner en sa faveur. Je suis drôlement content de te voir, Ben...

— Mme Jones trépignait. On savait que tu avais pris l'avion pour Djakarta, mais ensuite on t'a perdu. Mme Jones a des agents dans toute l'Indonésie, mais elle m'a envoyé à Darwin pour le cas où tu arriverais à gagner l'Australie. Je t'attends dans le coin depuis trois jours en espérant ton appel. Tu es dans un sale état ! On dirait un chat repêché dans un baquet d'eau...

— C'est très proche de la réalité. (Puis il ajouta d'un ton abrupt :) Ben, quelle heure est-il ?

Ce dernier fut surpris par la question.

— Treize heures dix. Pourquoi ?

— Dépêchons-nous. Il reste moins de douze heures.

— Avant quoi ?

— Je t'expliquerai en route...

Il y avait longtemps qu'Alex ne s'était senti aussi bien. Au chaud, au sec, rassasié, et loin des dangers des derniers jours. Il était allongé sur un confortable lit de camp, dans une base militaire de la banlieue de Darwin, où Ben Daniels l'avait conduit. Il portait une tenue de combat, les seuls vêtements que Ben ait pu lui dénicher. Depuis un moment, on l'avait laissé seul.

Par la fenêtre, il apercevait une certaine activité. Des soldats traversaient la cour, des Jeeps allaient et venaient. L'hélicoptère était toujours là. Une heure et demie plus tôt, un camion citerne s'était arrêté à côté pour remplir son réservoir. Cela indiquait sans doute que quelque chose se préparait.

Malgré tout, Alex ne parvenait pas à se détendre totalement. Il était dix-huit heures trente et le Soleil ne tarderait pas à se coucher, se déplaçant ainsi vers l'alignement avec la Terre et la Lune que le Major Yu attendait. À minuit, Royal Blue serait descendue dans le fond de la mer.

Que comptaient faire le MI6 et l'ASIS pour empêcher l'explosion ?

Alex avait expliqué tout ce qu'il avait appris, non seulement à Ben Daniels mais à tout un détachement d'officiers australiens. Son histoire était incroyable, inconcevable, et pourtant aucun d'eux n'avait mis sa parole en doute. Après tout, il était Alex Rider, le garçon qui revenait de l'espace. Alex supposa que, désormais, tout ce qu'il dirait serait pris en considération. L'un des officiers était conseiller technique et il avait aussitôt confirmé que le plan de Yu était réalisable. On pouvait créer une lame de fond artificielle. À partir de minuit, la ligne de faille serait soumise à une force gravitationnelle énorme. Même une explosion modérée suffirait à déclencher une catastrophe majeure et, avec Royal Blue, Yu disposait de toute la puissance nécessaire.

Bien entendu, dans un sens, la mission de Scorpia avait déjà échoué. Les services de renseignements connaissaient désormais son plan, et même si Reef Island était rayée de la carte par une vague monstrueuse, personne ne croirait plus à un accident. D'ailleurs, Alex supposait que l'île serait évacuée pour éviter tout risque. Il était inutile que le Major Yu appuie sur le bouton. S'il avait un peu de bon sens, il était en train de chercher un endroit où se cacher.

On frappa à la porte. Alex se redressa pour accueillir Ben Daniels. Celui-ci avait l'air sombre.

— Ils veulent te voir, annonça-t-il.

— Qui ?

— La cavalerie vient d'arriver. Ils sont dans le mess...

Alex traversa l'enceinte de la base avec Ben Daniels. Il était inquiet, mais satisfait qu'on ne le tienne pas à l'écart. Jusqu'alors, le MI6 l'avait toujours traité comme un espion un jour, et comme un collégien le lendemain, oubliant son existence dès qu'il n'avait plus besoin de lui. Le mess était un long bâtiment de bois qui occupait tout un côté de la cour. Ben sur les talons, Alex poussa la porte.

La plupart des officiers devant lesquels il avait fait son rapport en début d'après-midi étaient là, penchés sur des cartes, géologiques et marines, étalées sur les tables. Deux hommes les avaient rejoints. La « cavalerie » annoncée par Ben. Ethan Brooke était assis devant une table, Marc Damon debout derrière lui. Ils étaient probablement arrivés de Sydney par avion.

En reconnaissant Alex, Garth, le chien de Brooke, remua la queue. Au moins il y avait quelqu'un content de le voir !

Devinant sa présence, Ethan Brooke s'écria :

— Alex ! Comment vas-tu ?

— Bien.

Alex ne savait pas s'il était vraiment ravi de revoir le chef des Actions Secrètes de l'ASIS. Ethan Brooke l'avait manipulé avec le même flegme qu'Alan Blunt l'aurait fait à Londres. Tous ces gens se ressemblaient.

— Je suis au courant de ce que tu as enduré, Alex, reprit Ethan Brooke. J'ai du mal à comprendre comment les choses ont pu dégénérer ainsi. Mais tu as fait un boulot magnifique.

— Le Major Yu savait qui j'étais depuis le début, fit remarquer Alex.

Il avait pris conscience que le combat de boxe de Bangkok visait à lui infliger une correction. Et, sur *L'Étoile du Libéria*, Yu s'était vanté devant de Wynter de connaître l'identité du faux réfugié avant même qu'il n'entre dans le conteneur. Le Major avait joué avec lui pour se divertir.

— En effet, admit Brooke. Il y a une fuite dans nos services et c'est pire que ce que nous pensions.

L'aveugle tourna la tête vers son adjoint, mais celui-ci préféra s'abstenir de tout commentaire.

— Qu'est-il arrivé à Ash ? demanda Alex.

— Nous l'ignorons. Nous savons seulement ce que tu nous as dit.

Brooke se tut et Alex vit qu'il préparait ce qu'il allait ajouter.

— Que comptez-vous faire ?

— Nous avons un problème, répondit Brooke. Je vais t'exposer la situation clairement. Tout d'abord, la conférence de Reef Island va avoir lieu.

— Mais pourquoi ?

— Nous les avons prévenus du danger qu'ils courent. Nous ne pouvions évidemment pas leur donner tous les détails, mais nous les avons fortement encouragés, dans les termes les plus vigoureux, à faire leurs bagages. Ils ont refusé, disant que, s'ils partaient, ils passeraient pour des lâches. La conférence de presse la plus importante doit se dérouler demain. De quoi auront-ils l'air s'ils ont filé pendant la nuit ? Voilà leur argument. Nous continuons de tenter de les convaincre mais, dans un sens, ils n'ont pas tort. Yu veut les éliminer. En fuyant, ils lui mâchent le travail.

Alex encaissa la nouvelle. Une très mauvaise nouvelle. Mais la conférence de Reef Island n'était qu'un élément. Une fois qu'il aurait balayé l'île, le tsunami poursuivrait sa doute vers les côtes australiennes.

— Vous avez localisé le Major ?

— Oui, répondit Brooke avec un sourire bref. Comme il t'a parlé d'une plate-forme pétrolière dans la mer de Timor, nous avons épluché tous les rapports sur la région, y compris les dernières images satellites. Il existe une plate-forme flottante enregistrée au nom de la Chada Trading Company, de Bangkok. C'est une plate-forme de forage semi-submersible, ancrée à mille deux cents mètres au-dessus du fond de la mer, à cent cinquante kilomètres au nord de Reef Island.

— Juste au-dessus de la ligne de faille, précisa Marc Damon à mi-voix. (C'était la première fois qu'il prenait la parole depuis l'arrivée d'Alex.) Elle s'appelle Dragon 9.

— Bombardez-la, dit Alex. Éliminez le Major Yu et tous ceux qui travaillent pour lui.

— J'aimerais que ce soit aussi simple, reprit Brooke. Mais Dragon 9 se trouve juste en dehors des eaux territoriales australiennes. En territoire indonésien. Lancer une attaque contre elle équivaudrait à une déclaration de guerre. On n'a même pas le droit d'y envoyer un homme en bateau sans autorisation écrite, et ça prendrait des jours. Officiellement, nous sommes coincés...

— Dans ce cas, demandez l'aide des Indonésiens.

— Ils se méfient de nous. Le temps de les persuader de notre bonne foi, il sera trop tard.

— Vous allez laisser Yu continuer en restant les bras croisés ?

— Évidemment non. Pourquoi sommes-nous ici, à ton avis ?

Ben Daniels s'avança pour intervenir :

— Et si vous préveniez Scorpia que vous êtes au courant de leurs projets ? Vous venez de le dire vous-même. Leur plan ne peut marcher que si tout le monde croit à une catastrophe naturelle. En les avertissant qu'ils ont échoué, ils renonceront peut-être.

— Nous y avons pensé, répondit Damon. Mais Dragon 9 a coupé toutes ses communications avec l'extérieur. Silence radio total. Même si nous trouvions un moyen d'entrer en contact avec Yu, rien ne l'arrêterait. Vous savez pourquoi ? Parce qu'il est fou. Et si la bombe est déjà en place...

— Alors que proposez-vous, monsieur Brooke ? demanda l'un des officiers.

— Une petite force d'attaque anglo-australienne. Illégale et non autorisée. (Brooke se tourna vers Alex et ajouta :) J'ai déjà discuté avec Mme Jones et elle est d'accord. Nous avons très peu de temps mais j'ai réuni quelques-uns de nos meilleurs hommes. Ils sont en train de se préparer. Toi et Daniels, vous partez avec eux. Nous vous parachutons sur la plate-forme de forage. Vous deux, vous trouvez Royal Blue et vous la désactivez. Pendant ce temps, mes hommes liquident le Major Yu. Si, par la même occasion, vous tombez sur Ash, tant mieux. Mais ce n'est pas une priorité. Qu'en dites-vous ?

Alex était trop ébranlé pour dire quoi que ce soit. À côté de lui, Ben Daniels hochait la tête.

— Je suis très content d'y aller. Mais vous ne pouvez pas demander ça à Alex. Ce n'est pas sérieux. C'est encore un enfant, au cas où vous l'auriez oublié. Et il en a déjà bien assez fait.

Certains des officiers australiens l'approuvèrent, mais Brooke, bien sûr, ne les vit pas hocher la tête.

— Nous ne pouvons pas nous passer d'Alex, dit-il simplement.

Il avait raison, et Alex le savait. Il leur avait expliqué ce qu'il avait fait à bord de *L'Étoile du Libéria*.

— J'ai scanné mes empreintes dans Royal Blue, dit-il. Je suis le seul à pouvoir la désactiver.

Il poussa un soupir. L'idée lui avait paru bonne sur le moment.

— Je veux que vous veilliez sur Alex, monsieur Daniels, reprit Brooke. Mais nous n'avons pas beaucoup de temps pour discuter. Il est déjà dix-neuf heures et vous avez un long vol devant vous. Alors, Alex, quelle est ta réponse ?

Deux hommes et une femme admiraient le coucher de soleil sur Reef Island.
L'île ne mesurait que quatre cents mètres de long, mais elle était d'une beauté saisissante, avec ses plages blanches, ses palmiers vert sombre et la mer turquoise. Les couleurs semblaient presque trop vives pour être naturelles. Des falaises couvertes de végétation s'élevaient au nord de l'île, surplombant des mangroves. Des aigles marins tournaient dans le ciel, et des singes jacassaient dans les arbres. Mais, sur la côte sud, tout était calme et plat. Une table et un banc de bois étaient dressés sur le sable. Cependant il n'y avait ni chaises longues, ni parasols, ni bouteilles de Coca-Cola, rien qui aurait pu suggérer l'incessante marche en avant, au-delà de l'horizon, du vingt et unième siècle.
Il y avait une seule construction sur Reef Island : une longue maison de bois bâtie en partie sur pilotis, avec un toit de palmes. En temps ordinaire, il n'y avait pas de générateur. Le courant électrique était produit par l'énergie éolienne ou hydraulique. Un grand jardin bio procurait toute la nourriture souhaitée. La propriétaire des lieux mangeait du poisson mais pas de viande. Quelques vaches, qui paissaient dans un champ, étaient traites deux fois par jour. Il y avait des poules, pour les œufs, et une vieille chèvre en liberté, qui ne donnait plus rien mais passait une retraite paisible.

Au cours des derniers jours, l'île avait été envahie par une cohorte de journalistes, qui avaient établi leur camp dans des tentes dressées derrière la maison. Ils avaient apporté leurs propres générateurs, de la viande, de l'alcool, et tout ce dont ils auraient besoin pour la conférence de presse du lendemain. Ils prenaient un vif plaisir à être là, et à commenter un événement et des déclarations que tout le monde avait envie d'entendre. D'autant que la météo, depuis plusieurs jours, était idéale.

La femme sur la plage était l'actrice Eve Taylor, propriétaire de l'île. Elle avait tourné un grand nombre de navets et un ou deux bons films, et se moquait de distinguer les uns des autres. Ils lui avaient rapporté autant d'argent. L'un des hommes était un multimilliardaire américain – milliardaire seulement, en réalité, depuis qu'il avait distribué une grande partie de sa fortune. Le deuxième était le chanteur pop Rob Goldman, qui venait juste d'arriver après sa tournée en Australie.

— L'ASIS insiste pour qu'on s'en aille, disait Goldman. D'après eux, on risque notre vie.

— Ont-ils précisé la nature de la menace ? demanda le milliardaire.

— Non, mais ils avaient l'air sérieux.

— Évidemment, dit l'actrice en faisant couler du sable entre ses doigts. Ils veulent nous faire partir. C'est une ruse. Ils cherchent juste à nous effrayer.

— Je ne crois pas, répliqua Rob Goldman.

Eve Taylor contemplait l'horizon.

— Nous sommes en sécurité. Regardez comme c'est beau. Regardez la mer ! C'est en partie pour cela que nous sommes ici. Pour protéger toute cette beauté pour les générations futures. Je me fiche du danger. Je ne partirai pas. (Elle se tourna vers le milliardaire.) Et toi, Crispin ?

— Je suis d'accord avec toi. Je n'ai jamais fui de ma vie et ce n'est pas maintenant que je vais commencer.

Quatre cent cinquante kilomètres au sud, dans les villes de Derby, Broome et Port Hedland, des milliers de gens admiraient le même coucher de soleil. Certains rentraient de leur travail. D'autres mettaient leurs enfants au lit.

Aucun d'eux ne se doutait que, dans quelques heures, la bombe Royal Blue allait commencer sa descente à l'intérieur du pipeline qui la conduirait dans le fond de la mer. Aucun d'eux ne savait que la Terre et la Lune se déplaçaient inexorablement pour former avec le Soleil un alignement qui ne se reproduirait pas avant un autre siècle. Ni qu'un fou attendait l'instant de presser un bouton qui allait jeter la dévastation sur le monde.

Il restait cinq heures avant minuit.

Dans la base militaire au sud de Darwin, Alex Rider donna sa réponse à Ethan Brooke, et les préparatifs débutèrent.

22

Dragon 9

Ethan Brooke avait sélectionné dix soldats parmi les troupes d'élite des SAS pour former son groupe d'assaut. Certains n'avaient pas besoin d'être présentés à Alex. En les rejoignant dans le hangar qui allait servir de salle de briefing, il reconnut Scooter, Texas, Rayon-X et Sparks. Leur présence le ramena soudain deux semaines en arrière, au moment où tout avait commencé, sur la plage de Swanbourne. Il ne savait pas s'il était content ou agacé de les revoir.

Scooter semblait lui-même mal à l'aise.

— Je regrette ce sale tour qu'on t'a joué, Alex, s'excusa-t-il. Ça ne nous a pas plu, mais on avait des ordres.

— À propos, le colonel Abbott nous a chargés d'un message pour toi, ajouta Texas. Sans rancune. Et si tu reviens à Swanbourne, il te promet un vrai barbecue australien.

— Sans grenade, j'espère, marmonna Alex.
— Juré.
Alex regarda les autres soldats. Aucun ne semblait âgé de plus de vingt-quatre ou vingt-cinq ans. Comme lui, ils étaient en tenue de combat. Deux d'entre eux portaient un passe-montagne. Les autres avaient le visage et les mains barbouillés de noir.
Le hangar était vaste et vide. Un tableau noir se dressait devant deux bancs métalliques. Alex s'assit à côté de Ben. Les autres prirent place à leur tour. Scooter alla se planter face à eux. Cette fois encore, c'était lui qui commandait. Il avait l'air fatigué, et même vieilli depuis leur dernière rencontre. Il était conscient de l'importance de l'enjeu.
— On n'a pas beaucoup de temps, commença-t-il. Mais comme on n'a pas vraiment de plan, ça va aller vite. Bon, écoutez bien. Nous serons largués à huit mille pieds. Un bateau aurait été plus facile et plus discret, mais on serait arrivés longtemps après la fin du bal. Et puis il est toujours possible que notre bon Major Yu ait un radar.
Scooter se tourna vers le tableau noir. Quelqu'un y avait scotché ce qui ressemblait à un dessin d'ingénieur représentant deux plates-formes pétrolières, l'une carrée, l'autre triangulaire, reliées par un pont étroit. Chacune avait trois grues mais l'une était dotée en plus d'une hélistation, représentée par un carré dans un cercle. Scooter se munit d'une baguette en guise de pointeur.
— Bon, ouvrez vos oreilles ! (Il tapota le plan.) Voici à quoi devrait ressembler Dragon 9. On ne le sait pas avec certitude parce qu'il n'y a pas de photos

et qu'on n'a pas eu le temps d'aller en prendre. Ce qui est sûr, c'est que c'est une plate-forme de forage semi-submersible. Ça signifie que tout l'engin flotte à la surface de l'eau, relié au fond de la mer par une douzaine de longes en acier. Au cas où vous vous poseriez la question, chacune de ces longes mesure environ deux kilomètres.

— Qu'arrive-t-il si elles cassent ? demanda quelqu'un.

— Pas grand-chose. La plate-forme continue de flotter et dérive comme un navire sans ancre. C'est au moins une chose dont on n'aura pas à s'inquiéter. (Il déplaça son pointeur.) Voici, à gauche, la plate-forme de traitement. Dragon 9 n'est pas en production, donc la zone sera tranquille et c'est par là que nous commencerons. On atterrit ici, sur l'hélistation. Vous voyez le H…

Scooter montra ensuite la plate-forme carrée.

— Ici, c'est la plate-forme de forage. Une fois tout le monde posé, on franchit le pont en direction du derrick principal. C'est cette tour métallique, au-dessus du puits. C'est là qu'on trouvera Royal Blue. Notre ami le Major Yu va utiliser on ne sait quel système, probablement des câbles de guidage, pour abaisser la bombe jusqu'au fond de la mer.

— Pourquoi on la ferait pas sauter ? grommela Rayon X.

— C'est notre premier objectif, acquiesça Scooter. Le deuxième, c'est la centrale électrique. Mais on n'est assuré de rien. Malgré ce que Yu a dit à Alex, rien ne l'empêche d'employer un sous-marin pour descendre la bombe. Voilà pourquoi Alex nous accompagne.

Notre boulot est de trouver la salle de contrôle et de l'y conduire. Il est le seul en mesure de désactiver Royal Blue. Donc, si Alex se fait tuer, on peut plier bagages et rentrer chez nous. Vous avez bien entendu ce que je viens de dire ? Il faut surveiller Alex comme du lait sur le feu. Protéger ses arrières, ses avants et ses côtés.

Alex baissa les yeux. Il comprenait ce que Scooter voulait dire et pourquoi, mais il n'aimait pas être distingué ainsi des autres.

— Cette mission est beaucoup moins simple qu'il n'y paraît, ajouta Scooter. (Alex ne le lui avait jamais trouvé l'air simple.) On ignore où se trouve la salle de contrôle. Il y a cinq niveaux différents et deux plates-formes distinctes. Yu peut se trouver n'importe où. Il faut se représenter Dragon 9 comme deux villes de ferraille. Chacune possède ses propres entrepôts, ses dortoirs, ses réfectoires et ses salles de loisirs, ses réservoirs de carburant, ses unités de dessalement, ses salles de pompage, ses blocs techniques et tout le reste. Nous devrons circuler là-dedans jusqu'à ce qu'on trouve ce qu'on cherche. Ensuite il faudra s'occuper de Royal Blue. Au début, on risque d'être dispersés. Par chance, il n'y a pas trop de vent et pas de lune. Faites juste gaffe de ne pas tomber à la mer.

Il se tut. Les visages silencieux, alignés sur les deux bancs, l'observaient. Alex entendait déjà le tic-tac de la pendule. Il brûlait de partir.

— Maintenant, voyons quels sont nos avantages, dit Scooter. D'abord, l'effet de surprise. Le Major Yu croit Alex mort. Il n'imagine donc pas que nous allons débarquer. Il y a aussi le timing. Yu ne peut pas déclencher la bombe quand ça lui chante. Il doit attendre minuit. C'est le moment où le Soleil, la Lune et la Terre seront dans la bonne position. Il est vingt et une heures, et nous sommes à deux heures de l'objectif. Ce qui nous laissera une demi-heure pour découvrir Yu avant qu'il appuie sur le bouton. Grâce à Alex, nous savons autre chose. La bombe ne peut pas rester à cette profondeur d'un kilomètre sous le fond de la mer pendant plus de vingt minutes. Elle n'y est donc pas encore et, si tout se passe bien, elle n'y sera jamais.

Scooter jeta un regard circulaire.

— Des questions ?

Il n'y en avait aucune.

— Il faudra se déplacer vite et en silence, conclut-il. Et éliminer le maximum d'adversaires avant qu'ils s'aperçoivent de notre présence. Évitez le plus longtemps possible d'utiliser vos fusils et vos grenades. Servez-vous de vos couteaux. Et trouvez la salle de contrôle ! C'est le plus important.

Scooter posa le pointeur et ajouta :

— Allons-y.

Tout le monde se leva d'un même mouvement. Ben Daniels portait le parachute d'Alex : de la soie noire, pour un saut de nuit. Il l'avait lui-même préparé avant le briefing et il aida Alex à l'endosser, en serrant les sangles en travers de son torse et de ses cuisses.

— Il est sans doute un peu tard pour te poser la question, mais… tu as déjà sauté ?

— Une fois seulement, admit Alex.

C'était huit mois plus tôt, sur le toit du Musée de la Science à Londres. Mais il préférait ne pas penser à cela maintenant.

— Ne t'inquiète pas si tu manques la cible, le rassura Ben. La mer est chaude. Les conditions sont parfaites. Et, avec un peu de chance, il n'y aura pas trop de requins.

Les hommes du SAS australien quittaient déjà le hangar. Ben Daniels se harnacha à son tour et leur emboîta le pas, suivi d'Alex. Un hélicoptère les attendait sur le tarmac – le même qui avait récupéré Alex dans la jungle. Le Chinook CH-47 était parfait pour les sauts. Il les transporterait jusqu'à la cible à 300 kilomètres à l'heure, à une altitude de 2 500 mètres. Ce qui, songea Alex, ne leur laisserait pas beaucoup de temps pour ouvrir leur parachute.

Ben Daniels devina ses pensées.

— On utilise la SOA, dit-il. La sangle d'ouverture automatique. Ce qui évite d'avoir à tirer la poignée. Le parachute s'ouvre tout seul.

Alex hocha la tête. Il avait la gorge trop sèche pour parler.

Ils entrèrent par la queue de l'hélicoptère. Dans la jungle, Alex était monté par une porte latérale, située juste derrière le pilote. Cette fois, toute la section arrière de l'appareil était béante, formant une rampe assez large pour embarquer une Jeep. Le pilote et le copilote étaient déjà en place. Un troisième homme, mécanicien de bord, tenait une mitrailleuse 7.63 mm M60 qui avait dû être installée pendant la journée. Alex espéra qu'ils n'en auraient pas besoin.

Les douze commandos s'assirent. Deux longues rangées de sièges se faisaient face le long du fuselage. En temps normal, le Chinook transporte trente-trois hommes, ils étaient donc à l'aise. Alex s'assit à côté de Ben. Leurs compagnons s'attendaient visiblement à les voir rester ensemble – ce qui serait sans doute plus compliqué en sautant de nuit en parachute. Scooter attacha la poignée d'ouverture d'Alex à un rail métallique qui courait tout le long de l'appareil jusqu'au cockpit. Le pilote abaissa une manette et, lentement, la porte arrière se referma. Une lumière rouge s'alluma, l'hélicoptère quitta le sol d'un bond et, quelques instants plus tard, ils étaient partis.

Il faisait nuit noire et on ne distinguait rien par les hublots, trop petits de toute façon pour offrir un large panorama. Alex évalua l'ascension de l'hélicoptère à la pression dans ses oreilles et dans son estomac. Les commandos étaient silencieux, certains vérifiaient leurs armes – mitraillettes, pistolets avec silencieux, et un large arsenal de couteaux de combat. À côté d'Alex, Ben Daniels somnolait. Il était entraîné à se reposer dès qu'il le pouvait pour conserver ses forces.

Alex, lui, était incapable de fermer l'œil. Il volait dans un hélicoptère Chinook avec le SAS australien, en route pour attaquer une plate-forme pétrolière et désactiver une bombe avant qu'elle ne provoque un tsunami. Et, comme toujours, il était le seul à ne pas être armé. Comment avait-il pu encore se fourrer dans un tel pétrin ? Pendant un instant, il se souvint de sa promenade avec Jack devant le port de Sydney. Il lui sembla que cela faisait une éternité. Pourquoi s'était-il laissé entraîner ?

L'hélicoptère bourdonnait dans la nuit. En bas, la mer de Timor était sombre et calme. Ils approchaient rapidement de l'espace aérien indonésien.

La lumière passa à l'orange.

Lentement, la large porte arrière de l'hélicoptère s'abaissa, révélant le gouffre noir de la nuit. Malgré l'absence de lune, une phosphorescence étrange faisait luire la mer.

Jusqu'à cet instant, Alex n'avait pas vraiment songé au saut en parachute, mais la réalité lui sauta au visage et une boule se noua au creux de son estomac. Il n'était pas un de ces casse-cou qui se réjouissent à l'idée de se jeter dans le vide depuis un hélicoptère à huit mille cinq cents pieds. En ce moment même, il aurait donné cher pour se trouver à Londres avec Jack. Tout ce qu'il avait à faire, c'était de survivre à la prochaine heure. D'une façon ou d'une autre, dans soixante minutes, tout serait terminé.

La porte s'était rabattue à son niveau maximum et un déclic annonça la fin de l'ouverture. Elle formait une sorte de passage vers le néant.

— Je te suis ! cria Ben. Ne t'inquiète pas ! Je ne te lâche pas...

— Merci !

La lumière passa au vert.

Plus le temps de réfléchir. Étant donné sa position dans la file, Alex serait le premier à sauter. Peut-être était-ce prévu ainsi. Il n'hésita pas. Il savait que s'il s'arrêtait pour penser, sa détermination allait faiblir. Trois pas, la sangle d'ouverture de son parachute dans son sillage. Soudain, les pales de l'hélicoptère furent au-dessus de sa tête. Il sentit une main sur son épaule. Ben. Il sauta.

Pendant un instant de désorientation absolue – comme lors de son premier et unique saut –, il se demanda ce qu'il faisait dans le vide et ce qui allait se passer ensuite. Il tombait si vite qu'il n'arrivait pas à respirer. Il ne contrôlait strictement rien. Puis le parachute s'ouvrit. Une secousse, suivie d'un ralentissement. Et la paix. Il flottait, oscillant sous une invisible voûte de soie, noire dans le ciel noir.

Il regarda en bas et découvrit la plate-forme pétrolière, dont on ne discernait qu'une silhouette vague : deux îlots géométriques reliés par un étroit corridor. Une vingtaine de lumières brillaient, encore faibles, sur les estrades jumelles. En les reliant mentalement l'une à l'autre, Alex parvint à tracer le dessin imaginaire de Dragon 9.

Il tourna la tête et vit l'hélicoptère, déjà loin, et, dessous, les onze fleurs noires des autres parachutes. Le Chinook lui sembla étonnamment silencieux. Si on l'entendait à peine à cette altitude, peut-être le Major Yu, en bas, n'avait-il rien entendu du tout. Comme Scooter l'avait annoncé, il n'y avait pas de vent. La mer était plate. Alex n'avait même pas besoin de virer. Il se dirigeait dans la bonne direction. Le H se dessinait au milieu de l'hélistation. H comme heureux atterrissage. Du moins c'est ce qu'il espérait.

Une descente en parachute se déroule en trois phases. La peur brute du saut dans le vide, la sensation de calme après l'ouverture du parachute, et enfin la panique à l'approche du sol. Alex atteignit la troisième étape trop vite à son goût. Et il s'aperçut alors que, en réalité, il avait dévié de sa course. Par excès de confiance, sans doute. Ou bien un vent rasant l'avait pris au dépourvu. En tout cas, il était au-dessus de l'eau et s'éloignait de la plate-forme triangulaire.

Il tira sur les deux cordons d'épaules pour tenter de changer de direction. Rien à faire. Il plongeait vers la mer. C'était très mauvais. Le bruit de son plongeon risquait de le trahir. Pire, il risquait de se noyer.

Alex se trémoussa, se balança. Au tout dernier moment, une brise contraire l'enveloppa et le porta par-dessus le bord de la plate-forme, sur l'un des ponts. Il était doublement chanceux. D'abord, le pont était assez large pour lui permettre de se poser sans danger ; il mit un genou à terre et plia son parachute dans la foulée. Ensuite, l'espace où il avait atterri était une sorte d'enclos métallique, fermé de tous côtés. Normalement, personne ne pouvait le voir. Donc, pas de soucis pour l'instant. La surface sur laquelle il se trouvait était bosselée, irrégulière, et proche de ce qui ressemblait à un générateur électrique. Le bourdonnement du moteur avait probablement couvert le bruit de son entrée en contact avec le sol.

Cinq secondes plus tard, une silhouette tomba du ciel et se posa à quelques mètres. Contrairement à Alex, Ben Daniels avait choisi le pont avec une précision millimétrique. Il plia son parachute et leva un pouce en souriant. Alex se retourna. Apparemment, tous les autres commandos s'étaient posés sur la plate-forme de traitement. L'hélicoptère avait disparu de son champ de vision, mais il rôdait probablement à proximité, en cas de besoin.

Alex s'aperçut que son inexpérience avait démoli le plan de Scooter. L'idée de départ était de rester groupés : c'était vital pour qu'Alex soit sous protection permanente. Or Ben Daniels et lui se trouvaient isolés sur la plate-forme de forage. Ce qui obligerait les Australiens à franchir le pont pour les rejoindre. Et si la salle de contrôle était de l'autre côté, sur la plate-forme de traitement, ils devraient à nouveau repasser le pont.

Très ennuyeux.

Alex regarda autour de lui. Il était sur une rangée de gros tubes. Le pont entier en était couvert, chacun coupé en sections de trois mètres environ. Une sorte d'énorme cuvette jaillissait du sol, inclinée vers la tour qui abritait la tête du puits. On pouvait supposer que les tubes étaient assemblés en une colonne rectiligne avant d'être descendus jusqu'au fond de la mer, et au-delà. De l'autre côté, une cloison métallique s'élevait comme une muraille de forteresse. Il y avait des fenêtres, aux troisième et quatrième niveaux, mais tellement couvertes de graisse et de crasse qu'on ne devait sans doute rien voir au travers. L'une des grues s'allongeait au-dessus de l'eau ; son grand bras se découpait contre le ciel étoilé.

Ben Daniels s'approcha d'Alex en marchant courbé. Il avait dû aboutir à la même conclusion, mais il avait pris une décision.

— On ne va pas les attendre, chuchota-t-il. Commençons à jeter un coup d'œil. Le temps presse.

Alex n'avait pas de montre. Il regarda celle de Ben. Vingt-trois heures trente. Comment le temps avait-il passé si vite ?

Ils enjambèrent les tubes pour atteindre la tête du puits. Dragon 9 était nettement plus vaste qu'Alex l'avait imaginé, et chaque centimètre carré était occupé par des tuyaux, des câbles, des rouages, des chaînes, des cadrans et des valves. La plate-forme de forage était une créature vivante, qui palpitait et bourdonnait, animée par toutes sortes de machines qui alimentaient en courant ou en liquide de refroidissement les installations. C'était un décor hostile, déplaisant. Toutes les surfaces étaient couvertes d'une couche de boue, de graisse, de pétrole et de flaques d'eau salée. Les semelles adhéraient au sol.

Apparemment, Yu n'avait posté aucune sentinelle. Scooter ne s'était pas trompé sur ce point. Croyant Alex mort, pourquoi aurait-il redouté d'autres ennuis, en pleine mer de Timor, à des milles de toute côte ? Ils se frayèrent un chemin sinueux, au milieu d'obstacles divers et de tours de ventilation, perdus dans le gigantesque enchevêtrement conçu pour extraire du pétrole à plus de mille mètres de profondeur. Ben tenait une minilampe torche dans le creux de sa main pour ne laisser filtrer qu'un faible rai de lumière. Dans l'autre main, il avait un automatique Walther PPK muni d'un silencieux Braush.

Scooter et ses hommes étaient invisibles. Alex les imagina en train d'approcher pour le rejoindre. Un son lui parvint : un coup sourd, un cliquetis métallique, puis un cri étouffé vite éteint. Finalement, il y avait quand même peut-être des gardes. Si c'était le cas, l'un d'eux devait regretter de n'avoir pas été plus vigilant.

Ben entrouvrait des portes, jetait des coups d'œil furtifs par des fenêtres. Il n'y avait aucun signe de vie sur la plate-forme de forage. Ils gravirent quelques marches qui les conduisirent à une passerelle métallique, en bordure de la plate-forme, juste à l'aplomb de la mer. En regardant en bas, Alex fit une découverte. La plate-forme était perchée sur quatre pattes immenses comme une table en fer géante. L'une des pattes était dotée d'une échelle, qui descendait dans l'eau. À côté, amarré presque sous la plate-forme, flottait un yacht de luxe, le genre que l'on s'attend davantage à voir dans une marina du sud de la France. Une quinzaine de mètres de long, lisse et blanc, plusieurs ponts, et une proue visiblement conçue pour la vitesse. Alex tira la manche de Ben Daniels pour le lui montrer. Ce dernier hocha la tête.

Il y avait fort à parier que le yacht appartenait au Major et que celui-ci s'en servirait probablement pour fuir. Donc, le Major était probablement là. Si Alex avait connu la marque du bateau, il n'aurait plus eu aucun doute. C'était une vedette Sealine F42-5 à passerelle volante, avec un système de cockpit en saillie très particulier, conçu et fabriqué en Grande-Bretagne.

Ben Daniels lui fit signe d'avancer. Alex regrettait plus que jamais que Scooter et ses hommes ne soient pas avec eux. Ils suivirent un portique étroit menant à une porte fichée dans un édifice circulaire, qui avançait au-dessus de l'angle du derrick, avec des fenêtres arrondies ouvrant dans trois directions.

La salle de contrôle. Ce ne pouvait être que ça.

Ils approchèrent en rampant. Alex ignorait ce que Ben Daniels avait en tête. Peut-être comptait-il attendre l'arrivée du reste de l'escadron. C'était le plus raisonnable.

Mais Ben n'eut pas le choix. Sans avertissement, un projecteur creva la nuit et balaya la plate-forme. Une seconde plus tard, une mitrailleuse se mit à crépiter. Les balles ricochaient follement sur les bastingages, frappaient les parois, projetant des étincelles dans tous les sens. Une sirène mugit. En même temps, Alex entendit des tirs répliquer de l'autre côté du pont. Le silence de la nuit avait volé en éclats. Il y eut une explosion, une boule de feu jaillit dans la nuit comme une fleur étincelante. Puis une autre fusillade. Ben Daniels fit volte-face et tira deux fois. Alex ne distingua pas sa cible mais il y eut un cri. Un homme tomba du ciel, heurta un portique, rebondit, et tomba à la mer.

— Par ici ! cria Ben, qui s'était déjà mis en mouvement.

Alex le suivit. Cette fois, Yu les attendait, pas de doute. Mais il était impossible de faire demi-tour. Les hommes du Major s'étaient sans doute déployés sur l'ensemble de la plate-forme. Ils avaient l'avantage. Et ils avaient à leur disposition des dizaines d'échelles, des ponts d'où ils pouvaient abattre les envahisseurs un à un. Ben et lui seraient plus à l'abri à l'intérieur. La porte menant à la salle circulaire leur faisait face. Ben l'atteignit d'un bond et s'accroupit devant.

— Reste en retrait, ordonna-t-il.

Alex le vit compter jusqu'à trois.

Puis il enfonça la porte et entra en ouvrant le feu. Malgré l'ordre de Ben, Alex le suivit. C'est ainsi qu'il put voir ce qui se produisit au cours des secondes suivantes, mais dont il ne comprendrait la pleine signification que plus tard.

Deux hommes étaient dans la salle de contrôle, entourés d'écrans d'ordinateurs, d'émetteurs radio et d'instruments semblables à ceux qu'Alex avait remarqués sur *L'Étoile du Libéria*. L'un d'eux était le Major Winston Yu. Il tenait le pistolet automatique avec lequel il venait d'abattre Ben Daniels. Celui-ci gisait à terre dans une mare de sang. Le Walther PPK était tombé de sa main et reposait sur le sol. Un autre homme gisait face contre terre, un peu loin, vraisemblablement abattu par Ben en entrant. Le Major Yu était indemne. Il regardait Alex d'un air ébahi.

Yu reprit ses esprits et s'exclama :

— Eh bien en voilà une surprise !

Alex ne bougeait pas. Il était à moins de trois mètres du Major. Il n'avait aucune échappatoire. Yu pouvait le descendre quand il le voulait.

— Entre et ferme la porte, ordonna celui-ci.

Alex obéit. Dehors, la bataille continuait de faire rage, mais elle se déroulait sur l'autre plate-forme. Trop loin. La porte se verrouilla avec un déclic.

— Je savais que tu ne t'étais pas noyé dans la rivière, reprit Yu. Mon instinct me le disait. Et comme on n'a pas retrouvé ton corps... Je dois admettre, Alex, que tu es difficile à tuer.

Alex se taisait. Du coin de l'œil, il repéra le pistolet de Ben sur le sol, et une petite voix, dans sa tête, lui souffla qu'il aurait peut-être le temps de plonger pour s'en emparer. Mais jamais il ne réussirait à le saisir et à tirer en même temps. Il offrirait une cible trop facile.

— C'est fini, Major Yu, dit Alex. Vous avez échoué. L'ASIS est au courant de vos projets. Reef Island a été évacuée. Déclencher un raz-de-marée ne servirait à rien. Tout le monde saura que c'est vous le coupable.

Yu pesa ses arguments avec soin. Une partie de ce qu'avait dit Alex était un mensonge. La conférence de Reef Island aurait lieu, mais Yu ne pouvait pas le savoir. Et Alex était là, accompagné d'un commando des SAS. Les faits parlaient d'eux-mêmes.

Finalement, Yu soupira :

— Tu as probablement raison, Alex. Néanmoins, je crois que je vais continuer. Mon plan est un exploit technique et j'ai envie de laisser ma marque sur le monde.

— Mais vous allez tuer des milliers de gens pour rien.

— Dans ce cas, donne-moi une raison pour que je les épargne, répondit Yu en secouant la tête. Le chaos du monde a son utilité, Alex. Reef Island n'a jamais été seule en cause. La reconstruction des côtes australiennes coûtera des milliards, or j'ai des intérêts commerciaux dans tout le Sud-Est asiatique. La Chada Trading Company a des parts dans de nombreuses entreprises de travaux publics, qui seront en première ligne pour les nouveaux marchés. Unwin Toys offrira des cadeaux à des centaines d'orphelins – payés, bien entendu, par le gouvernement australien. Et cela ne s'arrêtera pas là, bien entendu. Le Snakehead se nourrit du malheur et de la malchance, Alex. Pour nous, ce sont des affaires juteuses.

Yu jeta un regard vers l'un des moniteurs. On y voyait une ligne blanche courir de haut en bas, et un petit témoin rouge qui descendait lentement le long de la ligne.

— C'est Royal Blue, indiqua Yu. Dans six ou sept minutes, elle atteindra le fond de la mer, puis entrera dans le puits dont je t'ai parlé. Ce puits s'enfonce d'un kilomètre dans le sol. À minuit exactement, la bombe explosera et j'aurai accompli ma tâche. Mais à ce moment-là je serai déjà loin, et toi tu ne seras qu'un vague souvenir.

Yu leva son automatique, dont l'œil noir chercha Alex.

— Adieu, Alex.

Il se produisit alors un léger mouvement, et l'homme abattu par Ben Daniels grogna en s'efforçant de se redresser.

Le Major Yu eut l'air ravi.

— Quelle chance ! s'exclama-t-il en baissant son arme. Avant que tu meures, je vais te présenter l'un de mes plus fidèles et plus efficaces collaborateurs. Mais où ai-je la tête... tu le connais déjà.

L'homme parvint à s'asseoir.

C'était Ash.

Il avait reçu deux balles dans la poitrine et la vie le quittait peu à peu. Alex le devinait dans son regard sombre rempli de douleur, de remords, et d'autre chose, moins définissable, mais qui ressemblait à de la honte.

— Je regrette, Alex, hoqueta Ash. Je ne voulais pas que tu l'apprennes.

— Je pense qu'Alex n'est pas très étonné, remarqua Yu.

— J'avais deviné, confirma le garçon.

— Et comment as-tu deviné ? demanda Yu.

Cette fois, inutile d'ignorer sa question. De toute façon, Yu s'apprêtait à le tuer. Plus Alex le ferait parler, plus il laisserait du temps au SAS pour intervenir. On entendait encore la sirène, mais moins de tirs, et ils étaient plus éloignés. Les commandos avaient-ils été maîtrisés, ou arrivaient-ils à la rescousse ? Du coin de l'œil, Alex contrôla la progression du petit témoin rouge sur l'écran.

— Dès le départ, tout est allé de travers, expliqua-t-il en s'adressant au Major Yu. Ethan Brooke avait déjà perdu deux agents. Le Snakehead semblait au courant de tous ses plans. Et il savait aussi qui j'étais. Sinon, pourquoi m'aurait-on choisi pour le combat de boxe à Bangkok ? Ça n'avait aucun sens. Quand j'étais là-bas, avant de monter sur le ring, Sukit m'a dit quelque chose. Il a dit qu'il me tuerait si je ne combattais pas. Mais il m'a parlé d'abord en français, puis en anglais. Pourquoi ? S'il m'avait vraiment pris pour un réfugié afghan, il aurait su que je ne parlais ni l'un ni l'autre. Ça m'a intrigué. Ensuite, les choses ont empiré. Ash m'a indiqué un numéro à appeler en cas d'urgence. Je l'ai appelé, et c'est vous qui êtes arrivé.

Ash ouvrit la bouche pour intervenir, mais Alex le coupa sans le regarder.

— En se barbouillant de faux sang, Ash a essayé de me faire croire que vous l'aviez capturé aussi. Mais, ensuite, j'ai découvert qu'on m'avait délesté de deux des gadgets que m'avait donnés Smithers, et j'ai compris que ça ne pouvait être que Ash.

» Je lui avais parlé de la montre et de la ceinture. Comme par hasard, il n'y avait plus de pile dans la montre. Je suppose qu'il l'a retirée quand je dormais, à Djakarta. Quant à la ceinture, c'est vous, Major, qui me l'avez sans doute subtilisée quand j'étais chez vous. Mais je n'ai jamais parlé des pièces de monnaie contenant des charges explosives, et elles étaient toujours là. Si j'en avais parlé à Ash, elles aussi auraient disparu.

Alex se tut, puis baissa enfin les yeux sur Ash.

— Quand avez-vous commencé à travailler pour Scorpia, Ash ?

Celui-ci leva un regard terne sur le Major Yu.

— Répondez-lui, mais vite, aboya Yu avec impatience. Nous n'avons plus beaucoup de temps.

— Après Mdina, souffla Ash d'une voix éteinte.

Son visage était gris, il avait une main pressée sur le torse, l'autre reposait sur le sol, paume en l'air.

— Tu ne peux pas comprendre, Alex, reprit-il avec effort. J'étais grièvement blessé. Yassen… (Il toussa et du sang perla au coin de sa bouche.) J'avais tout donné au service. Ma vie, ma santé. Je n'avais pas encore trente ans et j'étais détruit physiquement. Je ne pourrais plus jamais dormir ni manger normalement. Depuis Mdina, je me bourre de pilules antidouleur. Et pour quelle récompense ? Blunt m'a humilié. J'ai été rétrogradé, retiré du service actif. Blunt m'a dit…

Ash s'interrompit et déglutit péniblement. Chaque mot lui était une torture. Mais il poursuivit.

— Blunt m'a dit ce que je savais déjà. Que j'étais médiocre. Que jamais je n'arriverais à la cheville de… ton père.

Il était à bout de forces. Ses épaules s'affaissèrent et, pendant un instant, Alex le crut mort. Ash baignait dans son sang. Un filet rouge s'écoulait de sa bouche.

La situation réjouissait visiblement le Major Yu.

— Pourquoi ne lui avouez-vous pas le reste, Ash ?

— Non ! (Ash redressa la tête.) Je vous en prie…

— Je crois que je sais, dit Alex en se tournant vers son parrain une dernière fois. (Sa vue lui était insupportable.) Vous avez tué mes parents, n'est-ce pas ? La bombe dans leur avion. C'était vous.

Ash fut incapable de répondre. Sa main se crispa sur sa poitrine. Il ne lui restait que quelques secondes à vivre.

— Nous voulions le mettre à l'épreuve, expliqua le Major Yu à sa place. Quand Ash est venu nous trouver, nous devions vérifier qu'il disait la vérité. Nous venions d'être trompés par un autre agent du MI6, ton père. Ça nous avait rendus méfiants. Nous lui avons confié une mission très simple, qui nous prouverait sans le moindre doute qu'il était vraiment prêt à changer de camp.

— Je ne voulais pas…

Ce n'était pas une voix, à peine un murmure.

— Il ne voulait pas, mais il l'a fait, reprit Yu. Pour de l'argent. Il a mis la bombe dans l'avion et il l'a actionnée de sa propre main. Avec beaucoup plus de réussite que lors de son opération à Mdina. Et cela a été le début d'une longue et fructueuse association avec nous.

— Alex…

Ash tenta de lever les yeux. Sa tête bascula en avant. Il était mort.

Le Major Yu s'en assura en le poussant du bout du pied.

— Comme on dit, la poussière retourne à la poussière, remarqua-t-il. Je suis ravi que tu aies entendu sa confession, Alex. Tu l'emporteras avec toi dans la tombe.

Yu pointa de nouveau son pistolet sur lui.

À cet instant, une explosion retentit, violente et proche. La salle entière vibra. Un nuage de poussière et de limaille de fer tomba du plafond. Puis il y eut un déchirement métallique, et Alex aperçut la grue, cassée en deux, qui s'effondrait en avant. La secousse fit perdre l'équilibre au Major Yu. Son bras heurta le bord d'une table de travail et le coup de feu partit. La balle se perdit dans un mur. Le Major poussa un cri. Alex s'aperçut alors que le choc contre la table lui avait brisé les os du bras. Son pistolet gisait sur le sol. Inutile.

Sourd, à moitié hébété, Alex se jeta sur le pistolet de Ben, le saisit à deux mains et appuya sur la détente, encore et encore, jusqu'à ce que le chargeur soit vide. C'était la première fois qu'il tirait sous le coup de la colère et avec l'intention délibérée de tuer. Mais il manqua sa cible. La fumée qui envahissait la salle de contrôle formait un écran, et, malgré sa douleur, Yu avait eu le réflexe d'en profiter. Il s'était baissé, serrant dans sa main son bras blessé. Il avait perdu son arme, le temps pressait, les SAS allaient arriver. Alex devrait attendre.

Une trappe s'ouvrait dans le sol, d'où partait l'échelle qu'Alex avait aperçue un peu plus tôt. En se servant de sa main valide, le Major parvint à l'ouvrir et descendit péniblement les échelons, puis il se laissa tomber dans le bateau. La chute fut trop violente pour ses os fragiles. Hurlant de douleur, Yu rampa jusqu'aux commandes. Il réussit à larguer l'amarre et, une seconde plus tard, il filait sur la mer.

Pendant ce temps, Alex s'était approché des instruments de contrôle en titubant. Sur le moniteur, le petit carré lumineux qui représentait Royal Blue évoluait deux centimètres au-dessus du fond, mais s'en rapprochait inexorablement. Alex vit le scanner connecté à l'ordinateur et plaqua la paume de sa main sur le panneau de verre. Aussitôt, des mots apparurent sur l'écran de l'ordinateur, et il poussa un soupir de soulagement.

> AUTORISATION ACCEPTÉE

Il y eut une pause, puis une seconde ligne se déroula :

> ANNULER ET REMPLACER LES ORDRES PRÉCÉDENTS ? O/N

Alex tapa la touche O juste au moment où la porte volait en éclats. Une demi-douzaine d'hommes du SAS s'engouffrèrent dans la salle de contrôle, arme au poing. Scooter en tête, devant Texas et Rayon X. Apparemment, Sparks, le jeune soldat guitariste, y était resté.

— Où est Yu ? demanda Scooter en apercevant Alex.

— Parti.

Alex ne quittait pas l'écran des yeux. Un menu y était apparu. Il passa en revue la liste des options, cherchant celle indiquant DÉSARMER ou DÉSACTIVER. Mais elle n'y figurait pas. Son regard se fixa sur la dernière :

> MISE A FEU

— Ici ! cria une voix.

C'était Texas. Il avait reconnu Ben Daniels et s'était agenouillé à côté de lui pour ouvrir sa chemise et examiner sa blessure. Un de ses camarades se précipita avec une trousse médicale.

De son côté, Alex avait fait glisser le curseur de la souris sur la dernière ligne du menu. Il jeta un coup d'œil au moniteur. Royal Blue se rapprochait du fond de la mer. Il se remémora tout ce qu'il avait entendu. La bombe devait effectuer un kilomètre dans l'écorce terrestre pour atteindre sa position. Une horloge digitale indiquait : 23:47:05:00. Les millièmes de seconde défilaient trop vite pour que l'œil les suive. La bombe avait encore treize minutes avant de gagner sa place. Le Soleil, la Lune et la Terre n'étaient pas encore tout à fait prêts.

Alex pouvait-il détruire la bombe sans provoquer accidentellement un tsunami ?

Rongé par le doute, il se tourna vers Scooter. Le chef du commando semblait avoir tout de suite compris l'enjeu.

— Fais-le, dit-il.

Alex double-cliqua.

Mille cinquante mètres au-dessous de Dragon 9, mais cent cinquante mètres au-dessus du fond, la bombe explosa. Une secousse ébranla la plate-forme entière. Le sol remua follement sous leurs pieds. Cinq des longes d'acier qui l'amarraient et le puits de forage furent arrachés.

À sept ou huit cents mètres de là, fendant les flots sur son yacht Sealine, le Major Yu entendit l'explosion et comprit, avec un immense sentiment d'amertume et de défaite, que ses derniers espoirs venaient de s'effondrer. Royal Blue avait explosé trop tôt. Il n'y aurait pas de raz-de-marée. Tassé sur son siège devant le gouvernail, il marmonnait entre ses dents. Il avait échoué.

Il ne perçut même pas l'onde de choc provoquée par l'explosion avant qu'elle le frappe. Pourtant, c'était la fonction première de Royal Blue : raser tout ce qui se trouvait à des kilomètres à la ronde. La vibration rencontra le yacht, détruisant les instruments électriques, mouchant les lumières, arrachant tous les équipements. L'ossature malade du Major Yu n'était pas assez solide pour y résister. Tous les os de son corps se brisèrent en même temps. Pendant quelques secondes, il garda vaguement figure humaine. Puis, privé d'armature, son corps se replia sur lui-même. Un sac de peau plein de morceaux cassés. Le bateau vira de bord. Près de quatre cent mille euros de merveilleuse technologie anglaise lancée à pleine vitesse sans pilote. Le bateau disparut dans la nuit en zigzaguant follement.

Sur Dragon 9, on rassembla les survivants de l'équipe du Major Yu. De leur côté, les Australiens avaient eu deux tués et trois blessés. Ben Daniels s'accrochait à la vie. On lui avait injecté une dose de morphine et un masque d'oxygène lui couvrait le visage.

Scooter, en retournant l'autre corps qui gisait dans la salle de contrôle, demanda :

— C'était qui ?

Alex jeta un dernier regard à son parrain et répondit :

— Personne.

23

Dîner pour trois

— Très content de te revoir, Alex. Ça se passe bien, en classe ?

Alex avait l'impression qu'une éternité s'était écoulée depuis sa dernière visite dans ce bureau, au seizième étage de l'immeuble de Liverpool Street qui était censé abriter une banque, mais qui était en réalité le siège de la division des Opérations Spéciales du MI6. Alan Blunt, le patron, était assis en face d'Alex. Sa table de travail était toujours aussi dépouillée : deux dossiers, quelques papiers en attente de signature, un stylo en argent posé bien droit. Chaque chose était à sa place.

Blunt lui-même n'avait absolument pas changé. Il portait le même costume gris, et, s'il avait quelques cheveux gris supplémentaires, cela ne se remarquait pas chez un homme intégralement gris. Cependant, Alan Blunt n'était pas le genre d'homme qui vieillit et se ride, porte des gilets, joue au golf et passe du temps avec ses petits-enfants. Non. Son travail, le monde dans lequel il évoluait l'avaient en quelque sorte figé. Alex le voyait comme un fossile.

C'était la dernière semaine de novembre et la température avait subitement chuté, comme en réponse aux décorations de Noël qui fleurissaient un peu partout. Il était même tombé quelques flocons de neige. Pas assez pour durer, mais suffisamment pour jeter un coup de froid dans l'atmosphère. Avant d'arriver, Alex était passé devant une fanfare de l'Armée du Salut. Les musiciens étaient tassés les uns contre les autres pour se réchauffer, mais même leur musique était glaciale et sinistre – et légèrement désaccordée.

Du bureau de Blunt, on n'entendait pas la fanfare. Les fenêtres avaient des doubles, voire des triples vitrages, pour empêcher tous les sons d'entrer et, plus important, de filtrer à l'extérieur. Discrétion oblige. Alex fixa son attention sur son interlocuteur et se demanda comment répondre à sa question. De toute façon, Blunt connaissait déjà la réponse. Il avait probablement accès à ses rapports scolaires avant même qu'ils soient imprimés.

Alex venait de terminer sa première semaine au collège de Brookland. Évidemment, Blunt le savait. Alex avait la certitude d'être sous surveillance constante depuis l'instant où son avion de la compagnie Qantas avait posé ses roues sur l'aéroport de Heathrow. On l'avait rapidement fait passer par le salon des VIP pour le fourrer dans la voiture qui l'attendait. La dernière fois qu'Alex avait affronté Scorpia, un tireur d'élite avait tenté de le tuer, et le

MI6 ne voulait pas courir le même risque. Alex croyait même avoir entrevu une fois l'agent chargé de le filer : un jeune homme, à un coin de rue, qui semblait attendre un taxi. Mais quand Alex l'avait cherché du regard une seconde après, l'homme avait disparu. MI6 ou pas MI6, difficile de l'affirmer. Les agents de Blunt savaient se fondre dans l'ombre.

Finalement, Alex avait donc réintégré l'école.

Pour la plupart des garçons de son âge, la vie scolaire se résumait au travail en classe, aux devoirs à la maison, aux cours qui traînaient en longueur et à la mauvaise nourriture à la cantine. Pour Alex, c'était cela mais aussi autre chose. Le lundi matin, il s'était senti nerveux en marchant vers Brookland dans l'air frisquet. Il y avait longtemps qu'il n'avait vu la façade de briques rouges et les larges baies vitrées. Miss Bedfordshire, la secrétaire qui avait toujours eu un faible pour lui, l'attendait à l'accueil.

— Alex Rider ! s'était-elle exclamée. Que t'est-il arrivé, cette fois ?

— Mononucléose infectieuse, Miss Bedfordshire.

Les maladies à répétition d'Alex étaient devenues légendaires. Il se demandait d'ailleurs si Miss Bedfordshire y croyait vraiment ou faisait semblant.

— Tu vas manquer une année entière si tu ne fais pas attention, remarqua-t-elle.

— Je fais très attention, Miss Bedforshire.

— Je n'en doute pas, Alex.

À Sydney, Alex s'était demandé s'il arriverait à se réintégrer, mais dès la minute où il était entré dans son collège, c'était comme s'il ne l'avait jamais quitté. Tout le monde semblait ravi de le revoir, et il avait pris moins de retard qu'il ne le craignait. Il suivrait des cours de rattrapage pendant les vacances de Noël et, avec un peu de chance, il aurait récupéré le même niveau que les autres élèves au début du prochain trimestre. Entouré de ses camarades et emporté par la routine scolaire – les sonneries, les bousculades dans les couloirs, les pupitres –, Alex s'aperçut qu'il n'était pas seulement de retour à l'école, mais dans la vie normale.

Il s'était attendu à avoir des nouvelles d'Alan Blunt et ça n'avait pas manqué : le patron du MI6 l'avait appelé sur son téléphone mobile pour lui proposer de venir à son bureau le vendredi après-midi. Alex avait toutefois noté une différence marquante : Blunt avait « proposé » et non « exigé ».

Alex était donc là, avec son sac à dos rempli de livres pour les devoirs du week-end : un problème de maths particulièrement vicieux, et *La Ferme des animaux* de George Orwell – un écrivain anglais qu'aurait sûrement adoré le Major Yu. Il portait son uniforme de collégien : veste bleu marine, pantalon gris, cravate délibérément de travers, et, autour du cou, l'écharpe que Jack lui avait rapportée de ses vacances à Washington. Hormis l'uniforme, Alex se réjouissait de ressembler à tout le monde.

— Il y a certaines choses que tu seras sans doute content d'apprendre, lui dit Alan Blunt. Tout d'abord, j'ai reçu un message d'Ethan Brooke. Il me demande de te transmettre ses remerciements et ses meilleurs vœux. Il dit que si l'envie te prend d'émigrer en Australie, il se fera un plaisir de te fournir un visa permanent.

— C'est très gentil de sa part.

— Tu as fait un travail remarquable, Alex. Non seulement tu as retrouvé la trace de la bombe qu'on nous avait subtilisée, mais tu as plus ou moins détruit le Snakehead. La Chada Trading Company est en faillite, ainsi que Unwin Toys.

— Aviez-vous remarqué que Unwin Toys, c'est l'anagramme de Winston Yu ? intervint Mme Jones.

L'adjointe de Blunt était assise à côté du bureau, jambes croisées, l'air très détendu. Alex avait l'impression qu'elle était heureuse de le revoir.

— Unwin Toys, Winston Yu, épela-t-elle. C'est bien une idée d'homme vaniteux.

— Vous avez retrouvé le Major ? demanda Alex.

— Oui. Du moins ce qu'il en reste, répondit Blunt en croisant ses mains devant lui. Yu avait réglé le compte d'un grand nombre de ses hommes avant que l'ASIS puisse mettre la main sur eux. Tu sais, je suppose qu'il a tué de Wynter, le capitaine de *L'Étoile du Libéria*. Et après ton évasion de l'hôpital, le Dr Tanner s'est suicidé, probablement sur son ordre. Mais l'ASIS a récupéré le reste du personnel. Deux gardes, dont l'un avait une fracture du crâne, et des infirmières. Ils ont également arrêté un dénommé Varga...

Le nom ne rappelait rien à Alex.

— Un technicien, précisa Mme Jones. C'est lui qui a adapté Royal Blue pour la faire exploser sous l'eau. Et qui a aussi imaginé la procédure de mise à feu.

Alex se souvint en effet de l'homme aperçu sur *L'Étoile du Libéria*, qui avait scanné les empreintes du Major Yu.

— Varga était un membre subalterne de Scorpia,

ajouta Blunt. Originaire de Haïti, si j'ai bien compris. Les Australiens sont en train de l'interroger et il pourrait révéler quelques informations utiles.

— Comment va Ben ? demanda Alex.

— Il est encore à l'hôpital de Darwin, répondit Mme Jones. Il a eu de la chance. Les balles n'ont pas fait de dégâts trop sérieux et les médecins pensent qu'il pourra sortir pour Noël.

— Nous nous occuperons de lui, ajouta Blunt.

— Mieux que de Ash, j'espère, dit Alex en regardant Blunt droit dans les yeux.

— Oui, marmonna Blunt en se trémoussant sur son siège. Mais sache que nous ignorions totalement que Ash s'était acoquiné avec Scorpia. J'ai encore du mal à croire qu'il a trempé dans ce qui est arrivé à... à tes parents.

— Je suis sincèrement désolée, coupa Mme Jones. Je comprends ce que tu dois ressentir.

— À votre avis, Ethan Brooke était au courant ? (Cette question n'avait pas cessé de tourmenter Alex pendant le long vol de retour.) Brooke savait qu'il y avait un traître. Quelqu'un fournissait des renseignements au Snakehead depuis le début. En me faisant faire équipe avec Ash, c'est ça qu'il cherchait ? À le démasquer ?

— C'est tout à fait possible, acquiesça Blunt, ce qui surprit Alex. (D'habitude, le chef du MI6 était moins honnête.) Brooke est un homme très pervers.

— C'est pourquoi il excelle dans son travail, remarqua Mme Jones.

Il était cinq heures. Dehors, il faisait déjà nuit. Alan

Blunt s'approcha de la fenêtre et, d'un geste, chassa deux pigeons. Puis il baissa le store.

— Il reste une ou deux choses à ajouter, reprit-il en se rasseyant. D'abord, et c'est le plus important, sache que tu es à l'abri, Alex. Scorpia ne s'en prendra pas à toi. Du moins pas comme la dernière fois.

— Nous avons pris contact avec eux, expliqua Mme Jones. Et nous avons bien précisé que, s'il t'arrivait quoi que ce soit, nous ferions savoir partout qu'ils ont été tenus en échec par un garçon de quatorze ans. Et pour la seconde fois. La nouvelle les couvrirait de ridicule et finirait de ternir le peu de réputation qu'il leur reste.

— D'ailleurs, Scorpia est peut-être définitivement hors course, ajouta Blunt. En tout cas, ils ont reçu le message. Nous garderons un œil sur toi pour parer à toute éventualité, mais je pense que tu n'as aucun souci à te faire.

— Quelle est l'autre chose que vous vouliez ajouter ? s'enquit Alex.

— Simplement que nous espérons que tu as trouvé ce que tu cherchais, Alex, répondit Mme Jones.

— En partie.

— Ton père était un homme exceptionnel, murmura Blunt. Je te l'ai déjà dit. Et tu as hérité de lui, Alex, cela ne fait aucun doute. Peut-être que, une fois tes études terminées, tu songeras à faire carrière dans le renseignement. Nous avons besoin de gens comme toi, et ce n'est pas un mauvais travail.

Alex se leva.

— Ne me raccompagnez pas. Je connais le chemin.

Alex prit le métro jusqu'à Sloane Square, puis un bus dans King's Road pour rentrer chez lui. Il avait prévenu Jack qu'il arriverait un peu tard de l'école. Ils avaient prévu de dîner tous les deux, ensuite il ferait ses devoirs. Samedi, il irait voir son ami Tom Harris. Chelsea jouait contre Arsenal à domicile et Tom avait réussi à dénicher deux tickets. Hormis cela, Alex n'avait pas d'autre projet pour le week-end.

Jack l'attendait dans la cuisine. Elle mettait la touche finale à une salade composée. Alex se servit un verre de jus de pomme et se percha sur un des hauts tabourets devant le comptoir. Il aimait bavarder avec Jack quand elle cuisinait.

— Ça s'est bien passé ? demanda-t-elle.

— Pas mal. Alan Blunt m'a offert du travail.

— Si tu acceptes, je te tue.

— Ne t'inquiète pas. Je lui ai fait comprendre que ça ne m'intéressait pas.

Jack savait ce qui lui était arrivé depuis qu'elle l'avait laissé à Sydney, y compris les derniers instants de Ash sur Dragon 9. Alex lui avait raconté toute l'histoire dès son retour. En apprenant la mort de Ash, Jack s'était détournée et avait gardé le silence un long moment. Quand elle lui avait de nouveau fait face, ses yeux étaient emplis de larmes.

— Je suis désolé, dit Alex. Je savais que tu l'aimais bien.

— Ce n'est pas tant cela qui me perturbe, Alex.

— C'est quoi ?

— Ce monde. Le MI6. Ce qu'il a fait à Ash. À tes parents. Et j'ai peur de ce qu'il risque de te faire à toi.

— J'en ai fini avec le MI6, Jack.

— Tu m'as déjà dit ça la dernière fois. La vraie question est de savoir si le MI6 en a fini avec toi.

Alex piqua un morceau de tomate dans le saladier. Son regard balaya machinalement la table et il s'aperçut que trois couverts y étaient dressés.

— Qui vient dîner ?

— Ah, j'ai oublié de te le dire, sourit Jack. Nous avons un invité surprise.

— Qui ?

— Tu verras bien.

Elle avait à peine terminé sa phrase que la sonnette de la porte tinta.

— Quelle synchronisation ! dit-elle. Va ouvrir, Alex.

Il remarqua une lueur étrange dans ses yeux. Ce n'était pas dans le caractère de Jack de lui faire des cachotteries. Il remit le morceau de tomate qu'il avait piqué dans le saladier et sauta du tabouret.

Dans le vestibule, il distingua une vague silhouette à travers l'épaisse vitre marbrée de la porte d'entrée. Le visiteur avait déclenché l'allumage automatique du porche. Alex ouvrit et se figea.

Une jeune fille brune et très jolie se tenait sur le seuil. Alex était si abasourdi qu'il lui fallut une minute avant de la reconnaître. Et il eut du mal à le croire.

Sabina ?

La dernière fois qu'il avait vue Sabina Pleasure, c'était sous le pont de Richmond, au bord de la Tamise, et elle lui annonçait son départ pour les États-Unis. Il était persuadé, alors, de ne plus jamais la revoir.

Cela remontait seulement à quelques mois, pourtant Sabina était métamorphosée. Elle avait presque seize ans maintenant. Ses cheveux avaient poussé, sa silhouette avait changé. Elle était superbe dans son jean DKNY et son pull en cachemire.

— Salut, Alex.

Elle n'osait pas avancer, intimidée.

— Qu'est-ce que tu fais ici ?

— Tu n'es pas content de me voir ?

— Bien sûr que si, mais...

La voix d'Alex s'éteignit. Sabina sourit.

— Mon père m'a déposée en voiture. Nous sommes revenus pour passer Noël à Londres. Il écrit un article pour son journal. Une histoire bizarre au sujet d'une église. J'ai quitté l'école un peu plus tôt et nous allons rester ici jusqu'au début de l'année.

— À Londres ?

— Bien sûr.

— Ta mère est venue aussi ?

— Oui. Nous louons un appartement à Notting Hill.

Ils se regardaient. Alex avait tant de choses à lui dire. Il ne savait par où commencer.

— Vous allez vous décider à entrer, tous les deux ? leur lança Jack de la cuisine. À moins que vous ne préfériez que je vous serve le dîner dans la rue !

Il y eut un instant de flottement. Alex réalisa qu'il n'avait même pas invité Sabina à entrer. Pire, il lui bloquait le passage. Il s'effaça sur le côté. Sabina esquissa un petit sourire nerveux et avança. Mais l'entrée était étroite et, en passant, elle le frôla. Ses cheveux caressèrent la joue d'Alex et il sentit son parfum. Il prit conscience alors à quel point il était heureux de la revoir. C'était comme si tout recommençait.

À présent, c'était elle qui était à l'intérieur et lui sur le seuil.

— Sabina…
— Alex, je gèle. Si tu fermais la porte ?

Alex sourit. Il ferma la porte et suivit Sabina dans la maison.

Remerciements

Comme pour toutes les aventures d'Alex Rider, je me suis efforcé de rendre *Snakehead* aussi exact que possible, et ceci n'aurait pu se faire sans le concours de toutes les personnes, dans le monde entier, qui m'ont généreusement aidé. La moindre des choses est de les remercier ici.

Le chapitre d'ouverture est largement fondé sur les explications du Dr Michael Foale, de la NASA, qui m'a longuement parlé, pour la deuxième fois, de son expérience personnelle dans l'espace et de son retour sur Terre. Le mécanisme par lequel le Major Yu envisage de provoquer une catastrophe ainsi que l'alignement des planètes qui rend le phénomène possible m'ont été suggérés par le professeur Bill McGuire, de l'University College à Londres.

Panos Avramopoulos, de CMA-CGM Shipping (UK) Ltd, m'a aimablement permis de visiter un porte-conteneurs, et le commandant Jenkinson m'a accueilli à bord. Quelques semaines plus tard, Andy

Simpson, de Global Santa Fe, et Rupert Hunt, de Shell, m'ont consacré une journée entière pour me faire découvrir une plate-forme de forage près d'Aberdeen. Aucune de ces visites n'aurait été possible sans Jill Hughes, à qui je serai éternellement reconnaissant.

J'ai passé une semaine à Bangkok, où l'écrivain Stephen Leather s'est occupé de moi et m'a emmené dans toutes sortes de lieux, dont certains n'auraient pas été autorisés à figurer dans ce livre ! Il m'a également accompagné à un combat de boxe thaïlandaise, cœur du chapitre sept. Je tiens aussi à remercier Justin Ratcliffe, qui m'a servi de guide dans Perth et Sydney.

Joshua King, Alfie Faber, Max Packman-Walder et Emma Charatan ont lu le manuscrit et m'ont prodigué commentaires et conseils. Mon fils Cassian – comme souvent – m'a suggéré quelques changements majeurs.

Enfin, mon assistante Cat Taylor a tout organisé, puis tout réorganisé quand je changeais d'avis. Justin Somper continue d'être l'éclaireur auquel Alex doit une large partie de son succès. Et ma très chère éditrice, Jane Winterbotham, a passé des heures à éplucher les notes les plus laborieuses pour s'assurer qu'aucune erreur ne s'était glissée dans les dates et les temps.

TABLE

1 Retour sur Terre 7
2 La mort n'est pas la fin 13
3 Problèmes de visa 31
4 Pique-nique interdit 45
5 En rade 63
6 La cité des anges ? 79
7 Père et fils 91
8 Premier contact 105
9 Chat échaudé… 125
10 Wat ho 137
11 Armé et dangereux 153
12 Rues silencieuses 169
13 Unwin Toys 197
14 L'Étoile du Libéria 219
15 Cache-cache 235
16 Made in England 259
17 Pièces détachées 281
18 Au cœur de la nuit 295
19 Rapides 307

20 Piles non incluses	321
21 Force d'attaque	331
22 Dragon 9	343
23 Dîner pour trois	367
Remerciements	379

Le Livre de Poche s'engage pour l'environnement en réduisant l'empreinte carbone de ses livres. Celle de cet exemplaire est de : 300 g éq. CO₂
Rendez-vous sur www.livredepoche-durable.fr

PAPIER À BASE DE FIBRES CERTIFIÉES

« Pour l'éditeur, le principe est d'utiliser des papiers composés de fibres naturelles, renouvelables, recyclables et fabriquées à partir de bois issus de forêts qui adoptent un système d'aménagement durable. En outre, l'éditeur attend de ses fournisseurs de papier qu'ils s'inscrivent dans une démarche de certification environnementale reconnue. »

Édité par la Librairie Générale Française – LPJ
(58 rue Jean Bleuzen, 92170 Vanves)

Composition Nord Compo
Achevé d'imprimer en Espagne par Liberdúplex
Dépôt légal 1ʳᵉ publication septembre 2017
63.3913.3 / 03 – ISBN : 978-2-01-702805-5
Loi n° 49-956 du 16 juillet 1949 sur les publications destinées à la jeunesse
Dépôt légal : novembre 2019